위대한
개츠비

The Great Gatsby

옮긴이 **이화승**

1965년생. 강원도 춘천 출신. 일문학 전공으로 일본에 관한 풍부한 지식과 교양을 갖춘 번역가로서 한때 도쿄 거주 경험이 있음. 지금까지 30종 이상의 일본서적을 번역함. 영어와 일본어에 특별한 애정을 가지고 있다. 다양한 월간지와 단행본 편집을 거쳐 번역 활동에 종사하고 있다. 저서에 『해외펜팔 길라잡이』, 『즉석여행 일본어』, 번역서로 『데니스 로드맨 자서전』, 『빗자루를 든 사장님』, 『영어발음사전』, 『중국어발음사전』 등이 있다.

위대한 개츠비

저 자 스콧 피츠제럴드
발행인 고본화
발 행 반석출판사
2005년 2월 25일 초판 01쇄 인쇄
2025년 2월 10일 초판 28쇄 발행
반석출판사 www.bansok.co.kr
이메일 bansok@bansok.co.kr

07547 서울시 강서구 양천로 583. B동 1007호
(서울시 강서구 염창동 240-21번지 우림블루나인 비즈니스센터 B동 1007호)
대표전화 02) 2093-3399 **팩 스** 02) 2093-3393
출 판 부 02) 2093-3395 **영업부** 02) 2093-3396
등록번호 제315-2008-000033호

Copyright ⓒ 이원준

ISBN 978-89-7172-375-0 (03840)

위대한
개츠비

The
Great
Gatsby

스콧 피츠제럴드 지음
이화승 옮김

Bansok

이 책의 제목을 지을 때 피츠제럴드는 여러 가지를 놓고 고민했다. 예를 들면 『재의 계곡과 억만장자』, 『웨스트에그의 트리말키오』, 『황금모자를 쓴 개츠비』, 『트리말키오』, 『높이 뛰어오르는 연인』 등이다. 피츠제럴드는 '위대한 개츠비'라는 이름이 정해진 후에 마지막으로 책제목을 바꾸려고 출판사에 연락했으나 때가 너무 늦었다. 채택되지 않은 그 제목은 『赤과 白과 靑 아래에』이다.

이 책을 다시 젤다[1]에게 바침

그럼 황금모자를 쓰거라,
그래서 그녀의 마음을 움직일 수 있다면.
높이 뛰어오를 수 있거든
그녀를 위해 뛰어올라 보아라.
그녀가 이렇게 외칠 때까지
"사랑하는 그대여!
황금모자를 쓰고 높이 뛰어오르는 그대여,
내가 당신을 차지해야겠어요!"

― 토머스 파크 단빌리에[2] ―

1) 필자 피츠제럴드의 부인 이름.
2) 위의 짧은 시를 쓴 사람은 필자 피츠제럴드이고 단빌리에는 허구의 이름이다.

주요 인물

- **닉 캐러웨이** : 주인공이며 이 소설의 화자(話者)로 침착한 성격임. 30세의 증권회사 직원.

- **제이 개츠비** : 가장 중요한 인물. 30대 초반의 엄청난 열정과 능력의 소유자.

- **톰 뷰캐넌** : 닉의 대학동창이며 친구. 미식축구 선수 출신으로 당당한 체구의 부호.

- **데이지** : 톰의 부인으로 27세. 개츠비가 가진 헌신적 열정의 대상. 닉의 육촌동생.

- **조던 베이커** : 25세의 여성 프로골퍼. 데이지의 고향 후배이자 친구.

- **조지 윌슨** : 40세 정도의 자동차 정비소 주인. 마누라에게 쥐어 사는 무기력한 사내.

- **머틀 윌슨** : 조지의 부인. 30대 중반으로 톰과 내연의 관계. 육감적이고 활력이 넘침.

- **마이어 울프샤임** : 50세로 조직폭력계의 거물. 한때 개츠비의 후견인.

- **캐서린** : 머틀의 여동생. 30세 정도.

- **댄 코디** : 광산업으로 거부가 된 인물. 개츠비의 은인이며 후견인.

주요 지명

• **웨스트에그**(West Egg) : 뉴욕시 외곽 롱아일랜드 섬의 지역. 주인공 닉이 사는 곳, 계란형이라 이런 이름이 붙음. 피츠제럴드가 살았던 그레이트넥의 허구적 이름이다. 신흥부자들이 사는 곳.

• **웨스트에그 마을**(West Egg village) : 닉이 사는 곳은 해변가이므로 그 근처 내륙에 있는 마을.

• **이스트에그**(East Egg) : 재산을 세습 받은 전통적인 부유층, 톰 뷰캐넌 같은 사람들이 사는 곳.

• **루이빌**(Louisville) : 켄터키 주의 도시. 프랑스 루이 16세를 따서 지은 지명. 데이지와 조던의 고향.

• **재의 계곡**(Valley of ashes) : 웨스트에그와 뉴욕의 중간지점. 윌슨 부부의 정비소가 있음.

• **시내**(the city, town) : New York을 뜻함.

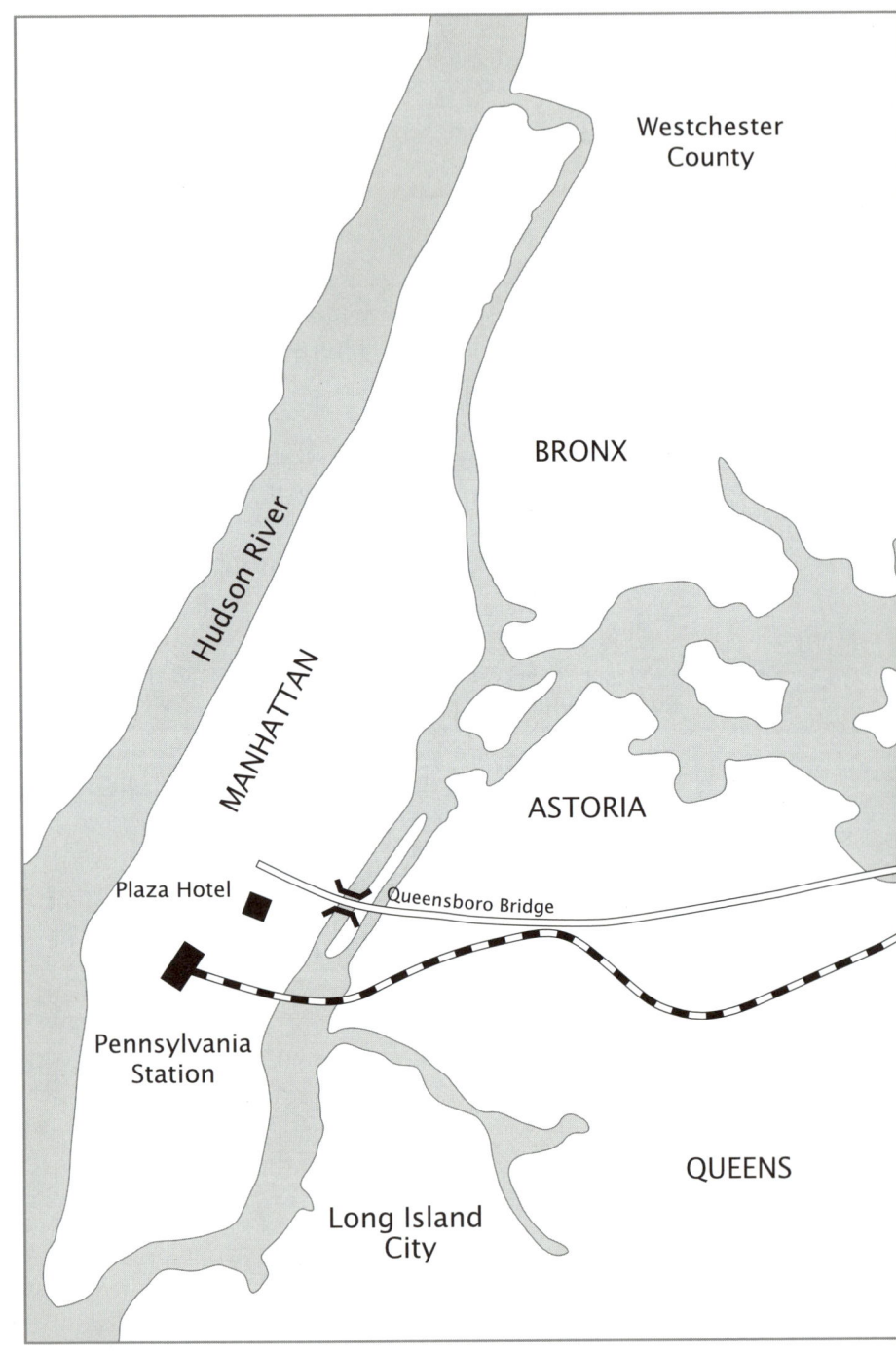

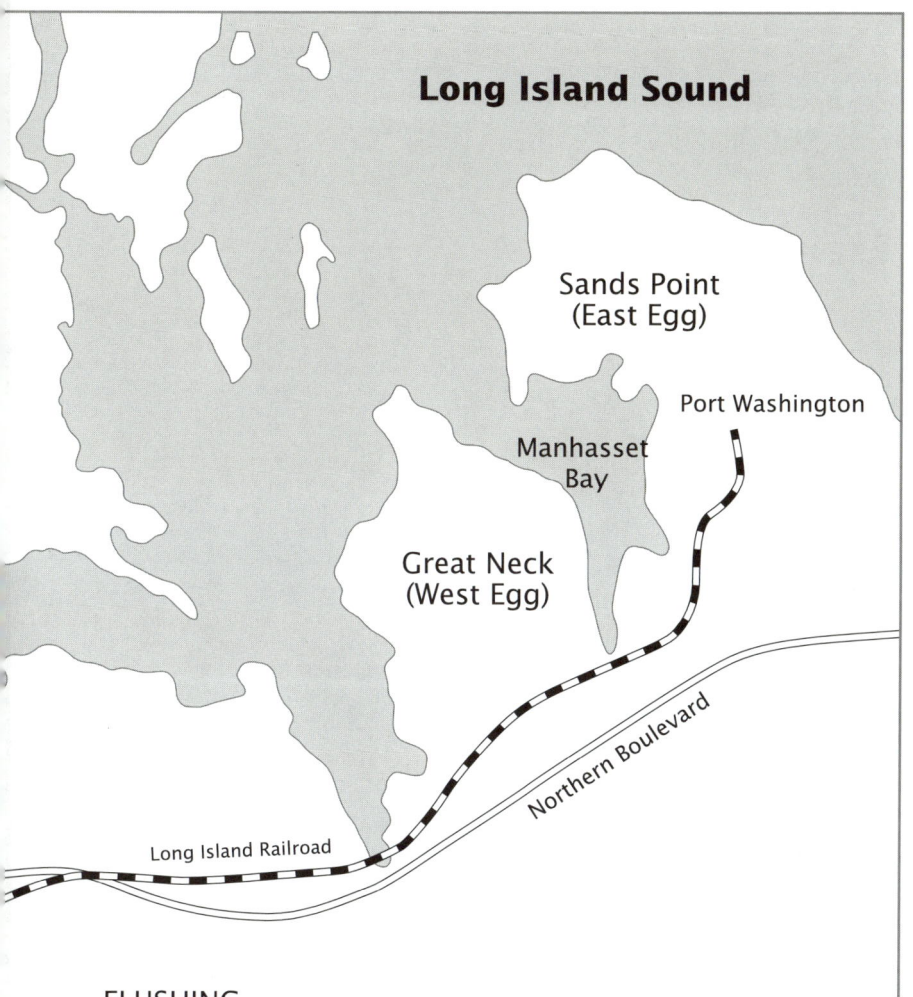

Long Island Sound

Sands Point
(East Egg)

Port Washington

Manhasset
Bay

Great Neck
(West Egg)

Northern Boulevard

Long Island Railroad

FLUSHING

Valley of ashes

LONG ISLAND 롱아일랜드 지도
MANHATTAN TO EAST EGG

I

The
Great
Gatsby

　내가 아직 어리고 마음이 여리던 시절, 아버지가 내게 충고를 해주셨는데 그 후 나는 언제나 그 말씀을 마음속에 되새기고 있다.

　"누군가를 비판하고 싶을 때는 언제나 이 말을 떠올려라. 세상 사람이 다 너만큼의 특권을 누리고 있지 않다는 것을."

　아버지는 더 이상 말씀하시지 않았지만 우리 부자는 언제나 말이 없이도 신기할 만큼 대화가 잘 이루어졌다. 나는 아버지 말씀에 그보다 훨씬 더 많은 의미가 있음을 이해했다. 그 결과 나는 모든 일에 판단을 유보하는 버릇이 생겼는데, 그 때문에 꼬치꼬치 캐기 좋아하는 많은 사람들이 내게 접근했고 나는 약삭빠른 지겨운 사람들의 희생자가 되기도 했다. 비정상적인 자들은 정상적인 사람에게 그런 특성이 나타나면 재빨리 알아차리고 달라붙게 마련이다. 그래서 내가 대학 시절 부당하게도 정치적이라는 비난을 받았는데, 그것은 내가 잘 알지도 못하는 난폭한 녀석들의 은밀한 슬픔을 알고 있기 때문이었다. 대부분은 내가 원하지도 않는데 내게 찾아와 속마음을 털어놓았다. 그래서 녀석들의 은밀한 고백이 지평선에 가물거리는 기미가 뚜렷하다 싶으면, 나는 일부러 졸거나 뭔가 몰두해 있는 척하거나 아니면 무뚝뚝하고 경박한 행동을 보였다. 왜냐하면 젊은이들의 은밀한 고백, 적어도 그것을 표현하는 말은 흔히 표절한 것이고 심적으로 억제하여 담아두었던 탓에 대개 흠이 있기 때문이다.

판단을 유보하면 무한한 희망을 갖게 된다. 아버지가 잘난 척 말씀하셨고 내가 다시 잘난 척 되풀이하는 것처럼, 기본적인 예절 감각은 태어날 때부터 공평하게 분배되지는 않는다는 사실을 혹시 잊어버리지나 않을까 지금도 조심하고 있다.

이렇게 나의 관대한 태도를 자랑했지만 내 관대함에도 한계가 있음을 인정하지 않을 수 없다. 인간의 행위란 단단한 바윗덩어리에 근거를 둘 수도 있고 물이 고인 습지에 둘 수도 있지만, 어떤 시점이 지난 뒤에는 행위의 근거가 어디에 있는지 나는 별로 관심을 두지 않는다. 작년 가을 내가 동부에서 돌아왔을 때, 나는 이 세계가 제복을 입고, 말하자면 '도덕적인 차렷' 자세를 영원히 취하고 있기를 바랐다. 나는 이제 더 이상 특권을 가진 시선으로 인간의 마음을 소란스럽게 탐사하고 싶지 않았던 것이다. 다만 이 책에 제목을 제공한 개츠비만이 내가 이런 식으로 반발하지 않는 예외적인 인물이었다. 개츠비는 내가 노골적으로 경멸하는 모든 것을 대표하는 인물이었다. 하지만 만일 개성이 성공적인 몸짓의 끊어지지 않는 연속이라면 개츠비는 뭔가 탁월한 점이 있었다. 즉, 마치 1만 마일 밖에서 일어나는 지진을 감지하는 정교한 기계와 연결되어 있는 것처럼 인생의 가능성에 대해 차원 높은 감각을 지니고 있었다. 그 반응성은 '창조적 기질'이라는 이름으로 위엄을 갖춘 무기력한 감수성과는 전혀 다른 것이었다. 그것은 희망을 감지할 수 있는 비범한 능력이며, 일찍이 어떤 사람에게서도 발견된 적이 없고 앞으로도 다시는 발견할 수 없을 것 같은 낭만적인 준비성(사랑의 실패를 두려워하지 않는)이었다. 아니, 결국 개츠비는 정당했다. 내가 사람들의 값싼 슬픔이나 숨 가쁜 환희에 대해 잠시 관심을 잃어버렸던 것은 개츠비를 희생자로 만든 것들, 그의 꿈이 지나간 자리에 떠도는 더러운 먼지 때문이었다.

───────── ✤ ─────────

우리 집안은 이곳 중서부 도시에서는 3대째 살아온 꽤 이름 있는 부유한 집안이다. 캐러웨이 가문은 씨족을 이루고 있으며, 부클럭 공작(영국 찰스 2세의 서자로 왕위 계승권을 주장하며 1685년 제임스 2세의 왕위에 반대하는 반란을 주도했으나 실패했다)의 후예라는 전설 같은 얘기도 있다. 그러나 우리 가문의 실제 창시자는 할아버지의 형님으로, 1851년에 이곳에 와서 남북전쟁 때 대리인을 전쟁터에 내보내고는 철물 도매업을 시작했는데, 이 사업은 오늘날까지 아버지가 지속하고 있다.

큰할아버지를 뵌 적은 없지만 나는 그 분을 닮았다고 한다. 특히 아버지 사무실에 걸려 있는, 거칠게 그려진 초상화를 보면 그렇다. 나는 1915년에, 그러니까 아버지보다 꼭 25년 늦게 뉴헤이븐에 있는 학교(코네티컷 주에 있는 명문 예일 대학교를 뜻한다. 당시 예일대 학생들은 좀 잘난 체하는 기분으로 모교를 이렇게 부르곤 했다)를 졸업했고, 그로부터 얼마 후에 1차 세계대전으로 알려진 때늦은 게르만민족의 대이동 사건에 참가했다. 미국의 반격을 너무나 만끽했던 나는 고향에 돌아와서도 마음이 안정되지 않았다. 중서부 지방은 이제 활발한 세계의 중심지 가 아니라 우주의 초라한 변두리처럼 느껴졌다. 그래서 나는 동부로 가서 증권업을 배우기로 결심했다. 내가 아는 사람들이 다들 증권업 에 종사하고 있었던 터라 증권업이 총각 한 명쯤은 더 먹여 살릴 수 있을 거라고 생각했던 것이다. 집안의 숙모 숙부들이 모두 모여 마치 내게 대학 예비학교라도 골라주듯 그 일에 대해 의논하더니 마침내 매우 엄숙하면서도 주저하는 얼굴로, "뭐… 괜찮겠지."하고 말했다.

아버지는 1년 동안 내게 돈을 보내주기로 하셨고, 여러 가지 문제 로 출발을 늦추다가 1922년 봄에 나는 아주 눌러앉을 작정으로 동부 에 왔다.

시내(뉴욕)에 방을 구하는 게 현실적인 방법이지만 따뜻한 계절인 데다 드넓은 잔디밭과 정든 숲이 있는 시골을 막 떠나온 터라, 같은 사무실의 젊은 친구가 베드타운에 집을 얻어 같이 사는 게 어떠냐고 제안했을 때 아주 좋은 의견이라고 생각했다. 그가 비바람에 바랜 월 세 80달러짜리 단층 판잣집을 하나 찾아냈다. 그러나 정작 그 집으 로 이사하기 직전에, 회사가 그를 워싱턴으로 전근시켰기 때문에 나 혼자서 이사할 수밖에 없었다. 나는 그 집에서 개 한 마리—며칠 후 도망가버렸다—와 구형 닷지 자동차, 핀란드인 가정부와 함께 지냈 다. 그녀는 침대를 정리해주고 아침 식사를 준비해 주었는데, 전기난로 곁에서 혼자 핀란드 속담을 중얼거리곤 했다.

하루 이틀쯤 외롭게 지내고 있던 어느 날 아침 나보다 늦게 이사 온 사람이 길에서 나를 막고 이렇게 물어보았다.

"웨스트에그 마을은 어떻게 가야 하지요?"

그는 의지할 데 없는 표정으로 물었다. 그에게 말해주었다. 그러고 나서 걸어가다 보니 내가 더 이상 외롭지 않다는 것을 깨달았다. 나는 안내자요 길잡이며 개척자였던 것이다. 그는 우연히도 내게 이 마을에서의 자유를 느끼게 해준 것이다.

그래서 마치 영화에서 시간이 빨리 지나가는 것처럼 햇살을 받고 폭발적으로 자라나는 나뭇잎을 바라보며 나는 여름과 함께 삶이 다시 시작되고 있다는 새삼스런 확신을 품게 되었다.

먼저 읽어야 할 책이 아주 많았고, 맑은 공기를 마시며 몸도 건강히 만들어야 했다. 나는 은행업, 신용 거래, 증권 투자에 관한 책을 열두 권 샀다. 책은 조폐국에서 갓 찍혀 나온 지폐처럼 금빛과 붉은 빛을 내며 내 서가에 꽂혀 있었고, 오직 마이다스 왕(그리스신화에 나오는 프리기아의 왕, 만지는 것이 모두 황금으로 변함)과 모건(1837~1913 미국의 대은행가로 철도 사업으로 유명하다. 그의 'J.P.모건'은 현재까지 세계적인 금융 회사로 건재하다)과 마이케나스(고대 로마 정치가. 부유한 후견자의 대명사)만이 알고 있는 눈부신 비밀을 보여주겠다고 약속하고 있었다. 그리고 다른 책도 많이 읽을 작정이었다. 대학 시절 나는 문학적인 활동을 했다. 어떤 해에는 대학신문 『예일 뉴스』에 아주 무게 있고 알기 쉬운 논설을 쓴 적도 있다. 그리고 이제 그런 경력을 되살려 전문가 중에서 아주 드문 '균형 잡힌 사람'이 되려고 했다. 인생이란 결국 하나의 창으로 바라볼 때 훨씬 더 성공적으로 볼 수 있게 마련이다. 이것은 한낱 격언에 불과한 말은 아니다.

내가 북미 대륙에서도 아주 특이한 동네에 집을 얻은 것은 우연이었다. 내 집은 뉴욕에서 정동쪽으로 길게 뻗어나간 번화한 섬에 자리잡고 있는데, 거기엔 진기한 자연현상 중에서도 특히 독특한 두 지형이 있다. 시내에서 20마일 떨어져 있는 거대한 계란 모양의 이 두 지역은 쌍둥이처럼 똑같은 겉모습을 하고, 만(灣)이라고 하기에는 너무 작은 만이 두 계란 사이를 갈라놓고 있다. 두 계란은 서반구(西半球)에서 가장 고도로 개발된 바닷물 지역, 즉 롱아일랜드 해협이라는 물이 찬 거대한 뒷마당으로 돌출해 있었다. 두 계란은 완벽한 타원형은 아니고 콜럼버스의 달걀 이야기처럼, 서로 접하고 있는 양 면이 평평하게 깎여 있었다. 하지만 너무나 닮은 그 유사성은 날아가는 갈매기들에게도 영원한 경이로움의 대상이었을 것이다. 날개 없는 인간에게 더욱 흥미로운 현상은, 모양과 크기를 제외하면 두 지역이 모든 점에서 다르다는 사실이다.

내가 살던 웨스트에그는 이스트에그에 비해 '덜 화려한' 곳이었다. 하지만 이런 표현은 두 지역 사이의 좀 이상하고 적잖이 불길한 차이점을 표현하기에는 아주 피상적인 꼬리표에 지나지 않는다. 내 집은 롱아일랜드 해협에서 50야드(약 45m)밖에 떨어져 있지 않은 계란의 꼭대기 지점에 있었는데, 한 철에 1만 2천이나 1만 5천 달러를 줘야 빌릴 수 있는 거대한 두 저택 사이에 끼어 있었다. 오른쪽 건물은 여러 가지 면에서 엄청난 규모였다. 노르망디시청을 그대로 본뜬 것으로, 한쪽에는 성긴 수염 같은 담쟁이덩굴을 뚫고 새로 세운 멋진

탑이 있었고, 대리석 수영장 그리고 무려 40에이커(약 4만 9천 평)가 넘는 잔디밭과 정원이 자리하고 있었다. 바로 개츠비의 저택이었다. 아니, 그 때는 아직 개츠비를 모르고 있었으니까 그런 이름을 가진 신사가 사는 저택이었다고 하겠다. 내가 사는 집이 눈에 거슬릴 수도 있었지만 워낙 작은 집이라 그냥 무시되었다. 그래서 나는 바다 경치와 이웃집 잔디밭 일부를 구경할 수 있었고, 백만장자들의 이웃이라는 위안도 가져보았다. 한 달에 단돈 80달러로 이 모든 것을 누릴 수 있었던 것이다.

작은 만의 건너편에는 해변을 따라 상류사회인 이스트에그의 하얀 호화저택들이 번쩍이며 서 있었다. 그리고 그해 여름 이야기는 내가 톰 뷰캐넌 부부와 함께 저녁을 먹기 위하여 그곳으로 차를 몰고 간 저녁에 시작된다. 데이지는 육촌 동생이었고, 톰은 대학 시절부터 알고 지내던 사이였다. 전쟁 직후엔 시카고에서 이틀 동안 그들과 함께 지낸 적도 있었다.

데이지의 남편 톰은 여러 가지 운동에 재능이 있었지만 특히 예일 대학교의 풋볼선수로서는 일찍이 볼 수 없었던 가장 훌륭한 엔드(미식축구에서 스크림선 양쪽 끝의 선수) 중의 하나였다. 어떤 면에서는 전국적으로 알려진 인물로, 스물한 살 때 이미 출세 상승곡선의 절정에 도달했기 때문에 그 뒤로는 모든 것이 내리막처럼 느껴지는 사나이였다. 그의 집안은 대단한 부자여서, 대학 다닐 때는 자유로운 돈 씀씀이가 비난의 대상이 될 정도였다. 하지만 이제 그는 시카고를 떠나 사람들을 깜짝 놀라게 할 만큼 화려한 모습으로 동부에 왔다. 예를 들면 그는 폴로(말 타고 긴 막대로 나무공을 골인시키는 경기)를 하려고 레이크포리스트(시카고 교외 부유층 거주 지역. 피츠제럴드의 첫사랑 지니브러 킹이 이곳 출신)에서 폴로 경기용 조랑말을 한 떼나 끌고 왔다. 나와 같은 나이에 그렇게 재산이 많다는 것은 좀처럼 이해하기 힘든 일이었다.

톰 부부가 왜 동부로 왔는지 나는 잘 모른다. 그들은 이렇다할 이유 없이 프랑스에서 1년을 보냈고, 다음엔 폴로 경기를 즐기는 부유한 사람들이 모이는 곳이라면 어디든 정처 없이 돌아다녔다. 데이지는 전화로 이번엔 아주 옮기는 거라고 했지만 나는 믿지 않았다. 데이지의 마음을 들여다볼 수는 없었지만, 톰은 다시 돌아갈 수 없는 풋볼 경기의 극적인 역동을 그리워하며 영원히 방황할 것 같은 느낌이 들었던 것이다.

그래서 따뜻한 바람이 부는 어느 날 저녁 나는 두 사람을 만나기 위해 이스트에그로 차를 몰았다. 아는 사이긴 하지만 사실 그들에 대해 거의 아는 게 없었다. 그들의 저택은 내가 예상했던 것보다 훨씬 더 공들여 지은 집이었다. 조지 왕조(영국의 왕조 1714~1830) 식민지시대 풍으로, 붉은색과 흰색으로 배색된 쾌적해 보이는 저택은 바다가 내려다보이는 곳에 자리 잡고 있었다. 잔디는 해변에서 시작하여 현관까지 4분의 1마일(400m)이나 펼쳐졌고, 중간에 있는 해시계들과 보도블록이 깔린 산책로, 햇볕에 불타는 듯한 정원을 건너 이어지고 있었다. 마침내 저택에 이르러서는 잔디가 여세를 몰아 밝은 색 덩굴이 되어 집 옆을 따라 뻗어 올라가 있었다. 집 정면은 한 줄로 나란히 난 프랑스 풍 창문으로 양분되어 있었는데, 창들은 반사되어 금빛으로 번쩍이며 따스한 바람이 부는 오후를 향해 활짝 열려 있었다. 승마복을 입은 톰 뷰캐넌은 다리를 벌리고 현관에 서 있었다.

그는 대학 시절과는 많이 달라져 있었다. 이제 그는 좀 무거워 보이는 입과 교만한 태도에 억센 밀짚 색깔의 머리카락을 지닌 서른 살의 건장한 남자였다. 그의 얼굴은 거만하게 번뜩이는 두 눈이 가장 지배적인 인상을 풍겼는데, 언제나 덤벼들 것처럼 몸을 앞으로 기울이고 있다는 인상을 주었다. 승마복의 여성적인 우아함조차도 그 체격이 내포하는 엄청난 힘을 숨기지 못했다. 그가 신고 있는 반들거리는 부츠는 꽉 차서 맨 위쪽 끈이 팽팽해질 정도였고, 얇은 외투를 입었어도 어깨를 움직일 때는 우람한 근육이 꿈틀거리는 것을 알 수 있었다. 거대한 지렛대와 같은 힘을 가진, 아주 대단한 체격이었다.

무뚝뚝하고 톤이 높은 허스키한 음성은 가뜩이나 신경질적인 인상을 더욱 강하게 했다. 그의 목소리는 심지어 자기가 좋아하는 사람한테도 가부장적인 우월 의식이 배어 있었다. 그래서 대학 시절 그의 이런 태도를 혐오하는 사람들이 있었다.

'내가 자네들보다 힘이 세고 남자답다고 해서 이 문제에 대한 내 의견을 절대적인 것으로 받아들이지는 말게.'

그의 태도는 마치 이렇게 말하는 듯했다.

우리는 같은 4학년 특별서클(예일 대학에는 이런 사적인 서클이 6개 있었는데 3학년 때 선발되는 방식이었다)에 속해 있었는데, 한 번도 친하게 지내지는 않았지만 뷰캐넌은 나를 인정하였으며 자기가 거칠고 도전적이긴 하지만 나한테는 호감을 샀으면 하는 인상을 풍겼다.

우리는 햇볕이 내리쬐는 현관 베란다에서 몇 분 동안 이야기를 나눴다.

"여기 우리 집이 상당히 근사하지."

그의 눈은 계속 주위를 살피며 말했다. 톰은 한쪽 팔로 내 몸을 잡고 휙 돌리더니 넓적한 손을 들어 앞에 펼쳐진 풍경을 가리켰다. 그가 손으로 휘저은 쪽으로 약간 낮은 곳에 자리한 이탈리아식 정원과 넓이가 반 에이커(약 6백 평)에 달하는 코를 찌르는 향기가 나는 진한 색깔의 장미 정원, 해변에서 파도에 흔들리는 들창코 모양의 모터보트 한 대가 눈에 들어왔다.

"이 집은 전에 석유 재벌 드메인의 소유였어."

그는 품위를 잃지 않으면서도 갑작스러운 동작으로 내 몸을 한 번더 돌렸다.

"그만 안으로 들어가지."

우리는 천장이 높은 복도를 지나 밝은 장밋빛 공간으로 들어갔는데, 양 끝에 달린 프랑스식 창문이 집의 가장자리를 가볍게 장식하고 있었다. 조금 열려있는 창문은 집 쪽을 향해 돋아난 푸릇푸릇한 잔디를 배경으로 하얗게 반짝이고 있었다. 산들바람이 방으로 불어와, 하얀 깃발 같은 커튼을 한 끝은 안으로 다른 끝은 밖으로 펄럭이게 하다가, 설탕 입힌 웨딩케이크 같은 천장 장식을 향해 비틀려 솟아오르게 했다. 그리고는 포도주색 양탄자 위에 잔물결을 일으키면서 마치 바람이 바다 위에 그림자를 드리우듯 그 위에 그림자를 드리웠다.

방 안에 있는 것 중에서 유일하게 완전히 정지된 것은 커다란 소파였는데 거기엔 두 젊은 여자가 마치 붙잡아 매놓은 기구를 탄 것처럼 둥실 뜬 채 앉아 있었다. 둘 다 하얀 옷차림이었는데, 마치 집 근처를 잠깐 비행하고 날아 들어온 것처럼 옷이 잔물결을 일으키며 펄럭이고 있었다. 커튼이 펄럭이며 내는 채찍 소리와 벽에 걸린 그림이

내는 신음소리를 들으며 나는 잠시 멍하니 서 있어야 했다. 그때 톰 뷰캐넌이 쾅 하고 창문을 닫는 소리가 들렸고, 방 안에 갇힌 바람이 방에서 커튼과 양탄자 쪽으로 가라앉자, 두 여자도 바닥으로 천천히 두둥실 내려앉았다.

두 여자 중 젊은 쪽은 낯선 얼굴이었다. 그녀는 긴 소파의 한쪽에서 온몸을 쭉 펴고 앉아서 꼼짝도 하지 않고 있었는데, 턱을 조금 치켜 올리고 있는 모습이 마치 금방이라도 떨어질 것 같은 물건을 턱위에 올려놓고 균형을 잡고 있는 것 같았다. 그녀는 곁눈으로 나를 쳐다봤는지도 모르겠지만 그런 내색은 전혀 하지 않았다. 사실 나는 당황하여, 이렇게 갑자기 들어와서 죄송하다고 얼떨결에 그녀에게 작은 소리로 사과할 뻔했다.

그 옆에 있는 여자, 데이지는 의자에서 일어서려고 하다가, 상냥한 표정으로 몸을 약간 앞으로 기울이며 묘하게 매력적인 웃음을 살짝 지었고, 나도 따라 웃으며 안쪽으로 들어갔다.

"지금 너무 행복해서 몸이 마비되는 것 같아요."

그녀는 마치 아주 재치 있는 말을 한 것처럼 다시 웃고는 잠시 내 손을 잡고 이 세상에 당신만큼 보고 싶었던 사람은 없다는 표정으로 내 얼굴을 쳐다보았다. 그녀는 늘 이런 식이었다. 그녀는 귓속말로, 균형을 잡고 있는 저 여자의 성이 베이커라고 일러주었다. 나는 데이지가 귓속말을 하는 이유가 상대방을 그녀 쪽으로 몸을 기울이게 하기 위해서라는 얘기를 들은 적이 있다. 부적절한 험담이지만 그 귓속말의 매력은 조금도 줄어들지 않았다.

어쨌든 베이커 양은 입술을 약간 움직였고 거의 인식할 수 없을 만큼 작게 고개를 끄덕이더니 재빨리 머리를 다시 뒤쪽으로 되돌렸다. 그녀가 턱 위에 균형을 잡고 있던 것이 분명히 조금 흔들리자 그녀는 깜짝 놀랐다. 다시 죄송하다는 말이 내 입술에 떠올랐다. 완벽한 자부심을 보여주는 사람에게 난 언제나 놀라 경의를 표하는 버릇이 있다.

다시 떨리는 저음의 목소리로 내게 이런저런 질문을 던지기 시작한 친척 여동생을 바라보았다. 그녀의 음성은 마치 다시는 연주되지 못할 음정의 배열인 양 그 높낮이에 따라 귀를 오르락내리락하게 만들었다. 그녀의 얼굴은 반짝이는 눈과 열정적으로 빛나는 입 때문에 청순가련하게 보였다. 하지만 그녀의 음성에는 그녀를 좋아했던 남자라면 잊을 수 없는 어떤 흥분감이 배어 있었다. 즉 "자, 들어봐요."라는 속삭임에는 노래하는 듯한 강한 유혹으로서, 잠시 즐겁고 흥분되는 일을 했고 다음에도 즐겁고 신나는 일이 기다린다는 약속이 암시되어 있었던 것이다.

나는 동부로 이사 오는 길에 시카고에 들러 하룻밤 머물렀는데, 십여 명의 사람들이 그녀에게 안부 전해 달라고 부탁했다는 이야기를 전해주었다.

"그 사람들이 저를 그리워하던가요?"

그녀는 황홀한 듯이 소리쳤다.

"네가 없으니까 거리가 아주 황량하기 짝이 없어. 차들은 모두 왼쪽 뒷바퀴를 검게 칠하여 애통함을 표하고, 노스쇼어(미시간 호 근처로 고급주택가) 거리는 밤새 통곡 소리가 그치지 않더구나."

"어머나 멋져! 톰, 우리 돌아가요, 내일이라도!"

그리고 그녀는 엉뚱하게도 이렇게 덧붙였다.

"우리 아기를 보셔야죠."

"그래, 보고 싶군."

"딸애는 지금 자고 있어요. 올해 세 살이에요. 아직 한 번도 보지 못했죠?"

"아직 못 봤지."

"그럼 꼭 보셔야 해요. 그 애는요…."

불안하게 방 안을 계속 왔다 갔다 하던 톰은 발을 멈추고 내 어깨에 손을 얹었다.

"닉, 자넨 무슨 일을 하고 있나?"

"증권 일을 하고 있어."

"어느 회사에서?"

나는 회사 이름을 말해 주었다.

"들어본 적 없는 회사인데."

그는 단정적으로 말했다. 그 말이 나를 언짢게 했다.

"듣게 될 거야." 내가 짧게 대답했다. "자네가 계속 동부에 있는다면 말이야."

"아, 난 계속 동부에 있을 거니까 걱정할 것 없네."

그는 데이지를 힐끗 쳐다보더니 내게 다시 시선을 돌리며 말했다. 마치 뭔가 더 신경 쓸 대상이 있는 것처럼.

"어지간한 바보가 아니라면 다른 데서 살지 않을 거야."

바로 이때 베이커 양이 너무 갑작스럽게 "물론이죠!"라고 말하는 바람에 나는 깜짝 놀랐다. 내가 방에 들어온 뒤로 그녀가 처음으로 말을 한 것이었다. 그녀는 하품을 하다가 일련의 신속하고 멋진 동작으로 소파에서 일어나 방 가운데로 나온 것으로 보아 자기 목소리에 그녀도 나만큼이나 놀란 것이 틀림없었다.

"몸이 뻣뻣해졌어요." 자리에서 일어선 그녀가 투덜거렸다. "저 소파에 너무 오래 앉아있었나 봐요."

"왜 날 쳐다보는 거야." 데이지가 대꾸했다. "난 오후 내내 널 뉴욕에 데려가려고 했잖아."

"안 마실래요."

베이커 양은 방금 부엌에서 가져온 넉 잔의 칵테일을 쳐다보며 말했다.

"난 지금 트레이닝에 집중하고 있거든요."

집주인 톰이 믿지 못하겠다는 듯 그녀를 쳐다보았다.

"그러시군!" 그는 잔 바닥에 한 방울밖에 없는 것처럼 잔을 들어올려 쭉 들이켰다.

"당신이 어떻게 뭔가를 해내는지 정말 모르겠단 말이야."

나는 베이커 양을 쳐다보면서 그녀가 '해내는' 일이 무엇일까 생각해 보았다. 그녀를 바라보면 기분이 괜찮았다. 몸매가 날씬하고 가슴이 작았는데, 마치 사관생도처럼 어깨를 뒤로 쫙 펴고 있었기 때문에 꼿꼿한 자세가 더욱 두드러져 보였다. 햇빛이 눈부셔 움츠린 그녀의 잿빛 눈은 정중한 호기심을 띠고 다소 창백하지만 매력적이며 불만스런 표정으로 나를 바라보았다. 이제야 이전에 어디선가 그녀를 보았거나 아니면 사진이라도 본 것 같다는 생각이 들었다.

"웨스트에그에 사신다고요?" 그녀는 깔보는 듯한 어조로 말했다.

"실은 거기 아는 사람이 있어요."

"전 아는 사람이 한 명도….."

"개츠비란 사람은 아실 텐데요."

"개츠비라고?" 데이지가 물었다. "어떤 개츠비 말이야?"

내가 이웃에 사는 사람이라고 미처 대답하기도 전에 저녁 식사가 준비되었다는 소리가 들려왔다. 톰은 건장한 팔을 내 팔 아래 단단히 끼우고 마치 체스 판에서 말을 옮기듯 나를 데리고 나갔다.

두 숙녀는 석양을 향해 열려 있는 장밋빛 현관을 향해 팔을 가볍게 엉덩이에 얹은 채 가볍고 나른한 걸음걸이로 우리 앞에서 걸어갔다. 거기 놓인 탁자 위에는 촛불 네 개가 좀 약해진 바람 속에 간들거리고 있었다.

"웬 촛불이지?"

데이지가 얼굴을 찌푸리며 말했다. 그녀는 손가락으로 비벼 촛불을 꺼버렸다.

"이제 두 주일만 있으면 일 년 중 낮이 가장 긴 날이 돼요."

그녀는 밝은 얼굴로 우리 모두를 바라보았다.

"일년 중 낮이 제일 긴 날을 쭉 기다리다가 막상 그날이 되면 깜빡 잊고 그냥 지나가버리지 않나요? 나는 늘 낮이 제일 긴 날을 기다리다 그만 잊어버려요."

"뭔가 계획을 세워야겠어."

베이커 양이 테이블 앞에 앉아 하품을 하며 말하는데 마치 잠자리에 들어가는 듯한 몸짓이었다.

"좋아." 데이지가 말했다. "그럼 무슨 계획을 세울까?"

그녀는 도움을 청하듯 내 쪽을 바라보았다.

"다른 사람들은 어떤 계획을 세우나요?"

내가 대답하기도 전에 그녀는 겁먹은 표정으로 자기 새끼손가락에 시선을 고정시켰다.

"이것 좀 봐요!" 그녀가 투덜거렸다. "여기를 다쳤다고요."

다들 그쪽으로 시선을 돌렸다. 그녀의 주먹 마디가 멍들어 있었다.

"톰, 당신 때문이에요." 그녀가 원망하듯 말했다.

"일부러 한 짓은 아닌 줄 알지만 당신이 그런걸요. 야수 같은 남자와 결혼한 덕분이지요. 덩치가 크고 거인 같은 남자의 표본 같은…."

"그 덩치 크다는 얘기 좀 하지 마." 톰이 언짢은 표정으로 투덜거렸다. "농담이라도 말이야."

"덩치 크잖아요." 데이지는 물러서지 않았다.

이따금 베이커 양과 데이지는 둘이서 이야기를 나눴는데, 얌전하고 비논리적으로 까부는 대화는 잡담이라고 하기도 어려울 정도였다. 그 이야기는 그들의 하얀 옷처럼, 아무런 욕망도 없고 감정도 없는 시선처럼 냉정한 것이었다. 그녀들은 이 자리에 있으면서 그저 정중하고 유쾌하게 대접하고 대접받으려고 애쓰면서 톰과 나를 받아들였다. 두 숙녀는 곧 저녁식사가 끝나고, 더 있으면 저녁 시간도 끝나고, 그렇게 모든 것이 지나간다는 것을 알고 있었다. 서부와는 전혀 다른 양상이었다. 서부에서는 저녁 시간이 끝을 향해 정신없이 장면 장면이 지나가는데, 계속되는 예측의 어긋남이나 아니면 순수하게 긴장된 두려움으로 이루어진다.

"데이지, 너하고 같이 있으니까 내가 미개인이라도 된 것 같구나."

나는 코르크 냄새가 나긴 하지만 꽤 괜찮은 적포도주를 두 잔째 마시면서 고백했다.

"넌 농작물 재배라든가 뭐 그런 얘기는 할 수 없는 거니?"

특별한 의도를 갖고 한 말이 아니었는데 내 말은 엉뚱한 방향으로 흘러갔다.

"문명이 이제 붕괴될 판이야." 톰이 갑자기 사납게 내뱉었다. "난 지독한 비관주의자가 되었지. 자네 고다드라는 사람이 쓴 『유색인종 제국의 융성』(책과 저자 모두 허구이다. 당시 비슷한 제목의 책은 있었다)이라는 책 읽어 봤나?"

"아니, 못 읽어봤는데." 나는 그의 말투에 놀라며 대답했다.

"저런, 좋은 책이야. 모두 읽어봐야 할 책이지. 그 내용은 말야, 만일 우리 백인종이 조심하지 않으면 완전히 침몰해 버리고 만다는 거야. 모두 과학적인 얘기야. 증거가 있다구."

"톰은 요즘 점점 심각해져 가고 있어요."

데이지가 측은한 표정을 지으며 말했다.

"이 사람은 긴 단어가 나오는 심각한 책만 읽어요. 그게 무슨 단어였지요, 우리가…?"

"글쎄, 모두 과학적인 책이라니까."

톰이 조바심이 나는 듯 그녀를 쳐다보면서 힘주어 말했다.

"이 친구는 모든 것을 분석해 놓았어. 지배 인종인 우리 백인이 조심해야 한다는 거야. 그러지 않으면 다른 인종이 세계를 지배하게 된다는 얘기지."

"그 인종들을 타도해야해요."

데이지는 햇빛이 눈부신 듯 눈을 몹시 깜박거리며 속삭였다.

"두 사람은 캘리포니아에 살아야 하는 건데…."

베이커 양이 말을 꺼냈지만 톰이 의자에서 육중한 몸을 고쳐 앉으며 그녀의 말을 가로막았다.

"이 책의 취지는 우리가 북유럽 인종이라는 거야. 나도 당신도 또 당신도, 그리고…."

그는 아주 잠깐 망설이더니 고개를 끄덕여 데이지까지 포함시켰다. 그녀는 나에게 다시 눈짓을 보냈다.

"그리고 문명을 이루는 것은 모두 우리가 만들어낸 거야…. 과학과 예술 같은 것들 전부 다 말이지. 알아듣겠어?"

예전보다 더 심해진 자기만족도 더 이상 그를 만족시키지 못하는 듯, 핏대를 올리는 그의 모습에는 어딘가 서글픈 느낌이 배어났다. 그때 집 안에서 전화벨이 울렸고, 집사가 현관에서 사라지자 데이지가 잠시 말이 중단된 틈을 타 내쪽으로 몸을 기울였다.

"우리 집 비밀 한 가지를 말해 줄게요." 그녀가 열심히 속삭였다. "집사의 코에 관한 건데요, 한번 들어볼래요?"

"바로 그 얘기를 들으러 오늘밤 온 거지."

"있잖아요, 저 사람은 원래 집사가 아니었어요. 뉴욕에서 은그릇 닦는 일을 했는데, 그를 고용한 사람들은 2백 명 분의 은그릇을 갖고 있었대요. 아침부터 밤까지 그릇을 닦다가 결국 그의 코에 악영향을 미치기 시작해서…."

"상태가 점점 악화된 거군요." 베이커 양이 끼어들었다.

"그런 셈이지. 증상이 계속 나빠져 결국 그 일자리를 그만두게 되었대요."

잠시 마지막 석양이 그녀의 얼굴을 붉게 물들여 낭만적인 매력을 뿌렸다. 그녀의 목소리는 귀 기울이는 나를 숨 가쁘게 끌어당겼다. 이윽고 타는 듯한 해가 사라지면서, 유쾌하게 놀다가 저녁이 되어 자리를 떠나는 아이들처럼, 그녀 얼굴에 머물던 황혼 빛은 아쉬움을 남기며 사라져갔다.

집사가 돌아와 톰의 귀에 뭔가 귓속말을 하자, 톰은 언짢은 얼굴로 의자를 뒤로 밀치고는 한마디 말도 없이 안으로 들어갔다. 그가 자리를 비운 것이 심적으로 뭔가 자극을 한 듯 데이지는 다시 몸을 앞으로 숙였고, 그녀의 목소리는 열정적으로 노래하는 듯했다.

"이렇게 우리 집에서 식사하게 되어 기뻐요. 닉 오빠를 보면 늘 생각나는 게 있어요. 한 송이 장미, 순수한 장미 말이에요. 안 그래?" 그녀는 베이커 양 쪽을 보며 동의를 구했다. "순수한 장미 같지?"

이건 전혀 사실이 아니었다. 내게는 장미 같은 면이 전혀 없다. 그저 즉흥적으로 한 말이었지만 그녀에게서 사람을 감동시키는 따뜻함이 흘러나왔다. 마치 그녀의 마음이 숨 가쁘게 떨리는 그 한마디 말을 타고 달려 나오려는 것 같았다. 그런데 돌연 그녀가 냅킨을 식탁 위에 던지더니 실례한다고 말하고 안으로 들어가 버렸다.

베이커 양과 나는 별 의미 없는 시선을 의식적으로 주고받았다. 내가 막 입을 열려는 순간 그녀가 경계하듯 앉으며 "쉿!"하고 주의를 줬다. 저쪽 방에서 격앙된 감정을 억누른 듯한 목소리가 들려오자 베이커 양은 뻔뻔스럽게도 몸을 앞으로 기울여 얘기를 엿들으려고 했다. 속삭이는 목소리는 줄곧 떨렸는데, 흥분하여 오르락내리락하더니 이윽고 뚝 그쳐버렸다.

"당신이 말한 개츠비 씨는 제 이웃입니다."

내가 말을 꺼냈다.

"조용히 하세요. 무슨 일이 있는지 듣고 싶어요."

"무슨 일이 있는 겁니까?" 내가 아무것도 모르고 물었다.

"그럼 아직도 모르신단 말이에요?" 베이커 양은 정말 놀란 표정으로 말했다. "다들 아는 얘기인줄 알았는데."

"전 모릅니다."

"어머나…" 그녀는 머뭇거렸다.

"톰은 뉴욕에 여자가 있어요."

"여자가 있어요?" 나는 멍하니 말을 되풀이했다.

그러자 베이커 양은 고개를 끄덕였다.

"저녁 식사 때 전화를 걸지 않는 정도의 예의는 있어야 하는데…, 안 그래요?"

그녀의 말을 미처 알아듣기도 전에 드레스 자락이 펄럭이는 소리와 가죽부츠가 저벅거리는 소리가 나더니 톰과 데이지가 다시 식탁으로 돌아왔다.

"어쩔 수 없었어요!"

데이지가 굳은 얼굴로 명랑한 척하며 소리쳤다. 그녀는 자리에 앉아 베이커 양과 내 눈치를 살피더니 말을 이었다.

"잠시 바깥을 내다봤는데, 아주 낭만적이에요. 잔디밭에 새가 한 마리 앉아 있는데 내 생각에 커나드나 화이트스타 해운회사 배를 타고 건너온 나이팅게일이 틀림없어요. 그 새가 노래하며 날아가 버렸는데……."

그녀의 목소리가 노래처럼 흘러나왔다.

"아주 낭만적이었어요. 톰, 그렇지 않아요?"

"아주 낭만적이었지."

그는 대답하고 나서 괴로운 듯이 나를 향해 말했다.

"저녁을 먹고 난 뒤에도 아직 환하면 자네에게 마구간을 구경시켜 주고 싶군."

집 안에서 다시 갑작스럽게 전화벨이 울렸고, 즉시 데이지가 톰을 향해 단호하게 고개를 흔들자, 마구간에 관한 화제뿐 아니라 사실상 모든 얘기 거리가 허공으로 사라져버리고 말았다. 저녁 식사의 마지막 5분 동안에 일어난 조각난 시간 중에서 지금도 기억에 남아있는 것은 의미 없이 촛불을 다시 켜놓았던 것뿐이다. 그때 나는 내심 그들을 똑바로 쳐다보고 싶었지만 시선을 피하고 있었다. 나는 톰과 데이지가 무슨 생각을 하고 있는지 짐작할 수 없었다. 하지만, 일종의 단단한 회의론(懷疑論)을 터득한 것 같은 베이커 양일지라도 다섯 번째 불청객의 시끄러운 금속성의 긴급 발신음을 기억 속에서 완전히 지워버릴 수 있을지는 의문이다. 이런 상황을 흥미진진하게 즐길 수 있는 성격의 소유자도 있을지는 모르겠다. 하지만 내 본능을 따르자면 즉시 경찰에 전화를 걸고 싶은 심정이었다.

당연한 얘기지만 말(馬) 이야기는 다시 나오지 않았다. 톰과 베이커 양은 손으로 만져볼 수 있는 시체 옆에서 밤샘하러 가는 사람들처럼, 황혼 속에서 몇 걸음을 사이에 둔 채 서재로 걸어 들어갔다. 한편

나는 잘 안 들리는 척하며 즐거운 듯 보이려고 애쓰면서 데이지를 따라 베란다를 돌아 정문 현관으로 나갔다. 으슥한 어둠 속에서 우리는 가느다란 나뭇가지로 짠 소파에 나란히 앉았다.

데이지는 예쁜 얼굴을 새삼 느껴보려는 것인지 두 손으로 얼굴을 감쌌고, 조금씩 벨벳 같은 어둠 쪽으로 시선을 옮겼다. 격한 감정에 사로잡혀 있다는 것을 눈치 챈 나는 그녀의 마음을 진정시킬 만한 질문 몇 가지를 던졌다.

"닉, 우리는 서로 잘 알지 못해요." 그녀가 느닷없이 말했다. "육촌간이긴 하지만 오빠는 내 결혼식에도 오지 않았잖아요."

"그땐 전쟁터에서 돌아오기 전이었으니까."

"그건 사실이죠." 그녀는 머뭇거렸다. "그런데 닉, 그동안 나 너무 힘들었어요. 그래서 아주 냉소적인 성격이 되고 말았죠."

그녀에겐 분명히 그럴 만한 이유가 있었다. 기다렸지만 그녀는 더이상 아무 말도 하지 않았고, 잠시 후 나는 맥이 빠져 딸 얘기를 다시 꺼냈다.

"이젠 제법 말도 하고, 밥도 먹고 여러 가지 다 하겠군."

"네, 맞아요." 그녀는 멍하니 나를 바라보았다.

"닉, 그 애가 태어났을 때 내가 뭐라고 했는지 들어볼래요?"

"그럼! 말해 봐."

"아마 이 얘기를 들으면 내 기분이 어떤지 아실 거예요. 글쎄, 아이를 낳은 지 한 시간도 되지 않았는데 톰은 대체 어디 있는지 알 수가 없는 거예요. 마취에서 깨어났을 때 전 완전히 버림받은 느낌이었어요. 즉시 간호사한테 그 애가 아들인지 딸인지 물어봤어요. 그랬더니 간호사는 딸이라고 했고, 그래서 저는 고개를 돌리고 울었어요. '괜찮아. 딸이라서 좋아. 그리고 애가 커서 바보가 되었으면 좋겠어. 이런 세상에서 바보는 여자애가 될 수 있는 최선이니까. 예쁘고 귀여운 바보 말이야.' 라고 혼잣말을 했어요."

"제게는 모든 게 다 끔찍해요, 아시겠지만." 그녀는 확신에 차서 말을 이어갔다.

"모두들 그렇게 생각하는 걸요. 가장 앞서가는 사람들도 말예요. 그리고 난 알아요. 안 가 본 데도 없고 못 본 것이 없고 안 해 본 일도 없거든요."

그녀는 다소 톰을 닮은 듯한 도전적인 태도로 눈을 번득이며 섬뜩한 경멸을 띠고 웃었다.

"닳고 닳았어요. 맙소사, 난 이제 닳아빠진 여자라고요!"

그녀의 목소리가 더 이상 억지로 내 주의를 끌거나 신뢰를 얻으려 하지 않고 뚝 끊기는 순간, 나는 그녀의 말이 근본적으로 진실하지 못하다고 느꼈다. 마치 오늘 저녁 시간 전부가 자신에게 유리한 감정을 이끌어 내려는 일종의 속임수였던 것 같아 마음이 불편했다. 나는 다음 얘기를 기다렸고, 아니나 다를까 그녀는 이내 귀여운 얼굴에 완벽하게 어색한 미소를 띠고 나를 바라보았다. 마치 자기와 톰이 꽤 유명한 비밀조직에 가입되어 있다고 주장이라도 하려는 듯 말이다.

———— ✺ ————

집 안에 들어서자 방 안은 꽃이라도 핀 것처럼 진홍빛 불빛이 가득했다. 톰과 베이커 양은 긴 소파의 양 끝에 앉아 있었고, 그녀는 그에게 『새터데이 이브닝 포스트』를 큰 소리로 읽어주고 있었다. 속삭이는 듯하면서 높낮이의 변화가 없는 목소리가 마치 아이를 달래는 듯한 분위기였다. 그의 부츠에는 밝게, 낙엽 같은 그녀의 노란 머리카락에는 흐릿하게 반사된 램프 불빛이, 그녀가 가냘픈 팔 근육을 움직이며 책장을 넘길 때마다 종이에 반사되어 어른거렸다.

우리가 들어가자 그녀는 손을 들어 잠시 조용히 해달라고 신호를 보냈다.

"다음 호에 계속됩니다."라고 하면서 잡지를 탁자 위에 던졌다. 그녀는 불안하게 무릎을 들썩이더니 결국 일어났다.

"벌써 10시군요."

그녀는 천장에 매달린 시계를 보고 말했다.

"이 착한 아가씨는 잠자리에 들 시간이에요."

"조던은 내일 경기가 있어요." 데이지가 설명했다.

"웨스트체스터(뉴욕 시 북쪽에 있는 교외)에서 말이에요."

"아아, 당신이 바로 조던 베이커로군요."

그녀의 얼굴이 낯익었던 이유를 비로소 알 수 있었다. 유쾌하고 남을 내려다보는 저 표정을 애쉬빌(노스캐롤라이나 주의 휴양지)과 핫스프링스(아칸소 주의 휴양지), 팜비치(플로리다 주의 휴양지)에서 경기 장면을 찍은 사진에서 본 적이 있었던 것이다. 그녀를 비난하는 유쾌하지 않은 이야기도 들은 적이 있었지만 어떤 내용이었는지 기억하지는 못한다.

"잘 자요." 그녀가 부드럽게 말했다. "8시에 깨워줘요, 알았죠?"

"깨워서 일어난다면."

"일어날게. 캐러웨이 씨, 또 봐요."

"물론 그렇게 될 거야." 데이지가 당연하다는 투로 말했다.

"사실은 제가 둘을 맺어주려고 해요. 닉, 그러니 자주 놀러와요. 그리고 뭐랄까… 음… 전 두 사람을 함께 묶어줄게요. 있잖아요. 사고처럼 두 사람을 옷장에 집어넣고 문을 잠가버린다든가, 보트에 태워 바다로 띄워 보낸다든가 하는 거…."

"잘 자요." 베이커 양이 계단에서 소리쳤다. "난 하나도 못 들은 걸로 하겠어요."

"괜찮은 아가씨야." 톰이 잠시 후 말했다.

"그녀가 이런 식으로 전국을 돌아다니게 해서는 안 되는데."

"누가 그러면 안 된다는 거죠?"

데이지가 쌀쌀맞게 물었다.

"그녀의 가족들 말이야."

"가족 이래 봤자 한 천 살쯤 먹은 늙은 숙모 한 사람밖에 없어요. 그건 그렇고 앞으로 조던을 돌봐줄 거죠, 닉? 그 애는 올 여름 대부분의 주말을 우리 집에서 보낼 거예요. 전 우리 가정이 그 애에게 좋은 영향을 줄 거라고 봐요."

데이지와 톰은 잠시 묵묵히 서로 쳐다보았다.

"저 아가씨 뉴욕 출신이야?" 내가 재빨리 물어보았다.

"루이빌(켄터키 주에 있는 도시. 피츠제럴드는 이 도시 근처의 군기지 캠프 테일러에서 잠시 근무했다) 출신이에요. 우리는 순수했던 소녀 시절을 그 곳에서 함께 보냈어요. 아름답고 순수했던……."

"당신, 베란다에서 닉에게 터놓고 다 얘기했어?"

톰이 갑자기 물었다.

"내가요?" 그녀는 나를 쳐다보았다.

"기억이 잘 안 나지만 우린 북유럽 인종에 관해 얘기했어요. 맞아요, 틀림없어요. 뭐랄까, 그 얘기가 갑자기 떠올랐는데 당신이 우선 알아야 할 건…."

"닉, 들은 말을 다 믿지는 말게." 그가 나에게 충고했다.

나는 아무 얘기도 듣지 못했다고 간단히 말하고는 잠시 후 집에 가려고 자리에서 일어섰다. 그들은 함께 문까지 따라 나와 사각형으로 비치는 상쾌한 불빛 아래 나란히 섰다. 내가 자동차에 올라타 떠나려고 하자 데이지가 단호하게 "잠깐만 기다려요!" 하고 소리쳤다.

"물어볼 말이 있었는데 깜박 잊고 있었네요. 중요한 거예요. 서부에서 닉이 어떤 아가씨와 약혼했다고 들었어요."

"그래, 맞아. 자네가 약혼했다고 들었어." 톰이 친절하게도 그녀의 말을 거들었다.

"헛소문이야. 나는 그럴 돈도 없고."

"하지만 우린 들었어요."

이렇게 주장하는 데이지의 얼굴이 다시 꽃처럼 환하게 피어나서 나를 놀라게 했다.

"세 사람한테서 그 말을 들었으니 분명히 사실이에요."

그들이 무슨 얘기를 하는지 잘 알고 있었지만 나는 꿈에도 약혼한 일이 없었다. 내가 결혼할 거라는 소문이 나돈 것은 내가 동부로 오게 된 이유 중 하나였다. 소문 때문에 옛 친구와 만나지 않을 수도 없는 노릇이고, 다른 한편으로는 소문이 났다고 해서 결혼할 생각은 추호도 없었던 것이다.

그들이 보여준 관심에 나는 약간 감동했고 그들이 거리감이 느껴지는 엄청난 부자라는 생각은 좀 누그러졌다. 그런데도 나는 차를 몰고 돌아오면서 마음이 혼란스러웠고 기분도 좀 불쾌했다. 내 생각에, 데이지가 해야 할 일은 당장 어린애를 안고 집을 뛰쳐나오는 것이었다. 하지만 그녀는 그럴 생각이 조금도 없을 것이다. 한편 톰에 관해 말하자면, '뉴욕에 여자를 두고 있다'는 사실보다 더 놀라운 것은 그가 어떤 책 한 권 때문에 우울해졌다는 사실이었다. 강인한 육체적 자만심이 더 이상 그의 독단적인 마음에 영양분을 줄 수 없게 된 것처럼, 뭔가가 톰으로 하여금 낡은 사고방식의 언저리를 갉아먹게 하고 있었던 것이다.

도로변의 여관 지붕들과 빨간 새 휘발유 펌프가 불빛을 받으며 서 있는 길가 주유소에는 벌써 여름이 한창 깊어가고 있었다. 웨스트에 그의 집에 도착하여 차고에 차를 세워둔 뒤 마당에 방치되어 있는 잔디 고르는 기계 위에 얼마 동안 앉아 있었다.

바람은 가라앉았고 나무에는 새들이 푸드득거리는 소리가 들리고 땅에는 대지의 충만한 풀무 소리가 개구리에게 생명력을 불어넣듯 계속 오르간 소리를 내며 밝은 밤을 연주하고 있었다. 지나가는 고양이 그림자가 달빛에 어른거렸다. 그놈을 보려고 고개를 돌렸을 때, 나는 내가 혼자가 아님을 깨달았다. 50피트 떨어진 곳에 한 사람의 모습이 이웃 저택의 그림자 속에서 나타나 두 손을 호주머니에 찌른 채 서서 은빛 후춧가루를 뿌려놓은 듯한 별을 바라보고 있었다. 여유로운 움직임과 잔디를 굳게 밟고 서있는 품을 미루어 보건대, 그는 바로 어디까지가 자기 몫의 하늘인지 살펴보려고 나온 개츠비임을 알 수 있었다.

나는 그에게 말을 걸어야겠다고 생각했다. 베이커 양이 저녁을 먹으면서 개츠비 얘기를 꺼냈던 것으로 소개는 충분할 것 같았다. 하지만 난 그에게 말을 건네지 않았다. 왜냐하면 그가 문득 혼자 있고 싶다는 암시를 비쳤기 때문이다. 그는 어두운 바다를 향해 이상한 포즈로 두 팔을 뻗었는데, 나는 멀리 떨어져 있기는 했지만 그가 몸을 떨고 있다고 확신할 수 있었다. 무의식중에 나도 바다 쪽을 바라보았다. 멀리 떨어져 희미하게 반짝이는 단 하나의 초록색 불빛을 빼고는 아무것도 보이지 않았다. 그것은 아마 부두 맨 끝임에 틀림없었다. 내가 다시 개츠비를 쳐다보았을 때 그는 사라졌고, 나는 어수선한 어둠 속에 또 다시 혼자였다.

2

The Great Gatsby

　웨스트에그에서 뉴욕으로 가는 중간쯤에 차도가 철도와 만나 4분의 1마일 정도 나란히 달리는데, 차도가 철도와 만나는 이유는 어떤 황량한 지역을 피하기 위해 차도가 꺾어지기 때문이다. 이곳이 바로 재(灰)의 계곡이다. 재가 밀처럼 자라 산마루와 언덕을 기괴한 정원으로 만드는 환상적인 농장이다. 여기에서 재는 집과 굴뚝, 그리고 굴뚝에서 피어오르는 연기 모양을 하고 있다가, 놀라운 노력으로 마침내 회색빛 인간의 형상이 되어 뿌연 공기 속에 어렴풋이 움직이다 금세 부서져 재투성이 공기가 돼버린다. 이따금 잿빛 자동차들이 일렬로 줄을 지어 보이지 않는 차선을 따라 기어가는데, 섬뜩하게 삐걱거리다 조용해진다. 그러면 즉시 잿빛 사람들이 납덩이 삽을 가지고 몰려들어 닿을 수 없는 구름을 휘저어 놓고, 그것은 그들의 모호한 작업이 보이지 않게 가려버린다.

그러나 잿빛 땅과 그 위에서 끊임없이 떠도는 황량한 먼지의 요동 위로 시선을 높이면 잠시 후 T. J. 에클버그 의사의 두 눈을 볼 수 있다. T. J. 에클버그 의사의 눈은 푸르고 거대하다. 망막의 높이가 무려 1야드(91cm)에 달한다. 얼굴은 없고 눈만 있지만, 존재하지 않는 코에 걸려 있는 거대한 노란색 안경 너머로 이쪽을 바라보고 있다. 분명히 어떤 익살맞은 안과 의사가 퀸스 자치구(뉴욕시는 맨해튼, 브룩클린, 브롱크스, 퀸스, 리치몬드의 5개 자치구로 되어있다)에서 돈 좀 벌려고 설치해놓은 뒤 자신은 영원히 눈이 안보이게 되었거나 이 광고판을 까맣게 잊고 떠나버린 게 틀림없었다. 오랜 세월 페인트도 칠하지 않은 채 햇볕과 비를 맞아 좀 바랬지만 여전히 두 눈은 생각에 잠긴 듯이 장엄한 재의 계곡을 지켜보고 있었다.

재의 계곡은 한쪽으로 작고 더러운 강과 접하고 있어서 도개교가 화물선을 통과시키기 위해 올라갈 때면 기차에서 기다리는 승객들은 반시간 동안 그 음울한 풍경을 바라볼 수 있다. 거기서는 적어도 일 분 동안은 정지하게 되는데, 내가 톰 뷰캐넌의 여자를 처음 만난 것도 바로 그 때문이었다.

톰에게 정부(情婦)가 있다는 사실은 톰이 알려진 곳이라면 어디에서나 화제가 되었다. 그를 아는 사람들은 그가 카페에 여자를 데리고 나타나서 그녀를 앉혀둔 채 어슬렁거리다 아는 사람이 나타나기만 하면 누구든 붙잡고 잡담한다는 사실을 못마땅하게 생각했다. 나는 그 여자가 어떻게 생겼는지 궁금하기는 했지만 만나고 싶은 생각은 없었다. 그러나 나는 그녀를 만나게 되었다. 어느 날 오후 나는 톰과 함께 기차를 타고 뉴욕에 갔는데, 기차가 재의 계곡에서 멈추자 그는 자리에서 벌떡 일어나 내 팔을 붙잡고 강제로 기차에서 끌어내리다시피 했다.

"여기서 내리자고!" 그가 고집을 부렸다. "내 애인을 소개해 줄 테니까."

나는 톰이 점심 때 술을 꽤 마신 게 아닌가 생각했는데, 나를 데리고 가겠다는 그의 결심을 관철시키기 위해 폭력이라도 불사할 것 같다는 느낌을 받았다. 그는 거만하게도 일요일 오후니까 내게 더 좋은 일이 없을 것으로 넘겨짚은 것이다.

나는 석회도료를 하얗게 바른 나지막한 철도변 담장을 넘어 그를 따라갔고, 우리는 에클버그 의사의 끊임없는 시선을 받으며 길을 따라 100야드(91m)쯤 뒤쪽으로 걸어갔다. 보이는 건물이라고는 오로지 황무지 끝에 서 있는 작은 노란 벽돌 건물뿐이었고, 그것은 일종의 중심가 구실을 하고 있었는데 주변에는 아무것도 없었다. 그 건물에는 상점이 셋 있었는데, 하나는 세 들어올 사람을 찾는 중이었고, 두 번째는 재의 계곡 자락과 닿아 있는 야간에도 영업을 하는 음식점이었으며, 세 번째 상점은 자동차 정비소였다. 거기에는 〈자동차 정비소, 조지 B. 윌슨 자동차 매매〉라는 팻말이 붙어 있었다. 나는 톰을 따라 그 정비소 안으로 들어갔다.

실내는 초라하고 텅 비어 있었다. 자동차라고는 어둠침침한 구석에서 먼지를 뒤집어쓰고 있는 고물 포드 한 대뿐이었다. 그런데 문득 정비소의 어두운 그늘은 눈가림이고 2층에는 호화롭고 낭만적인 방

44

들이 감춰져 있을 지도 모른다는 생각이 문득 떠올랐다. 그 때 주인이 헝겊 조각에 손을 닦으며 사무실 문 앞에 나타났다. 금발에 약간 미남이었지만 빈혈이 있는 듯 생기 없는 인상이었다. 우리를 보자 그의 연푸른 눈에는 축축한 희망의 빛이 떠올랐다.

"잘 있었나, 윌슨." 톰은 반갑다는 듯이 그의 어깨를 툭툭 치며 말했다. "장사는 잘 되나?"

"그저 그래요." 윌슨이 힘없는 목소리로 대답했다. "그 차는 언제 저한테 파실 겁니까?"

"다음 주에, 지금 우리 정비사가 수리하고 있는 중이거든."

"그 사람 작업이 좀 더딘 거 같네요, 안 그래요?"

"아니, 그렇지 않네." 톰이 차갑게 대답했다. "자네가 그렇게 생각한다면 다른 곳에 팔아버리겠어."

"저, 그런 뜻이 아니고요…" 윌슨이 재빨리 변명했다. "저는 다만…"

그는 말끝을 흐렸고 톰은 조바심이 나는 듯 정비소 안을 훑어보았다. 그때 계단을 내려오는 발소리가 들리더니 잠시 후 약간 뚱뚱한 듯한 여자가 사무실 문으로 들어오는 빛을 가로막고 섰다. 30대 중반에 접어든 그녀는 다소 통통하다고 할 수도 있었지만 어떤 여자들만이 가지고 있는 육감적인 매력이 있었다. 검푸른 프랑스 비단으로 된 물방울무늬 드레스 위로 보이는 그녀의 얼굴은 예쁜 빛은 없었지만 마치 온몸의 신경이 끊임없이 끓어오르는 듯 한 눈에 알 수 있는 생동감이 넘쳤다. 그녀는 천천히 웃었고, 남편이 마치 유령인 것처럼 통과하여 톰과 악수를 하며 눈에 홍조를 띠고 있었다. 그리고 그녀는 입술에 침을 바르고 남편을 쳐다보지도 않은 채 부드럽지만 품위 없는 목소리로 이렇게 말했다.

"의자 좀 가져와요. 앉으시게 해야죠."

"아, 그렇군."

윌슨은 서둘러 회색 벽에 연결되어 있는 작은 사무실로 가는데 곧 벽의 시멘트 색깔과 한데 어울려버렸다. 근처에 있는 것은 무엇이든 뿌연 재를 뒤집어쓰고 있었는데 그의 검은 양복과 윤기 없는 머리카락에도 먼지가 뽀얗게 덮여 있었다. 다만 톰에게 바짝 다가와 있는 그의 부인만은 예외였다.

"좀 만나고 싶어." 톰이 열띤 목소리로 말했다. "다음 기차를 타."

"알았어요."

"지하의 신문 가판대에서 기다릴게."

그녀는 고개를 끄덕였고 조지 윌슨이 사무실에서 의자 두 개를 들고 나타나자 톰에게서 떨어졌다.

우리는 길 아래쪽으로 내려가 눈에 띄지 않는 데서 그녀를 기다렸다. 독립기념일(7월 4일 독립기념일엔 많은 사람들이 불꽃놀이를 한다)을 며칠 앞둔 때여서 창백하고 깡마른 이탈리아계 아이가 철도를 따라 폭죽을 한 줄로 쭉 늘어놓고 있었다.

"끔찍한 곳이지 않나?"

톰이 에클버그 의사처럼 찡그린 표정으로 말했다.

"그렇군."

"이곳을 떠나는 게 그 여자에게도 좋아."

"남편이 반대하지 않을까?"

"윌슨? 그 자는 아내가 뉴욕에 사는 여동생을 만나러 가는 줄로 알고 있어. 우둔하기 짝이 없어서 자기가 살아있다는 사실조차 잊고 사는 친구라고."

그래서 톰과 그 여자와 나는 함께 뉴욕으로 갔다. 정확히 말하자면 '함께'라고 할 수도 없는데, 윌슨 부인이 눈치껏 다른 객실에 탔기 때문이다. 톰은 같은 기차를 타고 있을지도 모르는 이스트에그 주민의 감정에 그 정도의 배려는 할 줄 알았다.

그녀는 갈색 무늬가 있는 모슬린 드레스로 갈아입었는데, 톰이 뉴욕 플랫폼에서 그녀를 부축하여 내릴 때 그 옷은 다소 널찍한 엉덩이에 팽팽히 착 달라붙어 있었다. 신문 가판대에서 그녀는 『타운 태틀』(가상의 잡지이다. 1920년대의 3류 잡지 『타운 토픽』의 이름을 바꾼 듯) 1부와 영화잡지를 샀고, 역 매점에서는 콜드크림과 조그만 향수 한 병을 샀다. 그녀는 지상으로 올라와 장중한 소음이 메아리로 들리는 역 구내 차도에서 택시를 네 대나 그냥 보내고 나서야 비로소 회색 시트로 장식된 보라색 새 택시를 골라잡았다. 택시를 타고 우리는 사람들로 붐비는 역을 빠져나와 햇빛이 내리쬐는 거리로 들어섰다. 그러나 그녀는 재빨리 창에서 눈길을 돌리더니 앞 유리를 두드렸다.

"개 한 마리를 사고 싶어요." 그녀가 진지하게 말했다.

"아파트에서 기르고 싶어요. 개 한 마리 있으면 좋잖아요."

우리는 록펠러(1839~1937 스탠더드 석유회사를 세운 재벌의 대명사)를 묘하게 닮은 머리가 허연 노인 쪽으로 차를 댔다. 노인의 목에 걸려 있는 바구니에는 갓 태어난 잡종 강아지 열두어 마리가 웅크리고 있었다.

"무슨 종류예요?"

노인이 택시 창문 쪽으로 다가오자 윌슨 부인이 진지하게 물었다.

"여러 종류가 다 있습죠. 부인은 어떤 종을 원하시오?"

"경찰견 한 마리를 사고 싶은데요. 그런 개는 없나보네요?"

노인은 자신 없게 바구니를 들여다보다가 발버둥치는 강아지의 목덜미를 잡아 들어올렸다.

"그건 경찰견이 아니잖소." 톰이 말했다.

"네, 정확히 경찰견은 아니지요." 노인은 실망한 목소리로 말했다.

"이 놈은 에어데일에 가깝지요." 노인은 갈색 수건 같은 개의 등을 쓰다듬었다.

"이 털 좀 보세요. 훌륭한 털이지요. 감기에 걸려서 주인을 귀찮게 할 놈은 아닙니다."

"예뻐요." 윌슨 부인이 열띤 목소리로 말했다. "얼마예요?"

"이놈 말입니까?" 노인은 강아지를 감탄스러운 눈길로 바라보았다. "10달러는 주셔야죠."

그 에어데일은—다리가 놀랄 만큼 하얗지만 분명히 에어데일다운 점이 있었다—바뀐 주인인 윌슨 부인의 무릎 위로 파고들었고, 그녀는 추위를 타지 않는다는 녀석의 털을 황홀한 듯 쓰다듬었다.

"수컷이에요, 암컷이에요?" 그녀가 자세히 물었다.

"그놈이오? 수컷이죠."

"암캐야." 톰이 단호하게 말했다. "자, 여기 돈이 있소. 그 돈이면 열 마리는 더 살 거요."

우리는 5번가를 향해 달렸다. 한여름 일요일 오후 공기는 거의 목가적으로 따뜻하고 부드러워서 한 무리의 양떼가 모퉁이를 돌아 거리에 나타나더라도 놀라지 않았을 것이다.

"차를 세우세요. 난 여기서 내려야겠어." 내가 말했다.

"아니, 안 돼." 톰이 재빨리 가로막았다. "자네가 아파트까지 가지 않으면 머틀이 섭섭해 할 거야. 안 그래, 머틀?"

"그래요, 함께 가요." 그녀는 조르다시피 했다. "전화를 걸어 동생 캐서린을 부를게요. 아는 사람들한테 아주 예쁘다는 얘기를 듣는 애예요."

"가고 싶기는 하지만…."

우리는 다시 센트럴 파크를 지나 웨스트 100번대 거리(맨해튼은 거리 이름이 숫자로 되어있고 브로드웨이를 중심으로 East, West로 나뉜다)쪽으로 계속 달렸다. 158번가에 이르자 택시는 흰 케이크처럼 길게 늘어서 있는 아파트 한쪽에 멈췄다. 궁전에 돌아온 여왕처럼 위풍당당하게 이웃을 돌아보고서 윌슨 부인은 개와 다른 구입품을 들고 거만하게 안으로 들어갔다.

"맥키 부부를 부를게요." 엘리베이터를 타고 올라가면서 그녀가 말했다. "물론 내 동생한테도 전화를 걸고요."

그녀의 집은 아파트 맨 위층에 있었다. 자그마한 거실과 식당, 그리고 목욕탕이 딸린 침실 하나가 있는 집이었다. 거실에는 태피스트리(여러 가지 색실로 무늬나 그림 따위를 나타낸 직물. 벽걸이 등 장식용)를 씌운 가구 한 벌이 문간까지 꽉 들어차 있었는데 거실에 비해 가구가 너무 커서 돌아다니려면 태피스트리에 보이는 베르사유 궁전 정원에서 그네를 타는 부인들에 걸려 넘어질 지경이었다. 방에 보이는 유일한 사진은 너무 크게 확대한 것이었는데 얼핏 희미한 바위 위에 앉아 있는 암탉으로 보였다. 하지만 좀 떨어져서 보니 암탉은 부인용 모자로 보였고, 통통한 노부인의 얼굴이 방 안을 향해 빙그레 웃고 있었다. 탁자 위에는 『베드로라 불리는 시몬』(로버트 키블이 쓴 대중 소설, 1921년 영국에서 출간됨. 피츠제럴드는 이 소설을 '부도덕하다'고 평했다) 한 권과 낡은 『타운 태틀』 몇 권이 놓여 있었고, 브로드웨이의 스캔들을 다룬 그저 그런 잡지 몇 권이 널려 있었다. 윌슨 부인은 먼저 강아지에 관심이 가 있었다. 엘리베이터 안내원은 마지못해 짚이 가득 든 상자와 우유를 사러 가서는, 시키지도 않은 크고 딱딱한 개 비스킷까지 사 왔다. 그 중 한 개는 그날 오후 내내 우유 접시에 버려져 조금씩 녹아버렸다. 한편 톰은 잠가둔 옷장에서 위스키 한 병을 꺼내 왔다.

나는 지금껏 술에 취한 적이 두 번밖에 없는데, 그 두 번째가 바로 그날 오후였다. 오후 8시가 넘도록 방 안에는 밝은 햇살이 가득 차 있었지만 그때의 모든 기억은 뿌연 안개로 덮여 있다. 윌슨 부인은 톰의 허벅지에 앉아서 몇 사람에게 전화를 걸었다. 나는 담배가 떨어져 길모퉁이에 있는 가게로 담배를 사러 나갔다. 돌아와 보니 그들은 보이지 않았고, 나는 조용히 거실에 앉아 『베드로라 불리는 시몬』을 읽었다. 내용이 형편없어서인지 아니면 위스키 때문에 정신이 맑지 않아서인지는 모르겠지만 무슨 얘기인지 이해가 되지 않았다.

톰과 머틀이—한잔하고 난 뒤부터 윌슨 부인과 나는 서로 이름을 불렀다—다시 나타나자 손님들이 하나 둘씩 도착하기 시작했다.

머틀의 동생 캐서린은 서른 살쯤 된, 날씬한 몸매에 속물스러운 여자로, 숱이 많은 붉은 단발머리에 우윳빛 분을 바른 얼굴이었다. 눈썹을 뽑고 그 위에 더 세련되어 보이도록 새로 그렸지만 옛 눈썹을 되찾으려는 자연의 노력 때문에 얼굴이 보기에 좀 거북했다. 그녀가 움직일 때면 두 팔에 달린 무수한 도기(陶器) 팔찌가 위아래로 흔들리며 끊임없이 시원한 소리를 냈다. 그녀는 서둘러 방에 들어와서는 가구가 자기 것인 양 둘러보았기 때문에 그녀가 집주인이 아닐까 하는 착각이 들 정도였다. 그래서 내가 여기서 사느냐고 물었더니 그녀는 호들갑스럽게 웃으면서, 내 질문을 큰 소리로 되풀이하고는 자기는 여자 친구와 함께 호텔에 산다고 대답하는 것이었다.

맥키 씨는 창백한 얼굴에 여자 같은 느낌을 주는, 아래층에 사는 남자였다. 광대뼈에 흰 비누 거품 자국이 있는 것으로 보아 방금 면도를 한 모양이다. 방에 있는 사람들에게 무척이나 예의 바르게 인사를 했다. 그는 '예술 일'에 종사하고 있노라고 말했는데, 나는 나중에야 그가 사진사라는 것을 알고 벽에 걸려 있는 머틀 어머니의 심령 같은 희미한 확대 사진을 만든 장본인임을 짐작할 수 있었다. 그의 아내는 찢어질 듯 날카로운 목소리에 기운이 없어 보였고, 예쁘기는 하지만 느낌이 나쁜 여자였다. 그녀는 남편이 결혼 후 일백 스물일곱 번이나 사진을 찍어주었다고 자랑스럽게 떠벌렸다.

윌슨 부인은 어느 새인가 옷을 갈아입었는데, 이제 크림색 실크로 정교하게 짠 야회복을 차려입고 있었다. 그녀가 그 옷으로 방 안을 쓸고 다니는 동안 계속 바스락거리는 소리가 났다. 옷 덕분에 인품마저 달라 보였다. 자동차 정비소에서 눈에 띄었던 강렬한 활력은 상당한 거만함으로 바뀌었다. 그녀의 웃음, 그녀의 몸짓, 그녀의 말투는 시간이 지날수록 점점 더 거칠어졌고, 그녀가 그렇게 부풀어 오를수록 방은 점점 더 비좁아지는 것 같았다. 마침내 그녀는 시끄럽게 삐걱거리는 회전축을 타고 연기 자욱한 공기 속을 빙빙 돌고 있는 듯 보였다.

"애, 캐서린."

그녀는 뽐내는 듯한 높은 톤으로 동생에게 말했다.

"그런 사람들은 늘 너를 속이려 들 거야. 그들 머리에는 오직 돈 생각밖에 없어. 지난주 내 발을 좀 봐달라고 어떤 여자를 불렀는데, 청구서를 보고는 맹장수술이라도 받았나 싶었다니까."

"그 여자 이름이 뭔데요?" 맥키 부인이 물었다.

"에버하트 부인이에요. 집을 방문하여 발을 봐주는 여자죠."

"입고 계신 옷이 참 근사하네요." 맥키 부인이 말했다. "정말 훌륭해요."

머틀은 경멸하듯 눈썹을 치켜 올려 칭찬을 무시해 버렸다.

"낡아빠진 후진 옷이에요." 그녀가 말했다. "아무거나 입어도 괜찮을 때 가끔 걸치죠."

"제 말은, 부인이 입으시니까 아주 멋지다는 얘기예요."

맥키 부인이 계속 말했다. "만약 제 남편 체스터가 당신의 그런 자태를 포착한다면 아마 훌륭한 작품이 나올 거예요."

우리는 모두 말없이 윌슨 부인을 쳐다보았고, 그녀는 눈을 가리고 있던 머리카락을 쓸어 올리고는 밝은 미소를 지으며 우리를 쳐다보았다. 맥키 씨는 한쪽으로 머리를 기울인 채 그녀를 주시하다가 손을 눈앞에서 앞뒤로 천천히 움직였다.

"조명을 바꿔야겠어요." 잠시 후 그가 이렇게 말했다.

"얼굴의 입체감을 살리고 싶군요. 뒤쪽 머리카락도 모두 살리면서 말이죠."

"조명은 바꾸지 않는 게 좋을 것 같아요." 맥키 부인이 소리쳤다. "제 생각에는……."

그녀의 남편이 "쉿!" 하고 말을 끊자 우리는 모두 다시 모델을 쳐다보았다. 그러자 톰이 소리 내어 하품하면서 자리에서 일어났다.

"맥키 씨 내외도 좀 드시지요." 톰이 말했다. "머틀, 얼음하고 탄산수를 더 가져오지. 모두들 자러 가겠다고 하기 전에 말이오."

"급사한테 얼음을 가져오라고 시켰어요." 머틀은 하류 인생들의 태만에 낙담하면서 눈썹을 추켜올렸다. "아랫것들은 정말! 하여간 늘 잔소리를 해야 한다니까."

그녀는 나를 보더니 멋쩍은 미소를 지었다. 그러고 나서 강아지에게 달려가 열렬히 입을 맞추더니 열두 명의 요리사가 자기 명령을 기다리고 있는 듯한 기세로 부엌으로 달려갔다.

"롱아일랜드에서 멋진 작업을 했습니다." 맥키 씨가 자랑하듯 말했다.

톰은 멍하니 그를 쳐다보았다.

"그 중 둘은 액자에 끼워 아래층에 걸어놓았지요."

"뭐가 둘이라는 거요?" 톰이 물었다.

"두 작품 말입니다. 그중 하나는 「몬턱포인트(롱아일랜드 동쪽 끝에 있는 지역)―갈매기」, 다른 하나는 「몬턱포인트―바다」라고 이름을 붙였지요."

머틀의 동생 캐서린은 소파의 내 옆에 앉았다.

"당신도 롱아일랜드에 사세요?" 그녀가 물었다.

"웨스트에그에 삽니다."

"정말이에요? 한 달 전쯤 거기서 열린 파티에 갔었는데, 개츠비라
는 사람의 집에 말이에요. 혹시 그분을 아세요?"

"바로 옆집에 살고 있지요."

"근데 그 분은 빌헬름 황제(1859~1941 1차대전을 일으킨 독일 황제)의 조
카인가 사촌인가 된다더군요. 그분의 돈이 다 거기서 나온 거래요."

"정말입니까?"

그녀는 고개를 끄덕이며 말했다.

"전 그 사람이 무서워요. 그 사람이 나를 마음에 두면 어떻게 하지
요."

그때 맥키 부인이 갑자기 캐서린을 가리키며 말하는 바람에 내 이
웃에 관한 흥미로운 정보는 거기에서 멈춰버렸다.

"여보, 내 생각엔 당신이 저 아가씨와 괜찮은 작품을 만들 수 있을
것 같아요."

그녀가 불쑥 말을 꺼냈지만 맥키 씨는 귀찮다는 듯이 고개를 끄덕
이고 톰을 향해 말했다.

"롱아일랜드에서 좀 더 일하고 싶습니다. 할 수만 있다면요. 내가
바라는 것은 작업을 시작할 기회가 주어졌으면 하는 것뿐입니다."

"머틀한테 한 번 부탁해 보시죠."

톰이 이렇게 말하고 짧은 웃음을 터뜨리는데, 머틀이 쟁반을 들고
들어왔다.

"그녀가 선생에게 소개장을 드릴 겁니다. 머틀, 안 그래?"

"뭘 써준다고요?" 그녀가 놀라서 물었다.

"당신 남편을 소개하는 글을 맥키 씨에게 드리라고요. 맥키 씨가 당신 남편을 모델로 해서 작품을 만들 수 있도록 말이오."

그가 제목을 생각하는 동안 입술이 잠시 말없이 움직였다.

"'주유소에 있는 조지 윌슨'이나 뭐 그런 제목으로 말이야."

캐서린은 내 가까이로 몸을 기울이더니 귓속말로 속삭였다.

"두 사람 다 자기 배우자가 싫어 죽을 지경이에요."

"그래요?"

"참을 수가 없대요." 그녀는 머틀과 톰을 번갈아 바라보았다.

"제 말은요, 서로 참을 수 없는데 왜 같이 사느냐는 거예요. 저 같으면 당장 이혼하고 재혼할 텐데."

"머틀 씨도 윌슨 씨를 좋아하지 않나요?"

이 물음에 대한 답은 뜻밖이었다. 우리말을 엿듣고 있던 머틀이 직접 아니라고 대답한 것이다. 그런데 그 대답은 난폭하면서도 음탕했다.

"그것 보세요."

캐서린은 이겼다는 듯이 소리쳤다. 그녀는 다시 목소리를 낮춰 말했다.

"두 사람을 갈라놓고 있는 건 사실 톰의 부인이에요. 그녀는 가톨릭신자거든요. 가톨릭에서는 이혼을 허용하지 않잖아요."

데이지는 가톨릭이 아니었기 때문에 나는 이 치밀한 거짓말에 약간 충격을 받았다.

"두 사람이 결혼을 하면요." 캐서린이 말을 이었다.

"잠잠해질 때까지 한동안 서부에 가서 살 거래요."

"더 신중하게 하려면 유럽으로 가는 게 좋을 거예요."

"아, 유럽을 좋아하세요?" 그녀는 놀라서 소리쳤다.

"전 몬테카를로(카지노로 유명한 모나코의 해안도시)에서 얼마 전에 돌아왔어요."

"그랬군요."

"바로 작년이에요. 다른 여자와 함께 갔었지요."

"오래 있었나요?"

"아뇨. 그냥 몬테카를로에만 갔다가 곧장 돌아왔어요. 마르세유를 경유해서 갔지요. 우리가 출발할 때는 1,200달러 넘게 갖고 있었는데 개인 도박장에서 이틀 만에 몽땅 잃었어요. 돌아올 때 얼마나 고생을 했는지 몰라요. 그 놈의 도시라면 진절머리가 나!"

늦은 오후의 하늘이 한순간 지중해의 푸른 바다처럼 창문에 화려하게 비쳤다. 바로 그때 맥키 부인의 날카로운 목소리 때문에 정신이 번쩍 들어 방 안으로 시선을 돌렸다.

"저도 자칫 실수를 할 뻔했어요." 그녀가 힘차게 말했다.

"몇 년 동안이나 저를 따라다니던 키 작은 촌놈과 결혼할 뻔했거든요. 저보다 못한 사람이라는 걸 알고 있었어요. 모두들 저한테 이렇게 말하더군요. '루실, 넌 그 남자에겐 너무 아까워!' 하지만 제가 체스터를 만나지 못했다면 분명히 그 남자가 절 차지했을 거예요."

"그래요. 하지만 내 말 들어봐요."

머틀이 고개를 끄덕이면서 말했다.

"적어도 당신은 그 남자와 결혼하지는 않았잖아요."

"그래요, 안 했지요."

"하지만 나는 했어요." 머틀이 애매하게 말했다.

"그게 당신과 내 경우의 차이죠."

"언니는 왜 그 사람과 결혼한 거야? 강요하는 사람도 없었는데 말이야."

캐서린이 물었다. 머틀이 잠시 생각에 잠겼다.

"그 사람을 신사로 착각했기 때문이야." 마침내 머틀이 입을 열었다. "난 그 사람이 교양 있는 사람이라고 생각했거든. 하지만 알고보니 내 신발을 핥을 자격도 없는 위인이야."

"그래도 언니는 한동안 그에게 미쳐 있었잖아." 캐서린이 말했다.

"미쳐 있었다고?" 머틀은 믿어지지 않는다는 듯 외쳤다.

"내가 그 인간에게 미쳐 있었다고 누가 그래? 난 저기 있는 저 분한테 미쳐본 적이 없는 것처럼 그 작자에게 미쳐 본 적이 없어."

그녀가 갑자기 나를 가리키자 모두들 내게 비난하는 듯한 눈길을 보냈다. 나는 그녀의 애정을 기대한 적이 없다는 것을 표정으로 보여주려고 애썼다.

"내가 미쳐 있었던 건 막 결혼했을 때뿐이야. 하지만 곧 아차, 실수했구나 하고 깨달았지. 그 작자는 결혼식 때 예복을 빌려 입고도 나한테 아무 말도 하지 않았어. 그런데 어느 날 그가 집에 없을 때 옷임자가 옷을 찾으러 왔더라. '아, 그게 댁의 양복이었나요?' 내가 물었지. '전 처음 듣는 얘기거든요.' 양복을 그에게 내주고 난 뒤 난 엎어져서 오후 내내 하염없이 울었어."

"언니는 정말이지 그를 차버려야 하는데." 캐서린이 또다시 나에게 말을 걸었다.

"두 사람은 자동차 정비소에서 11년이나 살았어요. 그리고 톰은 언니의 첫 애인이죠."

방에 있는 사람들은 계속 위스키 병을—두 병째—찾아댔다. '전혀 안 마셔도 마신 것처럼 기분 낼 수 있다'는 캐서린 한 사람만 예외였다. 톰은 초인종으로 심부름꾼을 불러 이름난 샌드위치를 사오라고 시켰다. 그것이 그들에게 훌륭한 저녁식사였다. 나는 밖으로 나가 동쪽의 공원을 향해 부드러운 황혼 속을 걷고 싶었지만, 나가려고 할 때마다 떠들썩하고 귀에 거슬리는 애기가 마음에 걸려 밧줄에 묶인 것처럼 의자에 앉게 되곤 했다. 그런데 도시의 하늘 위로 줄지어 있는 노란 창문들은, 조금씩 어둠이 내리는 길을 걷다가 우연히 고개를 든 사람에게 나름대로 인간의 비밀을 속삭여주었음에 틀림없다. 어떤 비밀일까 호기심에 위쪽을 올려다보는 사람을 나도 내다보았다. 한없이 변화무쌍한 삶에 매혹당하기도 하고 혐오감을 느끼기도 하면서 나는 집 안에 있으면서 집 밖에도 있는 기분이었다.

머틀은 의자를 끌어당겨 나에게 가까이 다가오더니 느닷없이 더운 입김을 내뿜으며 톰과 처음 만났을 때의 이야기를 털어놓았다.

"그 열차에는 늘 마지막까지 비어 있는 조그만 두 좌석이 있어요. 서로 마주 보는 자리인데, 거기서 일이 벌어졌지요. 나는 동생 집에서 밤을 보낼 작정으로 뉴욕에 가는 길이었어요. 그이는 야회복을 입고 번쩍이는 에나멜가죽 구두를 신고 있었는데, 눈을 뗄 수가 없었어요. 하지만 그가 나를 쳐다볼 때마다 그의 머리 위쪽에 있는 광고를 보는 척했지요. 역에 도착할 쯤 그가 바로 내 옆에 앉았는데, 흰 와이셔츠 앞가슴으로 내 팔을 누르더군요. 그래서 나는 경찰을 부르겠다고 말했지만 거짓말이라는 걸 그도 알고 있었죠. 나는 그때 너무 흥분한 나머지 그와 함께 택시를 잡아타고도 지하철을 탄 게 아니란 걸 깨닫지도 못할 정도였어요. 그때 내가 머릿속으로 줄곧 생각한 것은, '그래, 인생은 영원한 게 아냐. 인생은 영원한 게 아냐.' 라는 말이었어요."

머틀은 맥키 부인 쪽으로 몸을 돌렸고, 방안 가득 그녀의 꾸민 웃음이 울렸다.

"이봐요." 머틀이 소리쳤다. "오늘 이 옷을 벗자마자 당신에게 줄게요. 나는 내일 또 한 벌 살 거니까요. 사야 할 물건을 적어두려고 해요. 마사지 기계와 파마 기계, 개 목걸이, 스프링 달린 깜찍한 재떨이, 여름 내내 어머니 무덤을 장식할 까만 비단 띠 화환 등을요. 잊어버리지 않게 목록을 적어둬야겠어요."

벌써 9시가 되었다. 9시인 것을 확인하고 나서 금방 다시 내 시계를 보았을 때는 벌써 10시였다. 맥키 씨는 두 주먹을 꽉 쥐어 무릎에 올려놓고 잠들어 있었는데 그 모습이 마치 활동하고 있는 사람을 찍은 사진처럼 보였다. 나는 손수건을 꺼내 오후 내내 마음에 걸리던 그의 뺨에 말라붙은 비누거품 자국을 닦아주었다.

강아지는 탁자 위에 앉아 거의 감긴 눈으로 담배 연기 자욱한 방안을 둘러보면서 이따금 작은 소리로 낑낑거렸다. 사람들은 사라졌다가 다시 나타나고, 어딘가 갈 계획을 세우고, 그러다가 대화를 나누던 상대를 잃어버려 찾아다니고 몇 미터 앞에서 다시 찾아냈다. 자정이 가까울 무렵 톰과 윌슨 부인은 얼굴을 맞대고 윌슨 부인이 데이지 이름을 들먹일 권리가 있느냐를 두고 열띤 목소리로 말다툼을 벌이고 있었다.

"데이지! 데이지! 데이지!" 윌슨 부인이 소리쳤다. "내가 부르고 싶으면 언제든지 부를 거예요! 데이지! 데이…"

순간, 짧고 군더더기 없는 동작으로 톰 뷰캐넌의 손바닥이 그녀의 코를 세게 후려쳤다.

잠시 후 목욕탕 바닥에는 피 묻은 수건들이 널려 있었고, 여자들의 아우성이 들렸으며, 이런 소란보다 훨씬 큰 소리로 아프다며 울부짖는 소리가 들렸다. 맥키 씨는 잠에서 깨어나 멍한 상태로 문 쪽으로 걸어가다가 중간쯤에서 돌아서서 방 안의 광경을 쳐다보았다. 구급약을 들고서 비좁은 가구 사이를 뛰어다니며 꾸짖기도 하고 위로를 건네기도 하는 자신의 아내와 캐서린, 상심한 표정으로 소파에 누워 많은 피를 흘리며 베르사유 풍경의 태피스트리를 망가뜨리지 않으려고 그 위에 『타운 태틀』을 펼치고 있는 머틀의 모습이 보였다. 맥키 씨는 다시 돌아서 문 쪽으로 나갔다. 샹들리에에 걸어두었던 모자를 집어 들고 나도 그의 뒤를 따랐다.

"언제 점심이나 하러 오시죠." 소음을 내며 내려가는 엘리베이터 안에서 그가 제안했다.

"어디로요?"

"어디든 지요."

"레버에서 손을 떼세요." 엘리베이터 안내원이 잘라 말했다.

"미안합니다." 맥키 씨가 위엄 있게 말했다. "내가 만지고 있는 줄도 몰랐네요."

"좋습니다." 나는 그의 초대에 응했다. "기꺼이 가지요."

…나는 그의 침대 옆에 서 있었고, 그는 속옷 차림으로 침대 시트 사이에 앉아 두 손에 커다란 포트폴리오를 들고 있었다.

"『미녀와 야수』…『고독』…『식료품 가게의 늙은 말』…『브루클린 다리』…."

어느 새인가 나는 펜실베이니아 역의 추운 지하 대합실에 누운 채 졸면서 조간신문 『트리뷴』을 보며 새벽 4시 기차를 기다리고 있었다.

3

The
Great
Gatsby

여름 내내 밤마다 이웃 저택에서는 음악 소리가 흘러나왔다. 개츠비의 푸른 정원에서는 남녀들이 별빛 아래 샴페인을 들고 속삭이며 나방처럼 돌아다녔다. 오후 밀물 때가 되면 나는 그의 손님들이 뗏목 탑에서 다이빙을 하거나 해변의 뜨거운 모래 위에서 일광욕하는 모습을 지켜보았다. 또 두 대의 모터보트가 거품을 일으키며 물 위로 수상비행기를 끌어 해협의 물살을 갈라놓기도 하였다. 주말이면 그의 롤스로이스가 셔틀버스가 되어 아침 9시부터 자정이 넘도록 시내에서 파티에 오가는 사람들을 실어 날랐고, 그의 스테이션왜건은 모든 기차 도착 시간에 빠짐없이 손님들을 태우고 노란 딱정벌레처럼 부지런히 달렸다. 그리고 월요일에는 특별히 채용된 정원사를 포함한 8명의 고용인들이 하루 종일 자루걸레, 청소브러시, 망치, 정원용 가위 등을 들고 지난밤에 망가진 곳을 수리했다.

매주 금요일에는 뉴욕에 있는 과일가게에서 오렌지와 레몬이 다섯 상자씩 배달되었다. 그리고 월요일이면 오렌지와 레몬은 반으로 잘린 껍질만 남아 뒷문 밖에 피라미드처럼 쌓였다. 식당에는 주스 짜내는 기계가 있는데, 집사가 엄지로 작은 버튼을 200번만 척척 누르면 30분 안에 200잔의 오렌지 주스를 만들어낼 수 있었다.

적어도 2주에 한 번씩 연회 담당자들이 수백 피트의 캔버스와 갖가지 색깔의 전구를 가져와서 개츠비의 거대한 정원을 크리스마스 트리처럼 장식했다. 뷔페 테이블에는 화려한 전채 요리와 양념을 해서 구운 햄, 알록달록한 샐러드, 밀가루를 발라 튀긴 돼지고기, 거무스름한 금빛의 칠면조 요리 등이 차려졌다. 중앙 홀의 청동 가로대에는 진과 음료와 코디얼 주가 있었다. 코디얼 주는 워낙 오랫동안 잊혀졌던 술이라 대부분의 여자 손님들은 나이가 어려 구별할 수가 없었다.

7시쯤 되어 오케스트라가 도착했다. 보잘 것 없는 5악기 편성이 아니라 오보에, 트롬본, 색소폰, 비올라, 코넷, 피콜로, 저음과 고음의 드럼까지 갖춘 완벽한 오케스트라였다. 해변에서 늦게까지 수영하던 사람들도 돌아와 위층에서 옷을 갈아입고 있었다. 뉴욕에서 온 자동차들이 저택 안 도로까지 다섯 겹으로 주차되어 있었고, 벌써부터 홀과 살롱과 베란다는 원색 옷을 입고 최신 유행의 기묘한 단발머리에 카스티야왕국(스페인 중부의 옛 왕국)의 꿈도 무색케 하는 멋진 숄을 두른 여자들로 붐볐다. 바는 대성황을 이뤄, 칵테일 잔을 든 사람들이 바깥 정원까지 나가게 되자 마침내 잡담과 웃음소리와 즉흥적인 풍자로 분위기가 무르익었다. 사람을 소개받고도 그 자리에서 잊어버리는가 하면 서로 이름도 모르는 여자들끼리 열띤 대화를 나누기도 했다.

태양이 지평선 아래 깊숙이 가라앉자 불빛은 더욱 밝아지고, 이제 오케스트라가 선정적인 칵테일 음악을 연주하기 시작하자 사람들이 연주하는 오페라 같은 이야기 소리는 한층 더 높아졌다. 시시각각 웃음소리는 더 자주 흘러나오고 다시 재미있는 말이 던져진다. 대화를 나누는 사람들이 빠른 속도로 바뀌었으며 속속 새로 도착한 사람들로 모임이 흩어졌다가 다시 곧 모이곤 했다. 벌써 휘청거리는 사람이 있는가 하면, 취하지 않고 한 자리를 지키는 사람들 사이를 비집고 다니는 대담한 여자들도 보인다. 그녀들은 그룹의 중심이 되어 짜릿하게 즐거운 순간을 만끽하기도 하고, 승리감에 취해 끊임없이 바뀌는 불빛을 받고 격변하는 얼굴과 목소리, 색깔의 바다를 미끄러지듯 건너간다.

갑자기 이런 집시 같은 여인들 중 하나가 온몸을 흔들리는 오팔로 장식하고 호기 있게 칵테일 잔을 번쩍 들고 단숨에 마셔버리고는 프리스코(1890~1958 미국의 코미디언이자 유명한 댄서)처럼 손을 놀리며 캔버스가 깔린 무대 위에서 혼자 춤을 춘다. 잠시 모두들 숨을 죽인다. 오케스트라 지휘자가 그녀의 춤에 맞춰 리듬을 바꾸자 사람들 사이에 목소리가 돌아오고, 그녀가 『시사 풍자극』(해마다 공연된 브로드웨이 뮤지컬 쇼)에 나오는 질다 그레이(1901~1959 「시사 풍자극」의 유명 배우. '시미' 라는 춤으로 인기를 모음)의 대역 배우라는 헛소문이 돌자 사람들은 술렁댔다. 바야흐로 파티가 시작된 것이다.

개츠비의 집을 처음 방문한 날 밤, 나는 정식으로 초대받은 몇 안 되는 손님 중 하나였다. 대부분의 사람들은 초대받지 않고 그냥 온 것이었다. 그들은 롱아일랜드로 가는 차를 타고 어떻게 해서 개츠비 저택의 문 앞에서 내린다. 거기서 일단 개츠비를 아는 사람의 소개를 받으면 다음은 놀이공원의 일반적인 규칙에 따라 행동하면 된다. 때때로 그들은 아예 개츠비를 만나지도 않은 채 돌아가기도 했는데, 파티에 오고 싶어 하는 그런 단순한 마음이 곧 초대장이었던 셈이다.

나는 정식으로 초대를 받았다. 토요일 아침 울새 알처럼 푸른 제복을 입은 운전기사가 자기 고용주가 전하는 지극히 형식적인 초대장을 들고 우리 집 잔디밭으로 건너왔다. 내용인즉,「오늘 밤 저의 '조촐한 파티'에 왕림해 주신다면 저에겐 다시없는 영광으로 생각하겠습니다.」라고 적혀 있었다. 그는 나를 몇 번 본 적이 있는데 오래 전부터 내게 방문하고 싶었지만 사정이 여의치 않아서 그러지 못했다고 했다. 초대장 끝에는 위엄 있는 필적으로 제이 개츠비라고 서명되어 있었다.

7시가 조금 지나서 나는 흰 플란넬 양복을 차려입고 그의 잔디밭으로 건너갔고, 이리저리 오가는 낯선 사람들 틈에서 조금 어색한 기분으로 돌아 다녔다. 하지만 간혹 통근 열차에서 본 눈에 익은 얼굴이 있기는 했다. 나는 우선 젊은 영국인들이 꽤 많이 눈에 띄는 데 놀랐다. 그들은 모두 옷을 잘 차려입었지만 어딘지 굶주린 듯한 표정이었고, 낮고 진지한 목소리로 견실하고 부유해 보이는 미국인들과 이야기를 나누고 있었다. 그들은 모두 뭔가—증권이나 보험, 자동차 등

—를 팔고 있다는 확신이 들었다. 그들은 적어도 손쉬운 돈벌이가 가까이 있음을 고통스러울 정도로 꿰뚫어 보고 열쇠가 되는 몇 마디 말만 잘하면 그 돈이 자신의 것이 되리라고 확신하고 있었다.

파티 장소에 도착하자마자 나는 주인을 찾으려고 했다. 한두 사람에게 그가 어디 있느냐고 물어보았지만 그들은 놀란 눈을 동그랗게 뜨고 나를 보며 그의 동정(動靜)에 대해서는 아는 바가 없다고 딱 잘라 말했기 때문에 나는 칵테일 테이블 쪽으로 슬그머니 꽁무니를 빼고 말았다. 거기야말로 외톨이가 목적이 없어 보이거나 혼자임을 들키지 않고 시간을 보낼 수 있는 유일한 장소였다.

어색한 기분을 지우기 위해 술을 마시고 좀 취해볼까 하는 참인데, 조던 베이커가 집 안에서 나오더니 대리석 계단 꼭대기에 서서 몸을 약간 뒤로 젖힌 채 거만하면서도 재미있다는 표정으로 정원을 내려다보고 있었다.

환영을 받든 말든 지나가는 사람에게 말을 건네려면 미리 누군가와 붙어 있어야 한다는 것을 깨달았다.

"안녕하세요!" 나는 그녀 쪽으로 다가가면서 큰소리로 외쳤다. 내 목소리가 정원 전체에 어색하게 크게 울리는 것 같았다.

"오실지도 모른다고 생각했어요."

내가 다가가자 그녀가 멍하게 대꾸했다.

"이웃에 사신다는 걸 기억하고 있거든요……."

그녀는 잠시 나를 잘 돌봐주겠다고 약속하듯 불쑥 내 손을 잡더니, 층계 밑에 서 있는 노란 드레스를 입은 두 여자의 말에 귀를 기울였다.

"안녕하세요!" 두 여자가 동시에 소리쳤다. "당신이 이기지 못해서 유감이에요."

그것은 골프 시합에 대한 얘기였다. 그녀는 지난주 결승전에서 졌던 것이다.

"당신은 우리가 누군지 모를 거예요." 노란 드레스의 두 여자 중 하나가 말했다. "한 달 전에 여기서 당신을 만났어요."

"그 뒤에 머리 염색을 하셨군요." 조던이 말했고 나는 발걸음을 옮기기 시작했다. 그러나 여자들이 자연스럽게 이미 걸어가는 바람에 그녀의 말은, 마치 식료품 조달업자의 바구니에서 저녁식사를 꺼내는 것처럼 너무 이르게 떠오른 달을 향해 내뱉은 격이 되었다. 조던의 날씬한 황금색 팔이 내 팔을 감았고 우리는 계단을 내려가서 정원 주위를 산책했다. 칵테일 쟁반이 황혼 속에서 우리 앞을 지나갔고 우리는 노란 드레스의 두 여자 그리고 세 남자와 함께 식탁에 앉았다. 세 남자는 우리에게 미스터 아무개라고 소개했다.

"이런 파티에 자주 오시나요?" 조던이 옆에 있는 여자에게 물었다.

"지난 번에 당신을 만났을 때가 마지막이었어요."

민첩하고 자신 있는 목소리로 여자가 대답했다. 그녀는 친구 쪽으로 고개를 돌렸다.

"루실, 너도 그렇지 않니?" 루실이라는 여자 역시 그렇다고 했다.

"난 이런 파티가 좋아요." 루실이 말했다.

"내가 뭘 하든 신경 쓰지 않아도 되니까 언제나 즐겁게 보낼 수 있지. 지난번에 여기 왔을 때는 의자에 걸려 옷이 찢어졌는데 그분이 내 이름과 주소를 묻더군요. 그러고는 일주일도 안 되어 크루아리에 로부터 새 이브닝드레스가 도착했어요."

"그래서 그 옷을 받았나요?" 조던이 물었다.

"물론이죠. 오늘 그 옷을 입고 오려고 했지만 가슴 쪽이 너무 커서 줄여야 해요. 보랏빛 구슬이 달린 하늘색 드레스예요. 265달러나 한다고요."

"그렇게 지나친 호의를 보이는 사람에게는 뭔가 수상한 구석이 있는 법이에요."

다른 여자가 열심히 말했다.

"그 사람은 누구와도 말썽이 생기는 걸 원치 않아요."

"누가 그렇다는 겁니까?" 내가 물었다.

"개츠비 씨 말이지요. 누가 그러는데…."

두 여자와 조던은 비밀스런 얘기를 하려는 듯 몸을 기울였다.

"누가 그러는데, 그는 전에 살인을 한 적이 있대요."

우리 모두 전율을 느꼈다. 세 명의 아무개 씨도 몸을 기울이고 진지하게 듣고 있었다.

"난 그렇게 생각하지 않아." 루실이 의심스러운 듯 말했다.

"그가 전쟁 중에 독일 첩자였다는 말이 더 맞는 것 같아."

세 남자 중 하나가 확인이라도 해주듯 고개를 끄덕였다.

"나도 그 사람에 대한 이야기를 많이 들었는데 그와 함께 독일에서 자란 사람에게서 들었어요."

그는 우리에게 단정적으로 말했다.

"아, 아니에요." 첫 번째 여자가 말했다.

"그럴 리가 없어요. 왜냐하면 그는 전쟁 중에 미군에 소속되어 있었거든요."

우리가 그녀의 말을 믿으려는 기색임을 알아차리고 그녀는 열심히 몸을 앞으로 기울였다. "아무도 자기를 보는 사람이 없다고 생각할 때 그의 표정을 보세요. 살인을 한 사람이라는 얘기가 맞아요."

그녀는 눈을 찡그리며 몸을 떨었다. 루실도 몸을 떨었다. 우리는 모두 고개를 돌려 개츠비가 어디 있는지 보려고 주위를 살폈다. 세상일을 놓고 수군거릴 필요가 없다고 생각하는 사람들조차 그에 관해 수군거린다는 것은 그만큼 개츠비가 사람들에게 낭만적인 추측을 불러일으키고 있다는 증거였다.

첫 번째 만찬이 나올 무렵—자정이 지나면 다시 나온다—조던은 정원의 다른 쪽 테이블에 자리 잡고 있는 자신의 일행과 함께 식사하자며 나를 초대했다. 거기에는 결혼한 세 쌍의 커플과 조던의 파트너가 있었는데, 그는 거칠게 빈정거리는 걸 보아 영원한 대학생 같은 타입이었다. 조던이 머지않아 자신에게 어떻게든 넘어올 거라고 생각하는 것이 그의 태도에서 뚜렷이 느껴졌다. 이들은 여기저기 돌아다니지 않고 한결같은 위엄을 유지하면서 점잖은 지방의 고상한 품위를 대표하는 역할을 맡고 있는 듯 했다. 이스트에그 사람들은 짐짓 겸손한 태도로 웨스트에그 사람들을 대하면서도 웨스트에그의 쾌활하고 화려함에 주의 깊은 경계를 보내고 있었다.

"우리, 밖으로 나가요." 이미 30분정도 의미 없는 시간을 보낸 뒤 조던이 속삭였다.

"여기는 제가 있기엔 너무 점잖은 자리 같아요."

같이 일어서면서 그녀는 일행에게 우리가 주최자를 찾아간다고
말했다. 그녀는 내가 개츠비를 만나본 적이 없기 때문이라고 말했는
데 그 말이 나를 불편하게 했다. 대학생은 냉소적이면서도 우울한 표
정으로 고개를 끄덕였다.

우리는 먼저 바를 둘러보았다. 사람들로 북적거렸지만 개츠비는
없었다. 계단 꼭대기에도, 베란다에도 없었다. 우연히 우리는 뭔가
중요해 보이는 문을 열고 천장이 높은 고딕식 서재로 들어갔다. 영국
산 참나무 조각으로 장식된 그 서재는 외국의 유적을 고스란히 옮겨
놓은 듯했다.

건장한 중년 남자가 큰 올빼미 눈 모양의 안경을 끼고 약간 술에
취하여 커다란 테이블 한쪽에 앉아서 불안정한 시선으로 책들을 응
시하고 있었다. 우리가 들어서자 그는 빙글 몸을 돌리더니 조던을
머리에서 발끝까지 훑어보았다.

"어떻게 생각하시오?" 그는 갑자기 말을 붙였다.

"뭘 말입니까?"

그는 서가를 향해 손을 흔들었다.

"저것들 말이오. 사실 당신이 진위를 조사할 필요는 없어요. 내가
이미 확인했으니까. 저것들은 진짜요."

"저 책들 말인가요?"

그는 고개를 끄덕였다.

"완벽한 진품이오. 페이지도 빠진 게 없고 모든 게 다 있어요. 난
저것들이 두꺼운 고급종이로 만든 장식용일 거라고 생각했소. 그런
데 완전히 진짜인 거요. 자, 여기 보시겠소."

우리가 당연히 의심하리라 생각한 그는 서가로 달려가 『스토더드 강연집』(존 스토더드(1850~1931)가 1897년부터 낸 15권짜리 강연집. 여행기 형식) 제 1권을 들고 왔다.

"자, 보시오!" 그는 의기양양하게 소리쳤다. "이건 진짜 인쇄물이 란 말이오. 내가 속았어요. 이 집 주인은 벨라스코(1853~1931 연극 감독. 실제와 흡사하게 정교하게 만든 무대 장치로 유명하다) 같은 존재요. 이건 대단한 위업이오. 기가 막힌 철저함! 놀라운 리얼리즘이오! 그만둘 때를 알고, 페이지를 칼로 자르지도 않았소. 헌데 여긴 왜 들어온 거요? 찾는 것이라도 있소?"

그는 나에게서 책을 잡아채더니 하나라도 빠지면 서가 전체가 무너질지도 모른다고 투덜거리며 급히 서가에 다시 꽂아놓았다.

"누가 당신들을 데리고 왔소?" 그는 따지듯 물었다. "아니면 그냥 온 거요? 나는 누가 데려다 줬는데. 대부분 사람들은 누군가를 따라 오더군."

조던은 대답 대신 쾌활하면서도 경계하며 그를 바라보았다.

"나는 루스벨트라는 여자가 데려다 줬소." 그는 말을 이어 나갔다. "클로드 루스벨트 부인 말이오. 그 부인을 아시오? 지난밤 어딘가에 서 그녀를 만났지요. 나는 오늘까지 일주일 내내 술을 마셨고, 그래 서 서재에 와 앉아 있으면 술이 좀 깰 거라고 생각했소."

"그래, 깨셨나요?"

"조금 깬 것 같소. 아직 확실하지는 않지만. 여기 들어온 지 한 시 간밖에 안되었거든. 내가 당신들한테 저 책 얘기를 했던가? 저것들 은 진짜 책이오. 저 책들은……."

"이야기하셨어요."

우리는 그와 공손하게 악수를 하고 다시 밖으로 나왔다.

정원의 무대에서는 무도회가 시작되고 있었다. 나이 먹은 남자들이 둘러서서 끝없는 원을 그리며 점잖지 못하게 젊은 여자들을 안으로 밀어 넣고 있었고, 상류계급 커플들은 구석에서 몸을 꼬며 우아하게 서로를 안고 춤추고 있었다. 그리고 혼자 있는 많은 여자들은 홀로 자유로이 춤을 추어 잠시 오케스트라의 밴조나 타악기 연주자들에게 휴식을 안겨주었다. 한밤중이 되자 분위기는 한층 소란스러웠다. 유명한 테너가수가 이탈리아어로 노래를 불렀고, 이름난 알토 가수가 재즈곡을 불렀다. 그 사이에 정원 곳곳에서 눈길을 끄는 '장기자랑'이 벌어졌고, 다른 한쪽에서는 즐겁지만 공허한 웃음소리가 여름 하늘에 울려 퍼졌다. 무대에 오른 '쌍둥이'는—노란 드레스를 입은 아가씨들이었다—의상을 갖추고 유치한 연극을 보여줬다. 핑거볼보다 더 큰 잔에 담긴 샴페인이 돌았다.

달은 계속 높이 떠올라, 바다에 비쳐 마치 세모의 은빛 접시가 떠 있었는데, 잔디에 방울져 떨어지는 양철처럼 단단한 밴조 소리에 맞춰 하늘하늘 흔들리고 있었다.

나는 여전히 조던 베이커와 함께 있었다. 우리는 나와 동년배 남자 한 명과 무슨 소리만 하면 정신없이 웃어대는 수선스러운 아가씨와 같은 테이블에 앉아 있었다. 이제야 나도 즐거워졌다. 핑거볼 두 개 정도의 샴페인을 마시자 내 눈앞에서 벌어지는 파티의 광경이 의미 있고 중요하며 심오하게 느껴졌다.

흥겨운 분위기가 잠시 가라앉은 사이에 그 남자가 나를 보고 미소를 지었다.

"낯이 익습니다." 그가 정중하게 말했다. "전쟁 때 제1사단에 계시지 않으셨습니까?"

"아, 맞습니다. 28보병연대에 있었지요."

"전 1918년 6월까지 16보병연대에 있었습니다. 전에 어디선가 뵌 듯하더군요."

우리는 한동안 습하고 잿빛 나는 프랑스의 작은 마을에 관해 이야기를 나누었다. 수상비행기를 막 샀는데 내일 아침에 타볼 생각이라고 말하는 것으로 보아 그는 근처에 살고 있는 게 틀림없었다.

"같이 타시지 않겠습니까? 친구 이 근처 바닷가에서요."

"몇 시에요?"

"당신이 편한 시간 아무 때나요."

그의 이름을 묻는 말이 내 입에서 나오려는 찰나, 조던이 주위를 둘러보며 미소를 지었다.

"이제는 기분이 좋아지신 모양이지요?" 그녀가 물었다.

"많이 좋아졌어요." 그렇게 대답하고 나는 새로 알게 된 사람에게 얼굴을 돌렸다.

"저한테는 좀 익숙하지 않은 파티입니다. 아직 주인도 만나보지 못했거든요. 전 건너편에 살고 있습니다."

나는 손을 들어 좀 떨어진 보이지 않는 울타리를 가리켰다.

"개츠비라는 사람이 운전기사를 통해 초대장을 보냈더군요."

그는 내 말을 못 알아들은 듯이 잠시 동안 나를 쳐다보았다.

"제가 개츠비입니다." 그가 불쑥 말했다.

"뭐라고요!" 나는 소리를 질렀다. "아, 실례했습니다."

"저를 아시는 줄 알았습니다. 제가 파티 주인 노릇을 제대로 못했군요."

그는 사려 깊은 미소를 지었다. 아니, 사려 깊은 것보다 훨씬 더 많은 것을 보여주는 미소를 지었다. 영원히 변치 않을 확신이 배어나는, 평생에 너댓 번 정도 볼 수 있는 아주 드문 미소였다. 잠시 동안 영원한 세계를 대면한—또는 대면한 듯한—미소였고, 또한 거역할 수 없는 편파적 애정으로 당신에게 온 정신을 집중하겠다는 미소였다. 당신이 이해받고 싶은 만큼 당신을 이해하고 있고, 당신이 원하는 만큼 당신을 믿고 있으며, 당신이 전하고 싶어 하는 최대한의 호의적인 인상을 분명히 전달받았다고 말하는 미소였다. 그렇게 생각한 순간 그 미소는 사라졌다. 어느새 내 앞에는 서른하고 한두 살 더 먹은 단정하고 우아한 시골 청년이 있었다. 그런데 공들여 격식을 차린 그의 말투는 가까스로 어리석다는 느낌을 벗어나는 수준이었다. 자기소개를 하기 전까지 그는 말을 조심스럽게 가려서 하고 있다는 느낌이 강하게 들었다.

개츠비가 자신을 밝힌 뒤 바로 집사가 급히 그에게 다가와 시카고에서 전화가 왔다고 전했다. 그는 우리를 한 사람씩 보면서 고개를 살짝 숙이며 실례하겠다고 인사했다.

"뭐든지 필요하신 게 있으면 부탁하십시오. 친구." 그는 나에게 정중히 말했다. "그럼 이만 실례하겠습니다. 나중에 다시 뵙지요."

그가 가자마자 나는 즉시 조던 쪽으로 눈을 돌렸다. 내가 놀란 것을 그녀에게 알려줘야 할 것 같았기 때문이다. 나는 개츠비 씨가 몸이 비대하고 혈색 좋은 중년 신사일 거라고 생각했던 것이다.

"그는 어떤 사람입니까?" 내가 물었다. "좀 아세요?"

"개츠비라는 이름을 가진 남자일 뿐이에요."

"어디 출신이냔 말입니다. 그리고 뭘 하는 사람이죠?"

"이제 당신도 그쪽에 관심을 갖게 되었군요." 그녀는 살짝 미소를 띠며 대답했다. "글쎄요. 전에 내게 옥스퍼드 대학 출신이라고 하더 군요."

그의 막연한 배경이 형태를 갖추려고 했지만 그녀의 다음 말 때문에 곧 사라져버렸다.

"하지만 난 믿지 않아요."

"왜죠?"

"모르겠어요." 그녀는 힘주어 말했다. "그냥 그가 거기 다녔으리 라고 생각되지 않아요."

그녀의 말투 어딘가에서 "내 생각에 그는 살인을 저지른 적이 있 어요."라고 했던 다른 여자의 말이 떠올랐고 내 호기심을 자극시켰 다. 개츠비가 루이지애나 주의 습지대 출신이거나 뉴욕의 이스트사 이드 아래쪽 출신이라고 하면 의심 없이 믿었을지 모른다. 그건 이해 가 된다. 하지만 젊은 사람이—적어도 나의 일천한 경험으로 본다 면—어디인지도 모르는 곳에서 굴러 들어와서 롱아일랜드 해협에 궁전 같은 저택을 사지는 않는다.

"어쨌든 그가 여는 파티는 굉장히 성대해요."

구체적인 얘기를 선호하지 않는 도회풍의 취향을 발휘하여 조던 은 화제를 바꿨다.

"그리고 난 성대한 파티가 좋아요. 남의 눈에 잘 띄지 않잖아요. 작은 파티에는 프라이버시라곤 없거든요."

큰북소리가 한 번 나더니 오케스트라 지휘자의 목소리가 정원의 반향음 위로 크게 울렸다.

"신사숙녀 여러분." 그가 큰 소리로 외쳤다. "개츠비 씨의 요청으로 여러분을 위해 블라디미르 토스토프의 최근 작품을 연주하도록 하겠습니다. 이 작품은 지난 5월 카네기홀에서 대단한 관심을 모았습니다. 신문을 보신 분은 아시겠지만 커다란 센세이션을 불러일으킨 작품이지요." 그는 공손한 태도로 유쾌하게 미소를 짓고는 이렇게 덧붙였다.

"엄청난 센세이션이었지요!" 그러자 모든 사람들이 웃음을 터뜨렸다.

"이 작품은 「블라디미르 토스토프의 세계 재즈 역사」로 알려져 있지요."

그가 힘 있게 말을 맺었다.

토스토프의 곡은 내 귀에 제대로 들어오지 않았다. 연주가 시작되자마자 대리석 계단 위에 혼자 서서 여기저기 모여 있는 사람들을 흐뭇한 눈길로 둘러보고 있는 개츠비의 모습에 내 시선이 가 있었기 때문이다. 햇볕에 그을린 피부는 보기 좋게 팽팽했고, 그의 짧은 헤어스타일은 매일 이발하는 것처럼 단정해 보였다. 나는 그에게서 어떤 불길한 구석도 찾아볼 수 없었다. 다만 술을 마시지 않는다는 사실만이 그를 손님들과 구별시켜 주는 게 아닌가 하는 생각이 들었다. 손님들의 유쾌한 공감대가 높아질수록 그는 더욱 단정하게 보였다.

「세계 재즈 역사」 연주가 끝나자 흥에 겨워 남자들 어깨 위에 강아지처럼 애교부리며 머리를 기대는 여자들도 있었고, 누군가가 받쳐주겠지 생각하고 남자의 팔에, 심지어 사람들 속으로 장난스럽게 몸을 뒤로 젖혀 넘어지는 여자들도 있었다. 그러나 아무도 개츠비한테 몸을 맡기고 뒤로 넘어지지 않았고, 프랑스풍 단발머리 여자 중 아무도 개츠비의 어깨에 기대지 않았으며, 개츠비를 둘러싸고 노래 부르는 4중창단도 없었다.

"실례합니다."

개츠비의 집사가 갑자기 우리 옆에 나타났다.

"베이커 양이십니까?" 그가 물었다. "실례지만 개츠비 씨가 당신에게 드릴 말씀이 있다고 하십니다."

"저한테요?" 그녀가 놀라서 소리쳤다.

"네, 그렇습니다."

그녀는 놀라움의 표시로 나한테 눈썹을 치켜올려 보이면서 천천히 자리에서 일어나 집사를 따라 집 쪽으로 걸어갔다. 나는 이브닝드레스를 입은 그녀의 뒷모습을 바라보았는데, 그녀는 이브닝드레스뿐 아니라 어떤 옷을 입어도 마치 운동복을 입은 듯했다. 그녀는 맑고 상쾌한 아침에 골프장에서 처음 골프를 배우는 사람처럼 경쾌하게 움직였다.

나는 혼자 남겨졌고, 시간은 거의 2시였다. 테라스 바로 위의 창이 많은 긴 방에서 한동안 소란스럽지만 흥미를 끄는 소리가 들려왔다. 코러스 걸 두 명과 함께 산부인과 얘기를 하면서 내게도 같이 어울리자고 권유하는 조던의 대학생을 피해 나는 집안으로 들어갔다.

커다란 방은 사람들로 가득 차 있었다. 노란 드레스를 입은 아가 씨 하나는 피아노를 치고 있었고, 그녀 옆에는 유명한 합창단 출신 의, 키가 크고 빨간 머리의 아가씨가 노래를 부르고 있었다. 그녀는 샴페인을 상당히 마셨는데, 노래를 부르는 동안 어처구니없게도 세 상은 너무나 슬픈 것이라고 결론내린 듯했다.

그녀는 노래 부르면서 울고 있었다. 노래가 끊어질 때마다 숨을 헐떡이며 흐느끼고 나서, 다시 떨리는 소프라노로 노래를 이어 나갔 다. 눈물이 그녀의 두 뺨에 흘러내렸다. 그러나 주르르 흘러내리지는 않았다. 왜냐하면 눈물이 짙게 화장한 속눈썹에 닿아 잉크 빛으로 변 하여 천천히 흐르다가 실개천이 되어 남은 경로를 흘러내렸다. 얼굴 에 그려진 악보대로 노래하는 모양이라고 누군가가 우스개 소리를 하자 그녀는 두 손을 번쩍 들어올리고 의자에 쓰러져 취한 채로 깊은 잠에 빠졌다.

"저 여자는 남편이라고 떠드는 남자와 싸웠어요."

내 곁에 있는 여자가 설명했다.

나는 주위를 살펴보았다. 아직까지 남아 있는 여자들은 대부분 남 편과 싸우고 있었다. 심지어 조던 일행으로 이스트에그에서 온 부부 두 쌍도 언쟁 끝에 뿔뿔이 흩어져 있었다. 한 남자가 묘하게 관심을 보이며 젊은 여배우에게 말을 걸자, 그의 아내는 품위 있게 무관심한 척 웃어넘기다가 나중에 감정이 완전히 폭발하여 노골적으로 공격 하기 시작했다. 말이 끊어진 틈을 타서 화난 다이아몬드처럼 남편 귀 에다 "당신 약속했잖아요!"라고 으르렁거렸다.

집에 가기 싫어하는 것은 바람난 사내들만이 아니었다. 지금 홀은

애처롭게도 술에서 깬 두 남자와, 단단히 화가 난 그 부인들이 점령하고 있었다. 부인들은 미묘하게 높아진 목소리로 서로 공감대를 형성하고 있었다.

"내가 기분을 좀 내려고 하면 남편은 집에 가자고 해요."

"그렇게 이기적인 얘기는 평생 처음 들어요."

"우린 늘 맨 먼저 자리에서 일어나는 편이에요."

"우리도 그래요."

"근데 오늘 밤은 우리가 끝까지 남은 손님이 되었다구." 두 남자 중 하나가 양처럼 수줍어하며 말했다. "오케스트라는 벌써 반시간 전에 떠났소."

그렇게 심술궂게 나오다니 믿을 수 없다며 부인들이 입을 모았지만 언쟁은 짧은 다툼으로 끝나버리고 끝내 두 부인은 발버둥치면서 밤 속으로 끌려 나가고 말았다.

홀에서 고용인이 모자를 가져오기를 기다리고 있는데 조던과 개츠비가 서재에서 같이 걸어 나왔다. 개츠비가 뭔가 마지막으로 그녀에게 말을 하고 있었지만, 몇 사람이 그에게 작별 인사를 하려고 다가오자 그의 열성적인 태도가 돌연 격식을 차린 것으로 바뀌었다.

조던의 일행이 현관에서 그녀를 재촉하고 있었지만 그녀는 악수를 하느라 잠시 지체했다.

"방금 아주 놀라운 얘기를 들었어요." 그녀가 속삭였다.

"우리가 저기서 얼마나 오래 있었죠?"

"글쎄요…. 한 시간쯤."

"이건… 정말로 놀라운 얘기예요." 그녀는 얼빠진 표정으로 반복했다.

"하지만 말하지 않겠다고 맹세했으니 당신을 애태우게할 수밖에 없네요."

그녀는 내 얼굴에다 대고 우아하게 하품을 했다.

"제게 찾아오세요. 전화번호부에서… 시고니 하워드 부인 이름으로… 제 숙모예요…."

그녀는 이렇게 말하면서 서둘러 갔다. 그녀는 갈색 손을 흔들어 쾌활하게 인사하면서 문간에 서 있는 일행 속으로 섞여 들어갔다.

나는 처음 온 파티에 너무 늦게까지 남아 있는 게 좀 부끄러웠지만 개츠비를 중심으로 모여 있는 손님들과 마지막까지 어울렸다. 초저녁부터 그를 찾아다녔으며 정원에서 알아보지 못해서 미안하다는 말을 하고 싶었다.

"그런 말씀 마십시오." 그는 진지하게 힘주어 말했다. "그렇게 걱정하실 일 아닙니다. 친구."

그 '친구' 라는 친근한 호칭은 나를 안심시키려고 내 어깨를 쓰다듬는 그의 손길과 마찬가지로 그다지 친근함을 담고 있지는 않았다.

"내일 아침 9시에 수상비행기 타기로 한 것 잊지 마십시오."

그때 집사가 그의 뒤에서 말했다.

"필라델피아에서 전화가 왔습니다."

"알았어. 잠깐만 기다려. 곧 간다고 전해. 자, 그럼 안녕히들 가십시오."

"안녕히 계십시오."

"안녕히 가세요."

82

그는 미소를 지었다. 내가 끝까지 남아줘서 기쁘고, 내가 끝까지 남아있기를 처음부터 줄곧 바랐다는 듯한 미소였다.

"안녕히 가십시오, 친구. 안녕히 주무세요."

하지만 계단을 내려가면서 나는 파티가 아직 완전히 끝나지 않았음을 깨달았다. 문에서 50피트(15m)쯤 떨어진 곳에서 10여개의 헤드라이트가 특이하고 떠들썩한 광경을 비추고 있었다. 개츠비의 차고를 나온 지 2분도 안 된 신형 쿠페 자동차가 바퀴 하나가 빠진 채 길가 도랑에 처박혀 있었다. 튀어나온 담 벽에 타이어가 부딪쳐 빠진 모양인데, 호기심 많은 운전기사 대여섯 명이 주의 깊게 들여다보고 있었다. 그러나 그들이 차를 멈추고 길을 가로막고 있는 동안 뒤에 있던 차가 요란하게 경적을 울려대는 바람에 주위의 혼란을 더욱 부채질했다.

긴 코트를 입은 남자가 사고 차에서 내려 길 한복판에 서서 당황스러우면서도 유쾌한 표정으로 차에서 타이어로 다시 차로 시선을 옮기다가 구경꾼들을 쳐다보았다.

"이런!" 그가 소리쳤다. "차가 도랑에 빠졌군 그래."

차가 빠졌다는 사실에 그는 몹시 놀란 모양이었다. 나는 처음에 그가 놀라는 태도가 특이하다는 것을 알았고 다음엔 그가 누군지 알아차렸다. 그는 바로 개츠비 서재의 단골손님이었다.

"어떻게 된 겁니까?"

그는 어깨를 으쓱했다.

"난 기계에 대해선 전혀 모릅니다." 그가 단호하게 말했다.

"하지만 어쩌다 저렇게 됐지요? 벽을 들이받았습니까?"

"저한테 묻지 마십시오."

이 사건과 무관하다는 듯이 올빼미 눈의 남자가 말했다.

"난 운전에 대해 잘 몰라요. 전혀 모릅니다. 하여튼 일이 벌어졌다는 것 밖에 나도 모르겠소."

"운전할 줄 모르면 밤에 운전하지 말았어야죠."

"하지만 난 운전을 해보려고 하지도 않았어요." 그가 화를 내며 설명했다. "시도조차 안 했단 말이오!"

구경꾼들은 놀라 입을 다물었다.

"자살하려고 했나요?"

"바퀴 하나만 빠졌으니 다행이네요! 서툰 운전사가 운전을 하려고도 하지 않았다니!"

"그렇지 않아요!" 범인이 해명을 했다. "내가 운전한 게 아니란 말이오. 차 안에 다른 사람이 있어요."

이 말에 사람들은 놀라면서도 납득했다는 듯 "아하―"라고 소리를 냈고, 그때 쿠페 차문이 천천히 열렸다. 군중은 ― 구경꾼은 이제 군중이 되었다―무의식적으로 뒤로 물러섰고, 자동차 문이 활짝 열리자 유령이라도 본 것처럼 모두 숨을 죽였다. 그리고 너무나도 천천히 사고차에서 무용화를 신은 발이 빠져나와 지면을 확인해보듯 두어 번 두들기고, 비틀거리는 창백한 사람 모습이 몸을 한 부분 한 부분 차 밖으로 끌어내듯이 내렸다.

헤드라이트 불빛 때문에 눈이 부신데다 계속 울려대는 경적 때문에 정신을 차리지 못하던 그는 잠시 비틀거리며 서 있다가 코트 입은 사람을 알아보았다.

"어찌 된 거죠?" 그가 조용히 물었다. "연료가 떨어졌소?"

"저기 좀 봐요!"

대여섯 명이 동시에 손가락으로 빠져나간 바퀴를 가리켰다. 그는 잠깐 그것을 쳐다보더니 하늘을 올려보았다. 마치 그것이 하늘에서 떨어진 것인가 의심하듯이.

"바퀴가 빠졌어요."

누군가가 설명하자 그는 고개를 끄덕였다.

"처음에 나는 차가 멈춘 것도 몰랐어요."

그는 잠시 말이 없었다. 그리고 심호흡을 하더니 어깨를 펴고 결연한 목소리로 이렇게 말했다.

"주유소가 어디 있는지 아시는 분 있습니까?"

십여 명 중 일부는 차에서 나온 사람보다 상태가 좀 나아서, 그에게 바퀴가 더 이상 차에 붙어 있지 않다고 설명해 주었다.

"후진합시다." 잠시 후 그가 제안했다. "후진기어로 놔 봐요."

"하지만 바퀴가 빠져버렸다니까요!"

그는 머뭇거렸다.

"한 번 해본다고 손해 볼 건 없잖아요." 그가 말했다.

으르렁거리는 경적소리가 점점 커졌고 나는 잔디밭을 가로질러 집으로 향했다. 나는 한 번 뒤를 돌아보았다. 웨하스 과자 같은 달이 개츠비 씨 저택 위를 환히 비춰 이전처럼 밤을 아름답게 만들었고 아직도 환한 그의 정원의 웃음소리와 애기소리의 여운이 오래 남아 있었다. 그때 갑작스러운 공허감이 창들과 커다란 문으로부터 흘러나오더니 현관에서 형식적인 작별인사를 보내며 한 손을 들고 있는 집

주인의 모습을 완전히 고립시켜 버렸다.

    지금까지 내가 써놓은 것을 읽어보면 몇 주 동안 따로따로 벌어진 사흘 밤의 사건들이 나를 완전히 사로잡은 것 같은 느낌을 준다는 것을 알 수 있다. 하지만 그것들은 다만 사람들로 붐비던 어느 여름에 일어난 일상적인 사건에 지나지 않는다. 그리고 훨씬 나중까지도 나는 그 사건들보다 나의 개인적인 일에 관심이 더 많았다.

    나는 대부분의 시간 동안 일을 했다. 이른 아침 내가 프로비티 트러스트 회사를 향해 뉴욕 남쪽의 하얀 건물 벽 사이를 급히 내려갈 때면 해가 내 그림자를 서쪽으로 드리웠다. 나는 다른 사무원들이나 젊은 증권사 직원들과 이름을 알고 지냈고 그들과 함께 어둡고 북적대는 식당에서 작은 돼지소시지와 으깬 감자 그리고 커피로 점심을 때웠다. 나는 저지 시티에 사는 경리 아가씨와 잠시 불장난을 하기도 했다. 그런데 그녀의 오빠가 내게 험악한 눈빛을 보냈기 때문에, 그녀가 7월에 휴가 떠난 것을 계기로 우리 관계가 조용히 사라지도록 내버려두었다.

    나는 보통 예일클럽(예일 대학교 졸업생과 교수를 위한 클럽으로 맨해튼 그랜드센트럴 역 건너편에 있다)에서 저녁을 먹었다. 몇 가지 이유로 이때가 하루 중 가장 우울한 시간이었다. 식사를 마치고 나면 위층 도서실에 올라가 한 시간 동안 충실하게 투자와 증권에 관해 공부했다. 클럽에는 보통 시끄러운 녀석이 몇 명 어슬렁거렸지만 도서실에 들어오는 일은 없었기 때문에 공부하기에 좋은 장소였다. 공부를 끝내고 밤 날

씨가 괜찮으면 나는 매디슨 가를 천천히 걸어 내려가 유서 깊은 머리힐 호텔을 지나 33번가로 넘어가 펜실베이니아 역까지 걸어갔다.

나는 뉴욕이 좋아지기 시작했다. 생기 넘치고 모험 가득한 밤 분위기 그리고 끊임없이 깜박이는 남녀와 기계의 네온사인이 들떠있는 눈동자에 만족감을 안겨준다. 나는 5번가를 걸어 올라가 군중 속에서 낭만적인 여자들을 골라내 몇 분 동안 그들의 생활 속에 들어가는 상상을 하며 즐겼다. 누구도 그 사실을 눈치 채거나 거부하지 못할 것이다. 때로는 마음속으로 감춰진 길모퉁이에 있는 아파트까지 그 여자들을 따라가 그들이 문을 열고 따뜻한 어둠 속으로 사라지기 전에 돌아서서 나를 향해 미소 짓는 모습을 혼자 상상해 보기도 했다. 매혹적인 대도시의 황혼녘에 때때로 나는 떨쳐버리기 힘든 고독감을 느꼈고 다른 사람들—식당에서 외롭게 맞이하는 저녁식사 시간을 기다리면서 쇼윈도 앞에서 서성이는 가난한 젊은 사무원들, 밤과 삶의 가장 자극적인 순간을 컴컴한 데서 낭비하는 젊은 사무원들—한테서도 그런 느낌을 받았다.

8시가 되어 40번가(서쪽 43번가에서 49번가까지, 연극 공연장으로 유명함)의 어두운 차도에 극장가(劇場街)를 향하는 택시들이 다섯줄로 엔진 소리를 내며 서 있을 때, 나는 마음이 무거웠다. 택시 안에는 차가 떠나기를 기다리며 서로 어깨를 기댔고, 노래도 부르며, 내가 못 들어본 농담에 웃어대기도 했다. 담뱃불이 흔들리며 택시 안에서 알 수 없는 원을 그리고 있었다. 나 역시 그들과 함께 즐거운 일을 향해 서둘러 가고 있다고 상상하고 그들의 은밀한 흥분을 공유하며 그들의 행운을 빌어주었다.

조던 베이커와 한동안 만나지 못하다가 한여름에 다시 만나게 되었다. 처음에는 그녀가 골프 챔피언이라 다들 그녀의 이름을 알고 있었기 때문에 우쭐한 마음에 그녀와 여기저기 돌아다녔다. 이윽고 일이 더 진전되었다. 실제로 나는 그녀를 사랑하지는 않았지만 애정 어린 호기심을 느꼈다. 세상에 대해 싫증난 듯한 오만한 그녀의 얼굴에는 뭔가를 숨기고 있었다. 비록 처음에는 그렇지 않았더라도 대부분의 꾸미는 태도는 결국 뭔가를 숨기고 있게 마련이다. 그리고 어느날 나는 마침내 그것이 무엇인지 알아냈다. 우리가 워릭(뉴욕 시 북쪽의 교외 지역)에서 열린 파티에 함께 갔을 때, 그녀는 빌려온 자동차의 지붕을 열어놓은 채 빗속에 세워두고는 거짓말을 했던 것이다. 그때 나는 문득 데이지의 집에서 떠오르지 않았던 그녀에 관한 소문이 기억났다. 그녀가 처음으로 참가했던 중요한 골프 대회에서 거의 신문에까지 날 뻔한 소동이 있었다. 준결승 때 그녀가 치기 어려운 곳에 떨어진 골프공을 옮겨놓았다는 소문이 돌았던 것이다. 그 소동은 스캔들로 번질 뻔하다가 흐지부지되고 말았다. 캐디 한 사람이 자신의 진술을 취소했고 유일한 다른 목격자는 어쩌면 자신이 잘못 보았을지도 모른다고 꼬리를 내린 것이다. 그러나 그 사건과 이름은 내 머리속에 남아 있었다.

조던 베이커는 영리하고 예리한 사람을 본능적으로 피했다. 지금 생각해 보면 그녀는 규범에서 이탈하는 것이 불가능한 상황에서만 마음을 놓았던 것이다. 그녀는 구제불능일 정도로 부정직했다. 그녀는 불리한 입장에 서는 것을 참지 못했고, 만일 그런 내키지 않는 일이 벌어지면 세상을 향해 침착하고 오만한 미소를 보이기 위해 또 자신의 쾌활하고 건강한 육체의 욕구를 충족시키기 위해 어릴 때부터 속임수와 거래해 왔던 것이다.

그렇다고 해서 내 마음이 달라진 것은 아니었다. 여자의 부정직성은 그리 심하게 비난할 일이 못 된다. 그때 나는 실망스러웠지만 곧 잊어버리고 말았다. 우리가 자동차 운전에 관해 묘한 대화를 주고받은 것도 바로 워릭에서 열린 파티에서였다. 문제의 발단은 그녀가 노동자들 곁으로 차를 아슬아슬하게 몰고 가다가 그만 펜더로 한 사람의 외투 단추를 건드린 일이었다.

"운전 솜씨가 형편없군. 좀 더 조심하든가 아니면 운전을 하지 말아야겠소."

내가 질책을 했다.

"조심하고 있어요."

"아니, 안 그래."

"그럼 다른 사람들이 조심하겠지요." 그녀가 대꾸했다.

"그게 무슨 관계가 있소?"

"그들이 내 앞을 피해 갈 거라고요." 그녀는 자기주장을 굽히지 않았다. "사고가 나려면 양쪽 다 실수를 해야 하니까요."

"당신처럼 부주의한 사람과 마주친다고 생각해봐요."

"그런 일은 없었으면 해요." 그녀가 대답했다.

"난 조심성 없는 사람을 싫어하거든요. 그래서 당신을 좋아하는 거예요."

햇빛에 움츠러든 그녀의 잿빛 눈은 정면을 응시하고 있었지만 그녀의 말에는 우리의 관계를 변화시킬 의도가 숨어 있었다. 잠시 나는 그녀가 사랑스러워졌다. 하지만 나는 결단을 보류하는 성격인데다 욕망에 제동을 거는 내면적인 규칙도 많이 지니고 있었다. 무엇보다 고향에서 있었던 연애사건에서 확실히 빠져나오는 것이 먼저임을 알고 있었다. 나는 일주일에 한 번씩 '사랑하는 닉으로부터'라고 서명한 편지를 그녀에게 보냈지만, 그때 생각나는 것이라고는 그 아가씨가 테니스를 칠 때 콧수염처럼 윗입술에 살며시 땀방울이 맺힌다는 것뿐이었다. 하지만 어떤 유대감이 희미하게 존재했기 때문에 자유로워지려면 모양새 좋게 끊어버려야 했다.

사람은 누구나 자신이 기본적인 덕목 중 한 가지는 갖추고 있다고 생각하는데, 내 경우는 이것이다. 즉, 나는 내가 알고 있는 극소수의 정직한 사람 중 하나이다.

4

The Great Gatsby

 일요일 아침, 해변 마을에 교회 종소리가 울려 퍼지는 시간 사교계 인사와 그 연인들이 개츠비의 저택에 돌아와 잔디위에서 신나게 기분을 내고 있었다.

 "그는 밀주업자(미국에서는 1919년부터 1933년까지 금주령이 시행되었다. 이때 불법으로 밀주를 판매하여 큰 돈을 번 사람이 많았다)래요."

 젊은 부인들이 개츠비의 칵테일 바와 꽃밭 사이를 오가며 말했다.

 "한번은 자기가 힌덴부르크 원수(1847~1934 독일의 군인·정치가. 1차 세계대전 중 독일군 원수로 참전하였으며 공화국 제2대 대통령을 지냈다)의 조카이며 악마(1차대전을 일으킨 독일황제 빌헬름 2세)와 육촌 지간이라는 사실을 알아낸 사람을 죽였대요. 여보, 장미 한 송이 꺾어줘요. 그리고 저기 있는 크리스탈 글라스에 마지막 한 방울 따라줘요."

언젠가 나는 기차 시간표의 빈자리에다 그해 여름 개츠비의 저택에 왔던 사람들의 이름을 적어놓은 적이 있다. 이제는 쓸모없는 낡은 종이쪽지가 되어 접힌 곳이 다 해지고 위쪽에는 '본 시간표는 1922년 7월 5일 이후 유효'라고 적혀 있는 시간표이다. 그러나 지금도 회색으로 바랜 그 이름들을 알아볼 수는 있는데, 아마 그 이름들이 개츠비의 환대를 받고서도 개츠비에 대해 아무것도 모른다고 묘한 경의를 표한 사람들에 대해 내가 총괄적으로 말하는 것보다 분명한 인상을 줄 수 있을 것이다.

이스트에그에서 온 사람을 꼽자면, 체스터 베커 부부, 리치 부부, 번슨이라는 남자, 그는 내가 예일 대학에서 알고 지냈다. 웹스터 시벳 박사, 그는 지난여름 메인 주에서 익사했다. 혼빔 부부와 윌리 볼테어 부부, 그리고 블랙벅 일가가 모두 왔는데 그들은 항상 구석에 모여 있다가 누가 가까이 다가오면 마치 염소처럼 코를 벌름거렸다. 또한 이스메이 부부, 크리스티 부부(차라리 후버트 아워바흐와 크리스티 부인이라고 해야 할 듯), 그리고 소문에 따르면 어느 겨울 오후 별 이유도 없이 머리칼이 솜처럼 하얗게 변했다는 에드거 비버 씨가 왔다.

내 기억으로는 클래런스 엔다이브도 이스트에그에서 온 사람이었다. 그는 흰색 니커보커(무릎에서 묶게 되어 있는 느슨한 바지)를 입고 꼭 한 번 왔었는데, 그때 정원에서 에티라는 부랑자와 싸움을 벌였다. 롱아일랜드 변두리에서는 치들 부부, O. R. P. 슈레이더 부부, 조지아 주의 스톤월 잭슨 에이브럼 부부, 피시가드 부부, 리플리 스넬 부부가 왔다. 스넬은 주 형무소에 들어가기 사흘 전에 개츠비의 집에 왔는데 몹시 술에 취해 자갈 차도에 자빠져 있다가 율리시스 스윗 부인의 자동차에 그만 오른손을 밟히고 말았다. 댄시 부부도 왔고 예순이 훨씬 넘은 S.B. 화이트베이트, 모리스 A. 플린크와 해머헤드 부부, 담배 수입업자인 벨루가와 그의 여자들도 왔다.

웨스트에그에서는 폴 부부, 멀레디 부부, 세실 뢰벅과 세실 쉬언, 주 의회 상원의원인 굴릭, 영화사 '필름스파 엑설런스'를 경영하는 뉴턴 오키드, 에카우스트, 클라이드 코언, 돈 S. 슈워츠(아들), 아서 맥카티 등이 왔는데, 모두 영화 쪽으로 이런저런 관계가 있는 사람들이었다. 그리고 캣립 부부, 벰벅 부부, G. 얼 멀둔도 왔는데 이 사람은 나중에 자기 아내를 목 졸라 살해한 그 멀둔의 형제였다. 흥행주인 다 폰타노도 왔고, 에드 렉로스와 제임스 B.(양아치) 페릿, 드 종 부부, 어니스트 릴리가 왔다. 그들은 도박이 목적이었는데, 페릿이 정원을 어슬렁거리고 다니면 그의 호주머니가 깨끗이 털렸다는 뜻이고 이튿날 연합전차의 주가가 올라야만 했다.

클립스프링거라는 남자는 저택에 너무 자주, 너무 오래 머물렀기 때문에 '하숙생'이란 별명으로 통했다. 그에게 다른 거처가 있었는지 의심스럽다. 연극에 관계하는 인사들로는 거스 웨이즈, 호레이스 오도너번, 레스터 마이어, 조지 덕위드, 프랜시스 불이 왔다. 그리고 뉴욕에서 크롬 부부, 백히슨 부부, 데니커 부부, 러셀 베티, 코리건 부부, 켈러허 부부, 드워 부부, 스컬리 부부, S. W. 벨처, 스머크 부부, 지금은 이혼한 젊은 퀸 부부, 타임스 스퀘어에서 지하철에 뛰어들어 자살한 헨리 L. 팔미토가 왔다.

베니 맥클리너핸은 언제나 여자 네 명을 데리고 왔다. 네 명은 늘 다른 여자였지만 외모가 너무 비슷해 아무래도 전에 온 적이 있는 듯했다. 그들의 이름은 잊어버렸다. 재클린이라는 이름이 있었던 것 같고 콘수엘라나 글로리아, 주디, 아니면 준도 있었던 것 같다. 그들의 성은 꽃이나 달 이름을 딴 음악적인 것이거나 미국의 대자본가 식으로 좀 근엄한 것이었을 텐데, 굳이 캐물었다면 그들의 사촌뻘이라고 고백했을지도 모르겠다.

이 사람들 외에도 포스티나 오브라이언이 적어도 한 번은 왔던 것으로 기억나고, 베데커 가문의 여자들과 전쟁 중에 총에 맞아 코가 날아가 버린 젊은 브루어, 올브럭스-버거 씨와 그의 약혼녀인 하그 양, 아디터 피츠-피터스, 미국 재향군인회장(미국 참전용사 단체 중 가장 큰 조직. 1919년 발족)을 지낸 P. 주윗 씨, 자신의 운전기사라는 남자와 같이 온 클로디아 힙 양, 그리고 우리가 공작(公爵)이라고 부른 왕자인가 하는 사람이 있었는데, 이름은 잊어버리고 말았다. 이 사람들 모두 그해 여름 개츠비 저택에 왔다.

———— ❦ ————

7월 하순 어느 날 아침 9시에 개츠비의 호화로운 자동차가 자갈이 깔린 진입로를 비틀거리며 올라와 우리 집 문 앞에 멈추고 세 가지 화음의 경적을 화려하게 울려댔다. 비록 그의 파티에 내가 두 번이나 참석했고, 수상비행기를 탄 적도 있으며, 그의 간곡한 초대로 그의 해변을 자주 이용했지만 그가 나를 찾아온 것은 이번이 처음이었다.

"잘 있었소? 친구. 오늘 나하고 점심이나 같이 합시다. 제 차로 함께 가지요."

그는 미국인 특유의 기민하고 재치 있는 몸짓으로 차 계기판을 짚고 위에서 균형을 잡고 있었다. 그 동작은 그가 젊었을 때 무거운 물건을 들거나 오랫동안 가만히 앉아 있어본 적이 없는데다가 우리가 때때로 벌이는, 긴장되는 게임의 형식 없는 우아함 때문에 이러한 습관이 생겼으리라 짐작한다. 이런 특성은 끊임없이 그의 깔끔한 매너를 깨고 불안정한 모습으로 나타났다. 그는 잠시도 가만히 있질 못했다. 항상 어딘가에 발을 구르거나 초조한 듯 손을 쥐었다 폈다 했다.

그는 감탄하며 자동차를 구경하는 나를 쳐다보았다.

"차 멋있죠? 친구."

그는 차가 더 잘 보이게 하려고 차에서 뛰어내렸다.

"이런 차를 본 적이 있습니까?"

나는 본 적이 있었다. 누구나 봤을 것이다. 짙은 크림색에 니켈이 번쩍이고, 괴물처럼 기다란 차체 곳곳에 뽐내듯이 모자 상자와 음식 상자 그리고 장난감 상자가 놓여 있었고, 앞 유리는 미로처럼 복잡하게 나뉘어 있어 태양이 십여 개로 반사되고 있었다. 여러 겹의 유리창 뒤로 녹색 가죽 온실 같은 차를 타고 우리는 시내로 출발했다.

나는 지난달에 그와 여섯 번쯤 이야기를 나눴지만 실망스럽게도 그는 말수가 적은 사람이었다. 그래서 내가 본 그의 첫인상, 딱 잘라 말할 수는 없지만 뭔가 중요한 인물이라는 느낌은 차츰 퇴색하고 그저 이웃에 사는 화려한 여관집 주인으로 보이게 됐다.

그런 참에 당혹스러운 드라이브를 하게 된 것이다. 웨스트에그 마을에 도착할 때쯤에 개츠비는 마치 우아한 판결을 내리지 못하고 우

96

물쭈물하는 판사처럼 캐러멜 색 양복 무릎을 탁탁 치기 시작했다.

"근데 말이죠, 친구." 그가 갑작스럽게 입을 열었다. "저를 어떻게 생각하십니까?"

나는 약간 주눅이 들어 질문에 대충 적절히 둘러댔다.

"그럼 제 인생 얘기를 좀 해드려야겠군요."

그는 내 말을 끊었다.

"여러 가지 소문을 통해 저에 대해서 오해하시지 않았으면 좋겠습니다."

그렇다면 그는 자기 집 홀에서 오고 간 미묘한 비난의 소문을 알고 있었던 것이다.

"하늘에 맹세코 진실을 말씀드리지요."

그는 갑자기 오른손을 들더니 거짓말을 하면 신의 징벌을 각오하겠다는 맹세를 했다.

"나는 중서부의 어느 부잣집 아들입니다. 지금은 모두 죽고 없습니다. 미국에서 자랐지만 교육은 옥스퍼드에서 받았어요. 대대로 그곳에서 교육을 받아왔거든요. 가문의 전통이죠."

그는 곁눈질로 나를 쳐다보았다. 그 순간 조던 베이커가, 그가 거짓말을 했다고 믿은 이유를 알 수 있었다. 그는 '교육은 옥스퍼드에서' 라는 대목을 급히 말했는데, 마치 전에도 그 말 때문에 괴롭힘을 당한 적이 있는 것처럼 그 대목에서 침을 삼키거나 아니면 목이 멘 것 같았다. 이런 의심이 일자 그가 들려주는 과거가 모두 산산조각이 났고, 결국 그에게 음흉한 구석이 있는 게 아닌가하는 의심이 들었다.

"중서부 어디 출신이십니까?" 나는 아무렇지 않게 물었다.

"샌프란시스코요."

"그렇군요."

"가족이 모두 죽는 바람에 거액의 유산을 상속받게 되었습니다."

갑작스러운 가족의 죽음에 대한 기억이 아직도 마음에서 떠나지 않는다는 듯 그의 음성은 자못 엄숙했다. 잠시 그가 나를 놀리고 있는 게 아닌가 하는 의심이 들었지만 한번 그를 힐끗 보고 나서 그렇지 않다는 확신이 들었다.

"그 후 전 젊은 왕자처럼 파리, 베네치아, 로마 같은 유럽의 대도시에서 살면서 보석, 주로 루비를 수집하고 맹수 사냥대회에 다니기도 하고, 혼자 취미로 그림을 그리기도 했습니다. 오래 전에 있었던 매우 슬픈 일을 잊으려고 말입니다."

나는 어이없는 웃음이 터져 나오려는 것을 간신히 참았다. 실밥이 드러날 만큼 닳아빠진 상투어구라서 머리에 터번(왕자라는 말에서 'rajah' 라는 인도어를 썼기 때문에 터번을 연상한 것이다)을 감은 '인형' 이 톱밥을 질질 흘리며 볼로뉴 숲에서 호랑이를 추격하는 이미지밖에 떠오르지 않았다.

"그러다가 전쟁이 일어났지요, 친구. 크게 마음의 위안이 되더군요. 나는 죽으려고 무진 애를 썼지만, 내 목숨은 마법에 걸린 것 같았습니다. 전쟁이 시작되었을 때 나는 중위로 임관하였지요. 아르곤 숲(프랑스 동북부 산림지대. 1차대전 때 여기에서 미군이 독일군에게 압승을 거둠) 전투에서 기관총 부대를 너무 전진시키는 바람에 전진을 못한 보병들과 반 마일가량 간격이 생겼지요. 그래서 루이스식 기관총 16정을

98

가진 병사 130명이 이틀 밤낮 동안 전투를 했습니다. 마침내 보병들이 왔을 때 독일군 시체더미 속에서 독일군 3개 사단의 휘장을 발견했지요. 나는 소령으로 승진했고 가는 곳마다 연합국 정부에서 훈장을 달아주더군요. 심지어 몬테네그로, 아드리아해에 있는 작은 몬테네그로에서까지 훈장을 달아줬으니까요!"

"작은 몬테네그로!" 그는 소리 높여 외치고 몬테네그로인에게 인사하듯 고개를 끄덕였다. 미소를 지으면서 말이다. 그 미소는 몬테네그로의 수난의 역사를 이해하며 그곳 사람들의 용감한 투쟁을 동정하는 듯했다. 또한 몬테네그로의 작지만 따뜻한 마음이 담긴 감사의 공물을 받게 된 일련의 국제 정세를 완전히 이해하는 미소였다. 이제 내 불신은 매혹에 잠겨 가라앉고 말았다. 마치 열두 권쯤 되는 잡지를 급히 훑어본 느낌이었다.

개츠비는 주머니에서 리본이 달린 쇠붙이 하나를 꺼내 내 손바닥에 떨어뜨렸다.

"몬테네그로에서 준 거지요."

놀랍게도 그 훈장은 진짜처럼 보였다. '다닐로 훈장'(몬테네그로에서 수여한 훈장. 1차대전 때 프린스턴 대학 출신으로 이 훈장을 받은 사람은 3명 있었다)이라고 새겨진 메달 가장자리에는 '몬테네그로, 니콜라스 국왕'이라는 글자가 둥글게 새겨져 있었다.

"뒤집어 보세요."

"제이 개츠비 소령, 그 출중한 용맹에." 내가 읽었다.

"여기 또 내가 늘 갖고 다니는 게 있지요. 옥스퍼드 시절의 기념입니다. 트리니티 대학(옥스퍼드 대학교에 속한 단과대학) 구내에서 찍은 겁니다. 내 왼쪽에 있는 친구가 지금 돈캐스터 백작이지요."

사진 속에는 화려한 스포츠 상의를 입은 청년 여섯이 아치 아래 입구에 모여 있고, 뒤쪽으로는 첨탑들이 여럿 보였다. 거기에 크리켓 배트를 잡고 있는, 약간 젊어 보이는 개츠비가 있었다.

그렇다면 모두 사실인 것이다. 나는 그랜드운하(베니스에 있는 대형 운하)에 있는 그의 저택에서 불타오르듯 너울거리는 호랑이 가죽을 보았다. 루비 상자를 열고 진홍색으로 반짝이는 보석을 바라보며 마음의 상처를 달래고 있는 그의 모습을 보았다.

"오늘 당신에게 어려운 부탁을 하나 드리려고 합니다."

그는 만족스러운 듯 기념물을 주머니에 넣으며 말했다.

"그래서 당신이 저에 대해 좀 아시는 게 좋겠다고 생각했지요. 저를 하찮은 사람이라고 생각하지 않으셨으면 했습니다. 아시다시피 저는 주로 낯선 사람들과 어울리는데, 그건 과거에 있었던 슬픈 일을 잊으려고 여기저기 떠돌기 때문입니다."

그는 머뭇거렸다.

"오늘 오후에 그 얘기를 듣게 될 겁니다."

"점심 먹으면서요?"

"아뇨, 오후에요. 전 당신이 베이커 양과 차를 드실 거라는 얘기를 우연히 들었습니다."

"베이커 양을 사랑하신다는 말씀입니까?"

"아닙니다, 친구. 저는 그녀를 사랑하지 않습니다. 하지만 베이커 양은 친절하게도 이 문제를 당신에게 얘기해주겠다고 하더군요."

나는 '이 문제'라는 것이 무엇인지 짐작도 가지 않았지만 호기심보다는 귀찮다는 생각이 들었다. 나는 제이 개츠비 씨 이야기를 하려고 조던에게 차를 마시자고 한 게 아니었다. 그 부탁이란 것이 터무니없는 얘기일 거라는 확신이 들자, 사람들이 넘치는 그의 잔디밭에 발을 들여놓은 것을 잠시 후회했다.

그는 더 이상 말하려 하지 않았다. 뉴욕 시내에 가까워지자 그의 태도는 더욱 반듯해졌다. 우리는 적색 띠를 두른 외항선들이 언뜻언뜻 보이는 루스벨트 항(가공의 지명. 이스트에그 쪽에 있는 '포트 워싱턴'의 이름을 변형시킨 듯)을 지나 컴컴하고 퇴색했지만 아직 손님들이 드나드는 1900년대의 술집들이 즐비한 빈민가 자갈길을 속력을 내어 지나갔다. 이윽고 양쪽으로 재의 계곡이 펼쳐졌는데, 그곳을 지나가는 동안 정비소에서 윌슨 부인이 헐떡거리며 기세 좋게 가솔린펌프를 다루고 있는 모습이 언뜻 보였다.

우리는 차 펜더(당시 자동차는 바퀴를 감싼 펜더 부분이 돌출되어 앞바퀴 두개가 마치 양날개를 편 모습처럼 보였다)를 날개처럼 펴고 아스토리아의 절반가량을 쏜살같이 달렸다. 절반이라고 한 것은 고가철도의 교각기둥들 사이를 이리저리 돌며 빠져나갈 때 "두두두!" 하는 귀에 익은 모터사이클 소리가 들리고 교통경찰이 필사적으로 우리 옆에 따라붙었기 때문이다.

"알았소, 친구."

개츠비가 소리쳤다. 우리는 속력을 늦추었다. 개츠비는 지갑에서 하얀 카드를 꺼내더니 경찰관 눈앞에 대고 흔들어 보였다.

"됐습니다." 경찰관이 거수경례하며 말했다.

"개츠비 씨, 다음부터는 알아 뵙도록 하겠습니다. 실례했습니다!"

"그건 뭡니까?" 내가 물었다. "그 옥스퍼드 사진이라도 보여준 겁니까?"

"언젠가 행정관에게 호의를 베푼 적이 있는데, 해마다 크리스마스 카드를 보내와요."

거대한 다리 위에서는 햇빛이 들보 사이를 지나 움직이는 자동차들 위에 끊임없이 어른거렸고, 강 건너에는 도시가 하얀 각설탕 덩어리처럼 솟아 있었는데, 모두 오염되지 않은 돈으로 세워졌기를 바랐다. 퀸즈보로 다리에서 바라보는 뉴욕은 세상의 모든 기인들과 미인들이 처음 품었던 무모한 기대가 깃들어 있다는 점에서 언제나 처음 보는 도시처럼 신선했다.

꽃으로 장식한 영구차가 지나가고 있었고, 차양을 내린 마차 두 대와 고인의 쾌활한 친구들을 태운 마차들이 그 뒤를 따르고 있었다. 그 친구들은 슬픈 눈빛으로 우리를 내려다보았다. 코와 입술 사이가 좁은 것으로 보아 동남부 유럽인인 것 같았다. 나는 그들이 우울한 휴일에 개츠비의 화려한 차를 보았다고 생각하니 기분이 좋았다. 우리가 블랙웰 섬(퀸스와 맨해튼 사이를 흐르는 이스트 강에 있는 섬. 자선 병원과 형무소가 있는 이 섬은 1973년에 '루스벨트 섬'으로 이름이 바뀌었다)을 통과할 때 백인이 운전하는 리무진이 우리 앞을 지나갔는데, 그 안에는 세련되게 차려입은 흑인 남자 둘과 여자 하나, 모두 세 명이 타고 있었다. 그들이 우리에게 도전적인 경쟁심을 드러내고 달걀 노른자위 같은 눈동자를 굴리는 것을 보고 나는 크게 웃음을 터뜨렸다.

'이 다리를 넘어섰으니 이제 어떤 일이 일어나도 이상할 게 없어.' 나는 혼자 생각에 잠겼다. '어떤 일이든지…'

심지어 개츠비 같은 인물이 나타나도 별로 놀랄 것이 없었다.

―――――― ❧ ――――――

소란스러운 대낮이었다. 선풍기 시설이 잘 된 42번가의 지하 레스토랑에서 나는 개츠비와 점심을 먹기로 했다. 바깥 거리의 햇살 때문에 눈을 깜박거리다가 대기실에서 다른 사람과 이야기를 나누고 있는 그를 겨우 알아보았다.

"캐러웨이 씨, 이쪽은 제 친구 울프샤임 씨입니다."

체구가 작고 코가 납작한 유태인이 커다란 머리를 쳐들고 나를 쳐다보았는데, 양쪽 콧구멍에는 코털이 무성했다. 잠시 뒤 나는 어두운 실내에서 자그마한 그의 눈을 찾아냈다.

"…그래서 난 그를 한번 노려봤지."

울프샤임은 진지하게 나와 악수하며 말했다.

"근데 내가 뭐라고 했을 것 같애?"

"무슨 말씀이신지?" 내가 정중하게 물었다.

하지만 내 손을 놓고 독특한 코를 개츠비 쪽으로 가리키는 것으로 보아 나에게 한 말이 아닌 게 틀림없었다.

"캐스포에게 돈을 건네주며 이렇게 말했지. '좋아, 캐츠포. 입을 다물기 전까진 그에게 한 푼도 주지 마'라고 말이야. 그랬더니 그 자리에서 바로 입을 다물더군."

개츠비가 우리 두 사람의 팔을 잡고 레스토랑 안으로 들어가자 울프샤임은 새로 꺼내려던 말을 삼키고 몽유병 환자처럼 멍해졌다.

"하이볼(위스키나 브랜디에 소다수를 섞은 음료)로 드릴까요?" 웨이터 캡

틴이 물었다.

"근사한 레스토랑이구만."

울프샤임은 천장에 그려진 장로교의 요정들을 쳐다보면서 말했다.

"하지만 난 길 건너편이 더 좋아!"

"그래, 하이볼로 주게."

개츠비가 웨이터에게 말하고 나서 울프샤임 씨에게 말했다.

"거긴 너무 더워요."

"덥고 좁긴 하지." 울프샤임이 말했다. "하지만 온갖 추억이 묻어 있어."

"거기가 어딘데요?" 내가 물었다.

"오래된 메트로폴(브로드웨이와 43번가 근처에 위치한 호텔) 말입니다."

"오래된 메트로폴이라…"

울프샤임은 침울한 얼굴로 생각에 잠겼다.

"죽은 사람들 얼굴로 가득 하지. 이제 영영 가버린 친구들의 얼굴 말이야. 거기서 로지 로젠탈(갱 단원으로 1912년 메트로폴 호텔에서 반대파 조직원에게 살해되었다. 본명은 허먼 로젠탈로 '로지'는 애칭이다)이 총에 맞은 일은 평생 잊을 수가 없어. 그때 우린 여섯이서 테이블에 앉아 있었고, 로지는 밤새도록 먹고 마시고 했지. 근데 새벽이 될 무렵 웨이터가 묘한 표정을 지으며 그에게 다가와 밖에서 누가 잠깐 보자고 한다는 거야. 로지가 '좋아!'라고 하면서 자리에서 일어나려고 하길래 내가 다시 끌어 앉혔어. '보고 싶으면 그 녀석들이 직접 여기 들어오라고 해, 로지. 밖으로 나가면 절대 안 돼!' 새벽 4시 무렵이었으니 아마 차양을 올렸다면 밝은 새벽빛을 볼 수 있었을 거야."

"그럼 그가 나갔나요?" 내가 천진난만하게 물었다.

"물론 나갔지." 분노가 치미는 듯 울프샤임의 코가 나를 향해 분연히 치켜 올라갔다.

"그는 문 쪽으로 가면서 이렇게 말했어. '웨이터가 내 커피 치우지 못하게 해!' 그리고 나서 인도로 걸어 나가자 놈들은 그의 불룩한 배에다 총을 세 방 쏘고는 차를 타고 도주했어."

"그중 네 명은 전기의자로 사형을 당했지요." 내가 기억을 더듬으며 말했다.

"베커(베커는 경찰관이었으나 로젠탈 암살 사건으로 1915년 처형됨)까지 합해서 다섯이지." 그의 코가 내게 관심을 보이며 나를 향했다.

"근데 당신은 사업 거래처를 찾고 있는 모양이구먼."

사업, 거래처라는 말이 잇달아 나와 나는 좀 놀랐다. 개츠비가 내 대신 대답했다.

"아닙니다." 개츠비가 큰 소리로 말했다. "이 분은 그 사람이 아니에요!"

"아니라구?" 울프샤임은 실망한 듯 했다.

"이 사람은 그냥 친구예요. 그 이야기는 다음에 하자고 말씀드렸는데요."

"미안허이." 울프샤임이 말했다. "아이구, 사람을 잘못 봤구먼."

육즙이 많고 잘게 썬 고기가 나오자 울프샤임은 옛 메트로폴의 감상적인 분위기는 잊어버리고 사납게도 맛있게 먹기 시작했다. 그러면서도 천천히 식당 주위를 두루 살폈다. 바로 뒤에 있는 사람들까지 등을 돌려 살펴보고 나서야 한 바퀴 살피는 일이 모두 끝났다. 만약 내가 없었더라면 아마 우리 식탁 밑까지도 들여다봤을 것이다.

"이봐요, 친구." 개츠비가 나한테로 몸을 기울이며 말했다.

"오전에 차에서 당신 기분을 상하게 하지 않았는지 모르겠군요."

개츠비 특유의 미소가 다시 떠올랐지만 이번에는 나도 굽히지 않았다.

"나는 비밀주의를 싫어합니다." 내가 대답했다. "그리고 당신이 왜 툭 터놓고 원하는 것을 말하지 않는지 알 수 없군요. 왜 베이커 양을 통해서만 해야 합니까?"

"아, 은밀한 건 아무것도 없어요."

그는 나를 안심시키려는 듯 말했다.

"아시다시피 베이커 양은 훌륭한 선수 아닙니까. 옳지 않은 일을 할 사람이 아니에요."

갑자기 그는 시계를 보더니 자리를 박차고 일어나 울프샤임과 나를 테이블에 남겨둔 채 급히 밖으로 나갔다.

"전화를 걸려고 나갔수."

그의 뒷모습을 눈으로 좇으며 울프샤임이 말했다.

"좋은 친구지, 안 그런가? 얼굴도 미남인 데다 나무랄 데 없는 신사야."

"그래요."

"그는 오그스포드 대학 출신이야."

"아, 예."

"그는 영국에 있는 오그스포드 대학에 다녔어. 오그스포드 대학 아슈?"

"네, 들어봤습니다."

"세계에서 제일 유명한 대학 중의 하나야."

"개츠비를 아신 지 오래되셨나요?" 내가 물었다.

"몇 년 되네." 그는 기쁜 듯이 대답했다.

"알게 된 건 전쟁 직후였지. 한 시간 동안 그와 얘기하고 나니 교양 있는 사람을 만났구나 하는 생각이 들었어. '집에 데려가서 어머니와 누이동생에게 소개해 주고 싶은 사람이군.' 하고 혼잣말을 할 정도로 말이야." 그는 잠시 말을 끊었다.

"내 커프스버튼을 보고 있군그래."

사실 나는 버튼을 보고 있지 않았지만 그가 그렇게 말하는 바람에 쳐다보게 되었다. 묘하게도 친근감이 가는 상아 세공품이었다.

"인간의 어금니로 만든 최고급품이지." 그가 말해주었다.

"그렇군요!" 나는 그 단추들을 자세히 살펴보았다.

"참 흥미로운 발상이네요."

"그렇지." 그는 소매를 걷고 코트 밑으로 감췄다.

"그리고, 개츠비는 여자에게 무척 조심스럽지. 친구 부인을 쳐다보는 일은 없어."

본능적으로 믿고 있는 상대가 돌아와서 테이블에 앉자 울프샤임은 커피를 단숨에 마셔버리고 자리에서 일어섰다.

"점심 잘 먹었네." 그가 말했다.

"젊은 자네들에게 폐가 되기 전에 그만 가보겠네."

"서두를 필요 없어요, 마이어."

개츠비의 말에 그다지 성의가 담겨 있지 않았다. 울프샤임은 감사기도처럼 손을 들었다.

"호의는 고맙네만 난 세대가 다르네." 그는 엄숙하게 말했다.

"자네들은 여기 앉아서 친구나 젊은 아가씨 뭐 그런 이야기를 하게나."

그는 다른 단어를 상상하도록 손을 휘저어 보였다.

"나로 말하면 나이가 쉰이니 더 이상 자네들을 귀찮게 하고 싶지 않네."

악수를 하고 돌아설 때 보니 그의 코가 왠지 슬프게 떨리고 있었다. 혹시 내가 그의 기분을 상하게 할 만한 말을 한 건 아닌가하고 마음에 걸렸다.

"저 사람은 이따금 아주 감상적이 될 때가 있어요."

개츠비가 설명했다.

"오늘이 바로 그런 날이에요. 뉴욕에선 상당한 인물이죠. 브로드웨이에 살고 있어요."

"도대체 뭐하는 사람인데요? 배우입니까?"

"아뇨."

"그럼 치과 의사인가요?"

"마이어 울프샤임이? 아니, 그는 도박사입니다."

개츠비는 망설이다가 냉정하게 덧붙였다.

"1919년 월드 시리즈를 조작(1919년 시카고 화이트삭스 소속 선수 8명이 뇌물을 받고 신시내티 레즈에 져주었다는 사건이다)한 장본인이지요."

"월드 시리즈를 조작해요?" 나는 되물었다.

그 말을 들으니 나는 아찔했다. 물론 1919년에 월드 시리즈가 조작되었다는 사실을 기억하고 있었지만, 그 사건은 우발적으로 발생한 일이라고, 불가피한 여러 상황이 얽힌 결과라고만 생각했던 것이다. 한 인간이 그런 짓을 하다니 도저히 상상이 안 되었다. 밤에 금고 털이 하는 식의 불순한 집념이 5천만 명이나 되는 팬들의 믿음을 우롱한다는 것은 전혀 생각할 수 없었던 것이다.

"어떻게 그런 일이 일어날 수 있습니까?"

나는 잠시 뒤에 물었다.

"기회를 잡았던 거지요."

"왜 감옥에 들어가 있지 않죠?"

"그 사람을 잡아넣지는 못해요, 친구. 영리한 사람이니까."

나는 점심 값을 내겠다고 고집했다. 웨이터가 거스름돈을 가지고 왔을 때 건너편 붐비는 방에 톰 뷰캐넌이 있는 것이 눈에 띄었다.

"잠깐만 따라오세요." 내가 말했다. "인사할 사람이 있어서요."

톰은 나를 보자 자리에서 벌떡 일어나 우리 쪽으로 대여섯 걸음 다가왔다.

"그동안 어디 있었나?" 그는 열띤 목소리로 물었다.

"자네한테서 전화도 없다고 데이지가 몹시 화내고 있어."

"이쪽은 개츠비 씨, 그리고 뷰캐넌 씨."

그들은 짧게 악수했는데 개츠비의 얼굴이 굳어지면서 당황스러워하는 표정이 역력했다. 별로 보지 못한 표정이었다.

"그동안 어떻게 지냈어? 왜 이렇게 멀리 식사하러 오게 됐나?"

"개츠비 씨와 함께 점심을 했네."

나는 개츠비 씨 쪽으로 몸을 돌렸지만 그는 이미 거기에 없었다.

1917년 10월 어느 날이었어요…(그날 오후 조던 베이커는 플라자 호텔 티가든의 등받이가 곧은 의자에 몸을 바로 세우고 앉아서 이렇게 말했다)…저는 보도로 가다가 잔디밭으로 가다가 이리저리 걷고 있었어요. 잔디 쪽이 더 기분이 좋았지요. 바닥이 고무로 된 영국제 구두를 신어서 부드러운 잔디에 쑥쑥 밟히는 감촉이 좋았거든요. 또 새 체크무늬 스커트가 바람에 날렸어요. 바람이 불 때 집집마다 문 앞에 걸려 있는 붉은색과 흰색, 푸른색의 깃발들이 팽팽히 펼쳐지면서 불만스럽다는 듯이 '텃, 텃, 텃' 하는 소리를 내고 있었지요.

깃발과 잔디밭 모두 '데이지 페이' 네 것이 제일 컸어요. 데이지는 저보다 두 살 위로 막 열여덟 살이 되었는데 루이빌의 젊은 아가씨 중에서 가장 인기가 있었지요. 그녀는 흰옷을 입고 흰색의 소형 로드스터(2, 3인용 컨버터블)를 갖고 있었어요. 그날 데이지의 집에는 하루종일 전화벨이 울려댔죠. 캠프 테일러(켄터키 주에 있는 군기지로 피츠제럴드는 잠시 이곳에서 근무한 적이 있다)에서 근무하는 흥분한 젊은 장교들이 그날 밤 '어떻게든 한 시간이라도' 그녀를 독차지하려고 전화 공세를 펼친 거였어요.

그날 아침 그녀의 집 맞은편에 와보니, 흰색 로드스터가 길모퉁이에 서 있고, 차 안에는 처음 보는 중위와 그녀가 앉아있었어요. 서로에게 어찌나 푹 빠져 있던지, 제가 두 걸음 거리까지 다가가도록 알아채지 못하는 거예요.

"안녕, 조던." 데이지는 뜻밖에도 내게 인사했어요. "이리 와봐."

그녀가 저와 말을 하고 싶어 하는 것 같아 우쭐했어요. 저보다 나이가 위인 여자들 중에서 데이지를 가장 동경했거든요. 그녀는 내게 적십자사로 붕대 만들러 가는 길이냐고 물었어요. 나는 그렇다고 대답했지요. 그랬더니 자기는 갈 수 없다고 전해 달라고 하더군요. 장교는 데이지가 말하는 동안 줄곧 그녀를 쳐다보고 있었는데, 젊은 아가씨라면 누구나 한번쯤 받고 싶어 하는 시선이었지요. 제게는 너무 낭만적인 일이라 지금까지도 기억하고 있어요. 그의 이름이 바로 제이 개츠비였고, 전 그 뒤로 4년 넘게 그 사람을 보지 못했어요. 심지어 나중에 롱아일랜드에서 만났을 때도 그가 그 장교인 줄 몰랐죠.

그게 1917년의 일이었어요. 그 이듬해 제게도 애인이 몇 사람 생겼고, 골프 시합에 나가기 시작하면서 데이지를 자주 만나지 못했어요. 그녀는 자기보다 약간 나이가 많은 사람들과 어울리는 편이었어요. 근데 누구하고 만나기만 하면 소문이 제멋대로 돌았어요 —어느 겨울밤, 데이지가 해외로 가는 군인을 전송하러 뉴욕에 가려고 가방을 챙기다가 어머니한테 들켰다는 거예요. 그래서 가지 못하게 된 그녀는 몇 주일 동안 집안 식구들하고는 말도 하지 않았대요. 그 일이 있은 뒤 그녀는 더 이상 군인들과 사귀지 않았고 그 대신 군대에 들어갈 수 없는 평발이나 근시인 젊은 남자들하고만 어울렸대요.

하지만 그 다음 가을이 되자 데이지는 다시 예전처럼 명랑해졌어요. 세계대전이 휴전에 들어간 후 사교계에 데뷔하더니 2월에 뉴올리언스 출신 남자와 아마 약혼했다는 것 같았어요. 그런데 6월에 그녀는 시카고의 톰 뷰캐넌과 결혼했어요. 루이빌에서는 일찍이 보지 못한 아주 성대한 결혼식이었지요. 그는 자동차 4대에 백여 명을 태우고 뮬바크 호텔 한 층을 통째로 빌렸고, 결혼식 전날에는 그녀에게 35만 달러짜리 진주 목걸이를 선물했어요.

저는 신부 들러리였어요. 피로연이 열리기 30분 전 신부 방에 들어가 보니 그녀는 꽃 장식을 한 드레스를 입고 6월의 밤처럼 아름답게 침대에 누워 있었어요. 그런데 원숭이처럼 빨갛게 취해 있는 거예요. 한 손에는 프랑스산 백포도주 병을 쥐고, 다른 손에는 편지를 들고 있었어요.

"축하해 줘." 그녀가 중얼거렸지요.

"술을 마셔본 적이 없지만 기분이 참 좋아."

"데이지, 무슨 일이야?"

나는 겁이 났어요. 정말로 여자가 그렇게 취한 걸 본 적이 없었거든요.

"자, 여기 있어."

그녀는 침대 위에 놓은 휴지통을 더듬어 뒤지더니 진주 목걸이를 꺼냈어요.

"이걸 갖고 내려가서 임자가 누구든 그 사람한테 돌려줘. 가서 데이지는 마음이 변했다고 얘기해 줘, '데이지는 마음이 변했다'고 말이야!"

그녀는 울기 시작했어요. 울고 또 울었어요. 나는 뛰어나가 데이지 어머니의 하녀를 데려 왔어요. 우리는 문을 잠그고 찬물이 든 욕조에 그녀를 넣었어요. 그래도 손에 쥔 편지를 놓으려 하지 않더군요. 그 편지를 갖고 욕조 속에 들어가더니 물에 담가 꼭 쥐어 덩어리를 만들고, 눈송이처럼 흩어지는 것을 보고서야 그걸 제가 비누그릇에 버렸어요.

하지만 그녀는 더 아무 말도 하지 않았어요. 우리는 그녀에게 암 모니아수를 맡아 정신을 차리게 하고 이마에 얼음을 얹어주고 다시 드레스를 입혀 주었지요. 그리고 30분 뒤 방에서 나왔을 때 진주목 걸이는 그녀 목에 걸려 있었고, 그렇게 소동은 끝이 났어요. 이튿날 5시에 그녀는 떨지도 않고 톰 뷰캐넌과 결혼식을 올렸고, 남태평양 으로 3개월간 신혼여행을 떠났지요.

그들이 돌아왔을 때 샌터바바라(캘리포니아 주 태평양 연안에 있는 휴양도 시)에서 만났는데, 나는 남편에게 그렇게 미쳐있는 여자는 처음 보았 어요. 그가 잠시만 방을 나가도 불안하게 방 안을 둘러보며 이렇게 말하는 거예요.

"톰이 어디 갔지?"

그러곤 문가에 그가 나타날 때까지 얼빠진 표정을 하고 있는 거예 요. 모래 위에 앉아서 남편의 머리를 허벅지에 올려놓고 한 시간씩이 나 손으로 그의 눈가를 쓰다듬고 문지르며 더 이상 기쁠 수 없다는 듯 내려다보곤 했지요. 그들이 함께 있는 모습을 보면 아마 감동받았 을 거예요. 매혹되어 숨을 죽이고 웃음을 지을 정도로요. 그때가 8월 이었어요. 내가 샌터바바라를 떠난 지 일주일 뒤 밤에 톰이 몰던 차 가 벤투라 가도에서 왜건과 충돌해 그만 앞바퀴가 빠져버린 사고가 있었어요. 같이 타고 있던 여자의 팔이 부러졌기 때문에 신문에 났지 요. 그녀는 샌터바바라 호텔에서 청소 일을 하는 여자였어요.

이듬해 4월, 데이지는 딸을 낳았고 그들은 일년 동안 프랑스에 건 너가 있었지요. 저는 어느 봄날 칸에서 그들을 만났고 그 다음엔 도빌에서 보았는데, 그 뒤 그들은 시카고로 돌아와서 정착했어요. 아시다시피 데이지는 시카고에서 인기가 있었어요. 두 사람은 젊고 돈 있고 난폭한 사람들과 어울려 다녔지만 데이지는 완벽한 평판을 유지했어요. 아마 술을 마시지 않았기 때문일 거예요. 술꾼들 속에서 술을 마시지 않는다는 건 커다란 이점이 있거든요. 입 조심도 할 수 있고, 설사 어떤 작은 실수를 한다고 해도 어떤 조치를 취할 수 있지요. 다른 사람들이 술에 취해 실수를 알아채지 못하거나 상관하지 않도록 말이에요. 데이지는 외도 같은 것은 전혀 생각지도 않았을 거예요. 하지만 그녀의 목소리는 뭔가 석연치 않은 데가 있었죠.

그런데 약 6주 전에 데이지는 몇 년 만에 처음 그의 이름을 다시 들은 거예요. 바로 제가 당신한테 물었을 때에요. 기억나세요? 웨스트에그에 사는 개츠비라는 사람을 아느냐고 물었잖아요. 그리고 당신이 집으로 돌아간 뒤 내 방에 들어와 나를 깨우더니 이렇게 물어보더라고요.

"개츠비라니, 어느 개츠비 말이야?"

그래서 내가 반쯤 졸면서 그에 관해 말해 줬지요. 그러자 그녀는 아주 이상한 목소리로 자기가 알고 있는 사람임에 틀림없다고 하는 거예요. 그제서야 나는 데이지의 하얀 자동차를 타고 있던 장교와 개츠비를 연관시키게 됐지요.

조던 베이커가 이야기를 모두 마쳤을 때는 플라자 호텔을 떠난 지 30분이 지난 뒤로, 빅토리아(플라자 호텔의 관광객용 마차)를 타고 센트럴 파

크를 지나고 있었다. 해는 벌써 서부 50번가의 영화배우들이 사는 높은 아파트 뒤로 넘어갔고, 아이들의 맑은 목소리가 풀잎 위의 귀뚜라미처럼 뜨거운 황혼 위로 솟아올랐다.

"나는 아라비아의 족장
그대 사랑은 나의 것
그대가 잠든 밤에
그대 천막으로 들어갈테야…"(해리 스미스와 프랜시스 휠러가 작사하고 테드 스나이더가 곡을 붙인 「아라비아의 족장」이라는 노래로 1921년 미국에서 크게 유행했다)

"그것 참 묘한 우연이군요." 내가 말했다.
"하지만 전혀 우연이 아니었어요."
"왜죠?"
"개츠비가 그 집을 산 것은, 데이지가 바로 만(灣) 건너편에 있도록 하기 위해서였어요."
그렇다면 그 6월의 밤에 그가 바라보던 것은 밤하늘의 별만이 아니었던 것이다. 그는 나에게 생생하게 다가왔다. 그의 무의미한 화려함이라는 자궁 속을 나와 갑자기 그가 세상에 모습을 드러낸 것이다.
"그는 알고 싶어 해요."
조던이 다시 말을 이었다.
"어느 날 낮에 당신이 데이지를 집으로 초대한다면, 자기도 불러줄 수 있는지 말이에요."

이토록 겸손한 요청을 들으니 꽤나 충격적이었다. 그는 5년을 기다려서 저택을 산 다음 날아드는 나방들에게 별빛을 나눠주었던 것이다. 정작 자신은 언젠가 낯선 이의 정원에 건너갈 수 있기만을 바라며 말이다.

"이런 사정을 내게 전부 알리지 않고는 그런 사소한 부탁을 할 수 없었던 걸까요?"

"그는 오랫동안 기다려왔기 때문에 두려워하고 있어요. 또 당신 기분을 상하게 하지 않았는지 걱정하는 마음도 있고요. 알다시피 그는 보기보다 견실해요."

어쩐지 불안한 생각이 들었다.

"왜 그 사람은 당신에게 직접 만나게 해달라고 부탁하지 않는 겁니까?"

"그는 데이지에게 자기 집을 보여주고 싶은 거예요." 그녀가 설명했다.

"그런데 당신 집이 바로 옆에 있잖아요."

"아, 그렇군!"

"언젠가 그녀가 그의 파티에 우연히 들르기를 어느 정도 기대했나 봐요."

조던이 말을 이었다.

"하지만 그녀는 오지 않았어요. 그래서 그는 사람들에게 은근슬쩍 그녀를 아는지 묻기 시작했고, 그렇게 해서 처음으로 찾아낸 사람이 바로 저였지요. 댄스파티에서 나를 불렀던 바로 그날 말이에요. 그가 그 얘기를 꺼내는데 얼마나 조심스럽던지 당신도 들었어야 하는 건데. 물론 저는 즉시 뉴욕에서 점심을 같이 하자고 했지요. 그런데 그가 이렇게 말하는 것을 듣고 정신이 이상한 게 아닌가하는 생각이 들었어요.

'이상한 짓을 할 생각은 없습니다! 그녀를 옆집에서 만나고 싶습니다.'

당신이 톰의 특별한 친구라는 얘기를 해주자 그는 계획을 전부 포기하려 했어요. 그는 톰에 관해 거의 몰랐어요. 혹시나 데이지의 이름이 눈에 띌까 해서 몇 해 동안 시카고 신문을 읽었다고는 해도 말이지요."

이제 날이 어두워졌다. 우리를 태운 마차가 작은 다리 아랫길로 빠졌을 때 나는 한 팔을 조던의 금빛 어깨에 두르고 내 쪽으로 끌어당기며 저녁을 먹자고 제의했다. 갑자기 데이지와 개츠비에 대한 생각이 머릿속에서 사라졌다. 그 대신 깔끔하고 빈틈없고 팔 안에 있는 사람, 보편적인 의심이 있고 유쾌하게 내 팔에 기대고 있는 여자에 대해 생각을 하고 있었다. 그런데 멍한 흥분과 함께 다음과 같은 한 구절이 뇌리에 울리기 시작했다. '쫓기는 자와 쫓는 자, 바쁜 자와 지친 자가 있을 뿐이다.'

"그리고 데이지의 삶에도 뭔가 있어야 해요." 조던이 나에게 중얼거렸다.

"데이지는 개츠비를 만나고 싶어합니까?"

"그녀는 아무것도 몰라요. 개츠비는 그녀가 이 사실을 모르길 원해요. 당신은 차 마시러 오라고 데이지를 초대하기만 하면 돼요."

장벽처럼 늘어선 컴컴한 나무들을 지나자, 창백한 빛의 덩어리가 된 59번가 정면이 공원을 은근히 비추고 있었다. 개츠비나 톰 뷰캐넌과는 달리 나에게는 어두운 처마 밑이나 번쩍이는 간판을 따라 얼굴이 떠오르는 여자가 없었으므로 나는 옆에 있는 여자를 두 팔로 조이며 바짝 끌어당겼다. 비웃는 듯한 그녀의 입술이 살며시 미소를 지었고 나는 그녀를 더 바짝 이번에는 내 얼굴 쪽으로 끌어당겼다.

5

The Great Gatsby

　그날 밤 웨스트에그의 집으로 돌아왔을 때 나는 잠시 집이 불타고 있는 게 아닌가 하고 걱정했다. 새벽 2시에 작은 반도의 구석구석이 불빛으로 타오르는 듯 했다. 그 불빛은 관목(灌木)들에 환상적으로 내리비쳤고 길가 전선에도 가늘고 길게 뻗은 빛을 던졌다. 모퉁이를 돌아선 뒤에야 나는 개츠비 저택 탑부터 지하실까지 전등불을 밝혀 놓은 것이라는 사실을 깨달았다.

　처음에 나는 또 파티가 열렸나 보다 하고 생각했다. 시끌벅적한 파티를 벌이다가 '숨바꼭질' 이나 '상자 속 정어리 놀이(비좁은 공간에 가능한 많은 사람이 들어가는 놀이)' 를 하느라 온 집안이 놀이터가 된 줄 알았다. 그러나 아무 소리도 없었다. 전깃줄을 흔들어 마치 집이 어둠을 향해 윙크를 하고 있는 것처럼 불을 깜박이게 하는, 나무에 스치는 바람 소리뿐이었다. 내가 탄 택시가 배기음을 내며 달아나자 개츠비가 잔디밭을 가로질러 나를 향해 걸어오는 모습이 보였다.

"집이 마치 세계박람회장 같군요." 내가 말했다.

"그렇습니까?"

그는 무심히 자기 집 쪽으로 눈을 돌렸다.

"지금까지 방을 좀 돌아보고 있었지요. 코니아일랜드(브루클린에 있는 섬으로 유원지, 해수욕장이 있음)에 갈까요? 친구. 제 차로 말입니다."

"너무 늦은 시간입니다."

"그럼 풀장에 뛰어드는 건 어때요? 여름 내내 한 번도 이용을 안 했거든요."

"저는 좀 자야겠어요."

"알겠습니다."

그는 조바심을 억제하고 나를 쳐다보며 기다렸다.

"베이커 양과 이야기를 나눴습니다." 나는 잠시 뒤 말했다.

"내일 데이지에게 전화를 걸어 우리 집에 차를 마시러 오라고 할 겁니다."

"아, 그거 잘됐군요." 그는 자연스럽게 말했다. "당신에게 폐를 끼치고 싶지 않습니다만."

"언제가 괜찮습니까?"

"당신은 언제가 좋으십니까?"

그는 내 말을 재빨리 되받아 물었다.

"정말 폐를 끼치고 싶지 않아서요."

"모레가 어떻습니까?"

그는 잠시 생각에 잠겼다. 그러고 나서 내키지 않는 듯 이렇게 말했다.

"그날은 잔디를 깎으려고 하거든요."

우리는 동시에 잔디밭을 쳐다보았다. 초라한 나의 잔디가 끝나고 무성하고 잘 가꿔진 그의 잔디가 시작되는 경계선이 아주 뚜렷한 선으로 보였다. 그의 말이 우리 집 잔디를 말하는 것인가 하는 생각이 들었다.

"그리고 또 한 가지가 있는데…"

그는 모호하게 말하면서 머뭇거렸다.

"그럼 아예 며칠 뒤로 연기할까요?" 내가 물었다.

"저…, 그게 아닙니다. 적어도…." 그는 말만 꺼내놓고 계속 우물쭈물했다.

"저… 제 생각엔… 음, 근데 말이지요, 친구, 당신은 수입이 그렇게 많은 편은 아니시죠?"

"네, 그리 많지 않습니다."

이 대답에 안심이 되었는지 그는 자신감 있게 얘기를 계속했다.

"그럴 거라고 생각했습니다. 실례였다면 용서하십시오. 아시다시피, 저는 일종의 부업으로 조그만 사업을 하고 있습니다. 그래서 생각해 봤는데 당신 수입이 많지 않으시다면…. 지금 증권 판매업을 하고 계시지요, 친구?"

"팔려고 하는 단계입니다."

"그럼 이 일에 흥미를 느끼실 겁니다. 시간을 별로 들이지 않고서도 꽤 많은 수입을 올릴 수가 있거든요. 가끔 비밀을 지켜야 하는 일이 생기긴 하지만."

지금 생각해보면, 만약 다른 상황에서 이런 대화가 오고 갔다면 그 일은 내 인생에서 중대한 기로가 되었을 것이다. 그러나 그 제안은 내가 신경 써준 일에 대한 서투른 대가임이 명백했기 때문에 그 자리에서 거절하는 것 밖에 달리 선택의 여지가 없었다.

"지금 하고 있는 일도 벅찹니다." 내가 대답했다. "고마운 말씀이지만 다른 일은 할 수가 없어요."

"울프샤임과 거래하지 않으셔도 될 겁니다."

분명히 그는 점심 식사 때 나왔던 울프샤임의 '거래처'라는 말 때문에 내가 꽁무니를 빼고 있다고 생각하는 모양이었다. 나는 그렇지 않다고 분명하게 말했다. 그는 내가 얘기를 더 이어주기를 기다렸지만 내가 다른 생각을 하고 있었기 때문에 하는 수 없이 집으로 돌아갔다.

그날 저녁 일로 나는 마음이 가볍고 행복했다. 우리 집 현관에 들어서면서 깊은 잠으로 걸어 들어가는 듯했다. 그래서 나는 개츠비가 코니아일랜드에 갔는지, 또 집에 요란스럽게 불이 켜진 동안 그가 얼마나 오랫동안 방들을 들여다보았는지 알지 못한다. 이튿날 아침 사무실에서 나는 데이지에게 전화를 걸어 우리 집으로 차를 마시러 오라고 초대했다.

"근데 톰은 데리고 오지 마." 그녀에게 주의시켰다.

"뭐라고요?"

"톰은 데리고 오지 말라고."

"'톰'이 누군데요?" 그녀는 능청스럽게 물었다.

약속한 날은 비가 퍼부었다. 11시가 되자 우의를 입은 사람이 잔디 깎는 기계를 들고 내 집 문을 노크하더니 개츠비 씨가 우리 집 잔디를 깎으러 보냈다고 했다. 순간 핀란드인 가정부에게 다시 와달라고 부탁할 일을 잊어버린 게 생각났다. 그래서 나는 웨스트에그 마을로 차를 몰고 가서 회백색 칠이 된 비에 젖은 골목에서 그 여자를 찾아낸 다음, 컵과 레몬과 꽃을 샀다.

꽃은 안 사도 되는 거였다. 2시쯤 개츠비의 저택에서 수많은 화분과 함께 아예 온실이 통째로 도착했기 때문이다. 그러고 나서 한 시간 뒤 현관문이 요란하게 열리며 흰 플란넬 양복에 은색 셔츠를 입고 금색 넥타이를 맨 개츠비가 급하게 들어왔다. 그의 얼굴은 창백했고 눈 밑에는 거뭇하게 잠을 자지 못한 흔적이 보였다.

"준비가 다 끝났습니까?" 들어오자마자 그가 물었다.

"잔디를 말하시는 거라면 보기 좋게 되었지요."

"무슨 잔디 말입니까?" 그는 멍하니 물었다.

"아, 뜰의 잔디 말이군요."

그는 창밖을 내다보고 있었지만 표정으로 보아 어떤 것을 보고 있지는 않았다.

"아주 좋습니다." 그는 모호하게 말했다.

"신문을 보니까 4시경에 비가 그친다고 하더군요. 『저널』(뉴욕시의 신문)에서 본 것 같은데. 모두 준비되었나요, 차를 마시는 데 필요한 것은?"

그를 데리고 식료품실로 갔는데 그는 핀란드인 가정부를 다소 못

마땅한 듯 쳐다보았다. 우리는 함께 식품점에서 배달된 레몬케이크 12개를 자세히 살펴보았다.

"이 정도면 괜찮을까요?" 내가 물었다.

"물론이죠. 괜찮고말고요! 아주 훌륭해요!" 그리고는 "…친구."라고 공허하게 덧붙였다.

3시 반쯤 비가 뜸해지더니 축축한 안개로 바뀌었고, 이따금씩 안개 속으로 작은 빗방울이 이슬처럼 흘러내렸다. 개츠비는 멍한 시선으로 클레이의 『경제학』(미국의 정치가 헨리 클레이의 일반 독자를 위한 경제학 입문서)을 들여다보다가 핀란드인 가정부가 부엌 마룻바닥을 울리며 걷는 소리에 놀라기도 하고, 마치 보이지는 않지만 놀라운 사건들이 밖에서 일어나고 있는 것처럼 때때로 뿌연 창을 향해 시선을 던지기도 했다. 마침내 그는 자리에서 일어서더니 힘없는 목소리로 집에 가봐야겠다고 말했다.

"그게 무슨 얘깁니까?"

"차를 마시러 아무도 오지 않습니다. 너무 늦었어요!"

그는 마치 다른 곳에 급박한 약속이 있는 것처럼 자기 시계를 들여다보았다.

"하루 종일 기다릴 순 없습니다."

"바보처럼 굴지 마세요. 아직 4시 2분전이에요."

마치 내가 억지로 주저앉히기라도 한 것처럼 그는 비참한 모습으로 자리에 다시 앉았고, 바로 그때 우리 집의 진입로로 들어오는 자동차 소리가 들렸다. 우리는 함께 벌떡 일어났고 나는 약간 어리둥절하여 뜰로 나갔다.

물방울이 떨어지는 라일락 나무 밑으로 커다란 오픈카(컨버터블, 지붕을 접을 수 있는 차) 한 대가 진입로를 따라 올라와 멈췄다. 보랏빛 삼각모자 밑으로 약간 옆으로 숙인 데이지의 얼굴은 밝고 황홀한 미소를 띠며 나를 쳐다봤다.

"여기가 정말 당신이 사는 집이에요?"

그녀 목소리의 활기를 주는 파문은 빗속에서 강한 음조로 울렸다. 나는 뭐라고 대답하기 전에 잠시 동안 오르락내리락 하는 그 목소리에 집중하여 귀로 좇고 있었다. 푸른 물감으로 쭉 그어 내린 것처럼 젖은 머리카락 한 가닥이 그녀의 뺨에 흘러내려 있었고, 자동차에서 내리는 그녀를 도와주려고 내가 잡은 그녀의 손은 빗물에 젖어 번들거렸다.

"혹시 저를 사랑하시게 되었나요?"

그녀가 내 귀에다 속삭였다.

"그게 아니라면 왜 나 혼자 오라고 하셨죠?"

"그건 '랙렌트 성(城)'(아일랜드 소설가 마리아 에지워스가 쓴 동명의 소설 (1801). 대답을 회피할 때 쓰는 말)의 비밀이지. 운전기사더러 멀리 가서 한 시간만 있다 오라고 해."

"퍼디, 한 시간 뒤에 돌아와요."

기사에게 말하고 나서 그녀는 엄숙한 목소리로 중얼거렸다.

"저 사람 이름은 퍼디예요."

"휘발유로 그의 코가 어떻게 된 모양이지?"

"아닐 거예요." 그녀는 천진하게 말했다. "근데 왜요?"

우리는 집 안으로 들어갔다. 그런데 거실이 텅 비어 있는 걸 보고 나는 깜짝 놀랐다.

"이런, 이거 이상한데!" 내가 소리를 질렀다.

"뭐가 이상해요?"

가벼우면서도 위엄 있게 현관문을 두드리는 소리가 들리자 그녀는 그쪽으로 고개를 돌렸다. 내가 나가서 문을 열어주었다. 개츠비가 죽은 사람처럼 창백한 얼굴을 하고 두 손은 외투 주머니에 넣어 마치 아령처럼 불룩했다. 그는 물웅덩이에 서서 비장한 눈으로 내 눈을 응시했다.

두 손을 여전히 외투 주머니에 찌른 채 그는 내 옆을 지나 홀 쪽으로 성큼성큼 걸어 들어가는데 마치 인형극의 인형처럼 홱 방향을 바뀌 거실 안으로 사라졌다. 그 장면은 조금도 우습지 않았다. 나는 심장이 크게 고동치는 것을 느끼면서 점점 거세지는 빗줄기를 막기 위해 현관문을 닫았다.

잠시 동안 아무 소리도 나지 않았다. 그러더니 거실에서 목이 멘 듯한 중얼거림과 짧은 웃음소리 같은 것이 들렸고, 이어서 분명히 일부러 꾸민 데이지의 목소리가 들렸다.

"다시 만나게 되어 정말 무척 기뻐요."

그리고 말이 끊겼다. 침묵이 두려울 정도로 이어졌다. 나는 홀에서 할 일이 아무것도 없었기 때문에 방으로 들어갔다.

개츠비는 여전히 두 손을 주머니에 찌른 채 부자연스럽게 아주 편안한 척하며, 심지어 좀 따분하다는 듯이 벽난로 장식에 몸을 기대고 있었다. 머리를 너무 뒤로 젖힌 나머지 고장 난 벽난로 시계를 누르고 있었다. 그는 이런 자세로, 놀라워하면서도 우아한 자세로 딱딱한 의자 끝에 앉아있는 데이지를 심란한 눈빛으로 내려다보고 있었다.

"우린 전에 만난 적이 있지요."

개츠비가 중얼거렸다. 그의 눈은 순간적으로 나를 쳐다보았고 입술은 웃으려다 만 모양으로 벌어져 있었다. 그 순간 시계가 그의 머리에 눌려 위험하게 옆으로 기울자 다행히도 그는 돌아서서 떨리는 손가락으로 시계를 붙잡아 제자리에 돌려놓았다. 그러고는 뻣뻣하게 앉아 팔꿈치를 소파의 팔걸이에 올려놓고 손으로 턱을 고였다.

"시계를 건드려 죄송합니다." 그가 말했다.

이제 오히려 내 얼굴이 뻘겋게 달아올랐다. 머릿속에는 할 말이 가득했지만 나는 평범한 말 한마디도 끄집어낼 수 없었다.

"낡은 시계인걸요."

나는 두 사람에게 바보처럼 말했다. 한 순간 우리는 시계가 바닥에 쓰러져 산산조각이 난 것 같은 기분이었다.

"우린 여러 해 동안 만나지 못했지요."

데이지는 최대한 아무렇지도 않은 목소리로 말했다.

"오는 11월이면 5년째가 됩니다."

개츠비의 기계적인 대답에 우리는 다시 잠시 동안 침묵에 빠졌다. 나는 가까스로 머리를 짜내 부엌에 가서 차를 마련하는 것을 도와달라며 두 사람을 자리에서 일어나게 했지만, 바로 그 순간 마귀 같은 핀란드 여자가 쟁반 위에 차를 받쳐 들고 왔다.

반갑게 찻잔과 케이크를 받는 와중에 자연스럽게 예의가 갖추어졌다. 데이지와 내가 이야기를 나누는 동안 개츠비는 그늘진 곳으로 옮겨가서 딱딱하고 우울한 눈빛으로 진지하게 우리 두 사람을 번갈아 쳐다보았다. 그러나 조용히 침묵을 지키자고 자리를 마련한 것이 아니었기 때문에 나는 첫 번째 기회를 틈타 양해를 구하고 자리에서 일어섰다.

"어디 가십니까?" 즉시 개츠비가 놀라면서 물었다.

"곧 돌아올 겁니다."

"가시기 전에 잠시 말씀드릴 게 있는데요."

그는 서둘러 나를 쫓아 부엌으로 들어오더니 문을 닫고는 비참한 목소리로 "아, 맙소사!"라고 속삭였다.

"왜 그러십니까?"

"이건 끔찍한 실수예요." 그는 머리를 좌우로 흔들며 말했다.

"끔찍한, 정말 끔찍한 실수라고요."

"당신이 당황해서 그래요. 그뿐입니다." 그리고 때마침 내가 덧붙였다. "데이지 역시 마찬가지로 당황하고 있고요."

"그녀가 당황해한다고요?"

그는 믿을 수 없다는 듯이 되풀이했다.

"당신이 당황한 것만큼 말입니다."

"그렇게 크게 말하지 마십시오."

"당신은 꼭 어린 아이처럼 구는군요."

나는 참지 못하고 화를 냈다.

"게다가 무례하시군요. 데이지는 지금 저기 혼자 앉아 있습니다."

그는 손을 들어 내 말을 막고는 잊을 수 없는 비난의 눈빛으로 나를 쳐다보았다. 그런 뒤 그는 조심스럽게 문을 열고 다시 거실로 돌아갔다.

나는 뒤쪽 길로 걸어 나갔다. 개츠비가 삼십 분 전에 안절부절 못하며 집을 한 바퀴 돌았을 때 그랬던 것처럼. 그리고 무성한 잎이 비를 막아주는 지붕 노릇을 하는 커다란 옹이가 있는 검은 나무쪽으로 뛰어갔다. 비가 다시 퍼붓기 시작했고, 개츠비의 정원사가 잘 깎아주었지만 엉성한 내 잔디밭에는 작은 진흙 웅덩이들과 선사시대의 늪지 같은 것이 많았다. 나무 밑에서는 개츠비의 거대한 저택 말고는 아무것도 보이지 않았다. 그래서 칸트가 교회의 뾰족탑을 보았듯이 (독일 철학자 칸트는 깊은 생각에 잠길 때 교회의 첨탑을 쳐다보는 습관이 있었다고 한다) 나도 30분 동안 그 거대한 저택을 바라보았다. 그것은 10년 전 양조업자가 일찍이 '복고풍'이 열광적으로 유행할 때 지은 집으로, 양조업자는 만약 근방에 있는 자그마한 집들 주인이 모두 짚으로 지붕을 덮는다면 5년 동안 세금을 대신 내주겠다고 했다는 이야기가 전해 온다. 그런데 이웃들이 거절한 탓에 그는 한 가문을 세우려던 계획을 좌절시켰고 그 후 양조업자는 바로 몰락했다. 그의 자식들은 문에서 검은 장의(葬儀) 화환을 떼기도 전에 그 집을 팔아버렸다. 미국인들이란 때로 자진해서 농노가 되려고 하기도 하지만 늘 소작농으로 남아 있기를 고집했던 것이다.

30분이 지나자 다시 햇살이 비치면서 식료품상 자동차가 개츠비네 고용인들이 먹을 저녁식사 거리를 싣고 저택의 진입로를 올라왔다. 나는 개츠비가 지금 아무것도 먹고 싶지 않을 거라고 생각했다. 가정부 하나가 저택 위쪽 창문들을 열기 시작했고, 각 창문에 잠깐씩 나타나 중앙에 있는 커다란 창문으로 몸을 내밀더니 뭔가 생각에 잠긴 얼굴로 정원에 침을 뱉었다. 이제 내가 돌아갈 시간이었다. 계속

내리는 빗소리는 그들이 중얼거리는 목소리처럼 들렸고, 감정의 기복에 따라 어떤 때는 높아지고 어떤 때는 낮아졌다. 그러나 비가 그치고 다시 조용해지자 집 안에도 정적이 내려앉는 것이 느껴졌다.

나는 안으로 들어갔다. 난로를 뒤엎지는 않았지만 부엌에서 온갖 소란을 피운 다음 들어갔다. 그러나 그들은 아무 소리도 들은 것 같지 않았다. 그들은 소파 양끝에 앉아서 마치 한쪽이 질문을 던졌거나 질문이 허공에 뜬 것 같은 표정으로 서로 마주 보고 있었는데, 아까의 당황했던 흔적은 찾아볼 수 없었다. 데이지의 얼굴에는 눈물 자국이 있었고, 내가 들어가자 그녀는 벌떡 일어나 거울을 보고 손수건으로 눈물 자국을 닦기 시작했다. 그런데 개츠비에겐 정말 놀라운 변화가 일어났다. 그는 문자 그대로 찬란한 빛을 발하고 있었다. 환희를 드러내는 말이나 몸짓은 없었지만 새로운 행복이 그에게서 뿜어 나와 작은 방을 가득 채우고 있었다.

"아, 돌아 오셨군요, 친구."

그는 마치 몇 년 동안 나를 못 본 사람처럼 말했다. 순간적으로 나는 그가 악수를 하려는 게 아닌가 생각했다.

"비가 그쳤습니다."

"그래요?"

내 말을 듣고 방 안에 눈부신 방울 같은 햇살이 비쳐들고 있다는 것을 깨닫자 그는 다시 나타난 햇살을 열광적으로 옹호하는 기상 통보관처럼 밝게 미소를 지었다. 그러고는 그 뉴스를 데이지에게 되풀이했다.

"어때요? 비가 그쳤다는군."

"잘됐군요, 제이."

고통을 참는 슬픈 아름다움이 배어나오는 그녀의 말은 예기치 않은 기쁨을 말하는 데 지나지 않았다.

"당신과 데이지가 우리 집에 오셨으면 합니다." 그가 말했다. "데이지에게 집 구경을 시켜주고 싶어서요."

"나도 함께 말입니까?"

"물론이지요, 친구."

데이지는 세수를 하려고 위층으로 올라갔다. 나는 화장실 수건이 깨끗하지 못한 것이 창피했지만 이미 때는 늦었다. 그동안 개츠비와 나는 잔디밭에서 기다렸다.

"저희 집 보기 좋지요, 어떻습니까?" 그가 내게 물었다. "집 정면이 햇살을 받고 있는 모습 좀 보십시오."

나는 집이 아주 훌륭하다는 데 동의했다.

"그래요."

그의 눈은 아치 문 하나, 네모 탑 하나를 샅샅이 훑어보았다.

"저 집을 살 돈을 버는 데 꼬박 3년이 걸렸어요."

"재산을 상속받으신 걸로 아는데요."

"그랬지요, 친구." 그가 자동적으로 대답했다.

"하지만 대공황 때 다 잃어버렸어요. 전쟁 후 공황 말입니다."

그는 자기가 지금 무슨 말을 하고 있는지 모르고 있는 것 같았다. 왜냐하면 내가 무슨 사업을 했냐고 묻자 "그건 제 일이에요."라고 대답했기 때문이다. 그는 곧 잘못 대답했다는 사실을 깨달았다.

"아, 여러 가지 일을 했지요." 그는 얼른 고쳐 말했다.

"약국 사업(금주법 기간 동안 약국에서 의사의 처방으로 술을 팔 수 있었다. 그래서 일부 약국은 밀주 판매업의 창구로 이용되었다)도 하고, 석유 사업도 하고요. 하지만 지금은 다 그만두었지요."

그는 좀 더 주의 깊은 눈초리로 나를 쳐다보았다.

"그날 밤 제가 제안한 것에 대해 생각해 보셨습니까?"

내가 미처 대답하기 전에 데이지가 집에서 나왔다. 그녀의 드레스에 두 줄로 달린 놋쇠단추가 햇빛에 빛나고 있었다.

"저 대단한 저택이 댁인가요?"

그녀가 손으로 가리키며 외쳤다.

"마음에 듭니까?"

"네, 무척 마음에 들어요. 하지만 어떻게 저기서 혼자 사시는지 모르겠군요."

"내 집은 밤낮없이 재미있는 사람들로 가득합니다. 흥미로운 일을 하는 사람들, 그러니까 유명 인사들 말입니다."

해변을 따라 지름길로 가는 대신 우리는 도로 쪽으로 내려가 커다란 뒷문을 통해 들어갔다. 데이지는 매력적인 속삭임으로 하늘을 배경으로 솟은 봉건시대 풍 저택의 실루엣에 찬사를 보내는가 하면, 노란 수선화의 진한 향기와 산사나무와 자두꽃의 가벼운 향기와 오랑캐꽃의 옅은 금빛 향기 가득한 정원에 감탄하기도 했다. 그런데 이상한 것은, 우리가 대리석 계단까지 왔는데도 문을 드나드는 화려한 드레스들이 눈에 띄지 않고 나무에서 지저귀는 새 소리 말고는 아무 소리도 들리지 않았다는 것이다.

그리고 안에 들어가 마리 앙트와네트 음악실과 왕정복고시대 풍의 살롱을 어슬렁거릴 때, 나는 손님들이 우리가 지나갈 때까지 숨을 죽이고 조용히 있으라는 명령을 받고 소파와 테이블 뒤에 숨어 있는 게 아닐까 하는 생각이 들었다. 개츠비가 '머튼 대학 서재'(옥스퍼드 대학에 속한 단과 대학. 개츠비의 서재는 이곳의 도서관을 모방했다)의 문을 닫았을 때, 나는 올빼미 눈의 남자가 유령처럼 웃는 소리를 들었다고 맹세할 수 있다.

우리는 위층으로 올라가서 장밋빛과 보랏빛 비단으로 장식한, 신선한 꽃으로 생기 있는 고풍스러운 침실, 탈의실과 도박장, 움푹 파인 욕조가 있는 욕실들을 지나갔다. 어떤 방으로 들어서자 파자마 차림에 머리가 헝클어진 한 사내가 바닥에서 간(肝) 강화 운동을 하고 있었다. 그는 '하숙생' 클립스프링거였다. 그날 아침 그가 배고픈 얼굴로 해변을 돌아다니는 것을 나는 목격했다. 마침내 우리는 개츠비의 방에 들어갔는데, 침실과 욕실 그리고 애덤식 서재(18세기 스코틀랜드 건축가이며 장식가인 애덤 형제의 스타일로 꾸몄다는 뜻)로 이루어져 있었다. 우리는 거기에 앉아 그가 벽장에서 꺼내 온 샤르트뢰즈 포도주를 한 잔씩 마셨다.

그는 데이지한테서 한 번도 눈을 떼지 않았는데, 그녀의 사랑스런 눈이 보여주는 반응 정도에 따라 자기 집의 모든 것을 재평가하는 것 같았다. 이따금 그는 자신의 소유물들을 멍한 시선으로 둘러보았는데, 마치 그녀의 현실적이면서도 놀라운 현존 앞에서는 그 모든 것들이 더 이상 실재하지 않는다는 것 같은 멍한 눈이었다. 그러다가 계단에서 굴러 떨어질 뻔한 적도 있었다.

그의 침실은 화장대 위에 놓인 순금 화장도구만 제외한다면 가장

소박한 방이었다. 데이지가 즐거운 얼굴로 브러시를 집어 머리를 빗어 내리자 개츠비는 의자에 앉아서 눈을 가린 채 웃기 시작했다.

"정말 웃긴 일이지요, 친구." 그가 유쾌하게 말했다. "나는 안돼요…. 하려고 해도…."

그는 분명히 두 번째 단계를 지나 이제 세 번째 단계로 접어들고 있었다. 처음에는 당황했다가 두 번째는 무턱대고 기뻐하는 단계를 지나 지금은 그녀가 앞에 있다는 놀라운 사실에 사로잡혀 있었다. 그는 아주 오랫동안 그 생각에만 몰두하고, 올바른 수순을 결말까지 꿈꾸어 왔던, 말하자면 상상하기 어려울 정도로 긴장하며 기다려왔던 것이다. 이제 그 반작용으로 그는 지나치게 조였던 태엽이 풀리고 있었다.

잠시 뒤 그는 다시 정신을 차리고 부피가 큰 독특한 옷장 두 개를 열어 보였다. 거기엔 양복과 실내옷, 그리고 넥타이와 와이셔츠 등이 마치 벽돌처럼 차곡차곡 10여개의 상자에 담겨 쌓아올려져 있었다.

"영국에서 옷을 사 보내주는 사람이 있어요. 봄가을로 계절이 바뀔 때마다 물건을 골라서 보내오지요."

그는 와이셔츠 더미를 끄집어내어 하나씩 우리 앞에 던졌는데, 엷은 리넨 셔츠, 두꺼운 실크 셔츠, 고급 플란넬 셔츠가 떨어질 때마다 접혔던 자국이 펴지며 갖가지 색상으로 테이블 위를 덮었다. 우리가 감탄하는 동안 그는 셔츠를 더 많이 가져왔고, 부드럽고 값비싼 셔츠 더미는 점점 더 높이 올라갔다. 산호빛과 연두빛 사과색, 보랏빛과 옅은 오렌지색의 줄무늬 셔츠, 소용돌이무늬와 체크무늬 셔츠들에는 인디언블루 색으로 그의 이름의 머리글자가 새겨져 있었다. 갑자기 데이지가 격한 소리를 내며 셔츠에 머리를 파묻고 왈칵 울음을 터뜨렸다.

"너무나 아름다운 셔츠예요." 흐느끼는 그녀의 목소리는 겹겹이 쌓인 셔츠 속에 묻혀버렸다.

"보고 있으니까 슬퍼져요! 난 지금껏 이렇게…… 아름다운 셔츠를 본 적이 없거든요."

───────── ❧ ─────────

집안을 구경한 뒤 우리는 저택의 대지와 수영장 그리고 수상 비행기와 한여름 꽃을 둘러볼 생각이었다. 그러나 개츠비 저택의 창밖으로 다시 비가 내리기 시작했기 때문에 우리는 나란히 서서 물결치는 수면을 바라보았다.

"안개만 끼지 않았다면 만 건너편에 있는 당신 집이 보였을 겁니다." 개츠비가 말했다.

"부두 끝에 있는 당신 집에는 늘 초록빛 불이 켜져 있더군요."

데이지가 갑자기 개츠비의 팔에 자기 팔을 끼웠지만 그는 자기가 방금 한 말에 정신을 빼앗기고 있었다. 아마 그 불빛이 지니고 있던 거대한 의미가 이제 영원히 소멸했다는 생각이 불현듯 떠올랐는지도 모른다. 그를 데이지와 갈라놓았던 머나먼 거리와 비교해 보면 그 불빛은 데이지와 아주 가까이, 거의 손으로 만질 수 있는 거리라고 생각했을 것이다. 달 가까이 있는 별처럼 가깝게 보였던 것이다. 하지만 이제 그것은 다시 부두에 켜져 있는 초록 불빛에 지나지 않았다. 그의 마음을 사로잡았던 대상이 하나 줄어든 것이다.

나는 어스름 속에서 뚜렷하지 않은 온갖 물건들을 살펴보면서 방 안을 돌아다녔다. 책상 위쪽 벽에 걸려 있는, 요트복을 입은 나이 지긋한 남자의 커다란 사진이 내 시선을 끌었다.

"저 분은 누굽니까?"

"그 사람이오? 댄 코디 씨예요. 친구."

희미하게 귀에 익은 이름 같았다.

"지금은 고인이 되셨습니다. 몇 해 전까지 가장 친한 친구였지요."

큰 사무용 책상 위에는 역시 요트복을 입은 개츠비의 조그만 사진도 있었다. 개츠비는 도전적으로 머리를 뒤로 젖히고 있었는데, 열여덟 살 때쯤 찍은 사진 같았다.

"멋진데요!" 데이지가 소리쳤다.

"이 퐁파두르 스타일(앞머리를 뒤로 올리고 옆머리도 올려 앞머리와 합치는 올백 스타일) 말이에요! 이런 머리를 했었다고 말한 적 없잖아요……. 요트 얘기도 한 적이 없고요."

"여길 좀 봐요." 개츠비가 급히 말했다.

"여기 오려둔 기사들이 많아요…. 모두 당신에 관한 것들이지요."

그들은 나란히 서서 그것을 살펴보았다. 내가 루비를 보여 달라고 말하려는 순간 전화벨이 울렸고, 개츠비가 수화기를 집어 들었다.

"네…. 글쎄요. 지금은 곤란해요…. 지금은 말할 수 없다니까요, 형씨. '작은' 도시라니까요…. 작은 도시가 어디인지는 그가 알고 있을 거요…. 글쎄, 디트로이트가 작은 도시라고 생각한다면 그는 우리한테 쓸모가 없소…."

그는 전화를 끊었다.

"이리 빨리 와보세요!"

데이지가 창가에서 소리쳤다. 비는 여전히 내리고 있었지만 서쪽을 덮고 있던 어둠은 사라졌고, 바다 위에는 거품 같은 구름이 핑크빛과 금빛으로 소용돌이 치고 있었다.

"저것 좀 보세요."

그녀는 이렇게 속삭이고 나서 잠시 후 다시 말을 이었다.

"저기 연분홍색 구름 중에서 하나를 떼어다가 당신을 태우고 이리저리 돌아다니고 싶어요."

그때 내가 가려고 했지만 그들이 보내주지 않았다. 아마 나의 존재가 단둘이 있는 것보다 더욱 만족스러운 기분이 들게 하는 모양이었다.

"이렇게 하지요." 개츠비가 말했다. "클립스프링거에게 피아노를 쳐달라고 합시다."

그는 "유잉!"하고 이름을 부르며 방을 나가더니 잠시 후 어리둥절하고 약간 피곤해 보이는 청년을 데리고 들어왔다. 그는 성긴 금발에 조개껍질 테 안경을 쓰고 있었다. 청년은 목이 트인 단정한 '운동 셔츠'와 흐릿한 빛깔의 면바지를 차려입고 운동화를 신고 있었다.

"운동하시는 걸 방해한 건 아닌지 모르겠네요." 데이지가 공손하게 물었다.

"자고 있었는걸요."

클립스프링거가 당황하여 큰 소리로 말했다.

"그러니까, 잠을 자고 있었어요. 그러다가 일어나서……."

"클립스프링거는 피아노를 칠 줄 압니다."

개츠비가 청년의 말을 끊으며 말했다. "그렇지, 유잉?"

"잘 치지 못해요. 아니, 못 쳐요……. 쳐본 적도 없고 연습도 전혀 하지 않아서……."

"자, 1층으로 내려갑시다."

개츠비가 그의 말을 끊었다. 그가 스위치를 올렸다. 집 전체에 불이 들어오면서 어두컴컴한 창들이 사라졌다.

음악실에 들어서자 개츠비는 피아노 옆에 홀로 있는 램프를 켰다. 그는 떨리는 손으로 성냥을 그어 데이지의 담배에 불을 붙여주고는 멀리 떨어진 기다란 소파에 그녀와 함께 앉았다. 그곳은 홀에서 들어오는 불빛이 바닥에 반사되어 어른거릴 뿐 다른 불빛은 전혀 없었다.

클립스프링거는 「사랑의 보금자리」(1920년에 크게 유행한 대중가요)를 치고 난 뒤 의자에 앉은 채 몸을 돌려 불안한 표정으로 컴컴한 곳에 앉아 있는 개츠비를 살폈다.

"연습을 전혀 안 했어요. 못 친다고 말씀드렸죠. 연습을 안 해서…."

"잔말이 너무 많소, 형씨." 개츠비는 명령했다. "쳐 봐요!"

"아침에도
저녁에도
우리는 즐겁지 않은가…" ('Ain't we got fun' 이라는 대중가요)

밖에는 바람 소리가 요란했고 해협을 따라 희미한 천둥소리가 들렸다. 웨스트에그는 이제 전부 환하게 불이 켜지고 있었다. 사람들을 실은 전철은 뉴욕을 떠나 빗속을 뚫고 귀가 길을 질주하고 있었다. 인간에게 깊은 변화가 일어나는 시간이었고, 주변에는 흥분된 분위기가 퍼져나가고 있었다.

> "한 가지는 분명하지, 더 분명한 것은 없네.
> 부자는 더 부유해지고 가난뱅이는 자식들만 생긴다네.
> 그러는 동안
> 그러는 사이……"

작별 인사를 하러 개츠비에게 갔을 때 그의 얼굴에 다시 당혹스러운 표정이 되돌아 온 것을 보았다. 마치 지금 누리고 있는 행복의 질에 대해 어렴풋이 의심이 생긴 듯한 표정이었다.

거의 5년 동안! 심지어 그날 오후에도 데이지가 그의 꿈을 허물어뜨린 순간이 있었을 것이다. 그것은 그녀의 잘못이라기보다는 그가 품어온 엄청난 환상의 힘 탓이다. 환상의 힘은 그녀보다 앞서갔고 모든 것을 추월하고 말았다. 그는 창조적인 열정으로 직접 그 환상에 뛰어들어 환상이 끊임없이 부풀게 했으며, 자기 길 앞에 떠도는 모든 빛나는 깃털로 그 환상을 장식했던 것이다. 어떤 정열이나 순수도 한 남자가 영적인 마음에 쌓아올린 것에는 도전할 수 없는 것이다.

그를 쳐다보았을 때 그는 조금씩 눈에 띄게 지금의 분위기에 적응하고 있었다. 그는 그녀의 손을 잡고 있었고, 그녀가 낮은 목소리로 귀에다 뭔가 속삭이면 그는 솟구치는 감정으로 그녀 쪽에 몸을 돌렸다. 생각해 보면 그를 사로잡은 것은 무엇보다 정열적인 따스함을 띠고 위아래로 물결치는 목소리였던 것 같다. 왜냐하면 그 목소리는 꿈에서도 따를 수 없는, 불멸의 노래였기 때문이다.

이제 그들은 내 존재를 잊고 있었다. 그러다가 데이지가 나를 올려다보고 손을 내밀었다. 개츠비는 이제 완전히 나를 모르는 사람 같았다. 나는 다시 한 번 그들을 바라보았고, 그들은 열정에 사로잡힌 채 먼 시선으로 나를 돌아다보았다. 나는 그들을 남겨둔 채 방을 빠져나와 대리석 계단을 걸어 내려 빗속으로 들어갔다.

6

The Great Gatsby

이 무렵 뉴욕의 야심만만한 젊은 기자가 어느 날 아침, 개츠비 저택의 문 앞까지 찾아와 뭔가 할 말이 있느냐고 물었다.

"무엇에 대해 말하라는 겁니까?" 개츠비가 정중하게 물었다.

"음…. 밝히고 싶은 말이라면 뭐든지요."

5분 동안 혼란스러운 대화가 오고 갔는데, 이 기자가 사무실에서 어떤 문제와 관련하여 개츠비의 이름을 들었다는 사실이 밝혀졌다. 하지만 그 문제에 대하여 밝히려고 하지 않았는데 아마 그 건에 대해 완전히 알고 있지는 못했을 것이다. 쉬는 날임에도 불구하고 진상을 '밝히려고' 가상하게도 자진하여 이렇게 서둘러 찾아온 것이었다.

야밤에 총 쏘는 격이었지만 기자의 본능은 정확했다. 개츠비의 접대를 즐긴 수백 명이 그의 과거에 대한 권위자가 되어 악의적인 소문을 퍼뜨렸고 소문은 여름 내내 부풀려져 마침내 개츠비는 뉴스에 오르기 직전이었다. 예를 들면 '캐나다로 연결된 지하 파이프라인'(금주법 기간 동안 지하 파이프를 통해 캐나다에서 미국으로 술을 밀수한다는 소문이 있었다) 같은 소문들이 그와 결부되어졌고, 심지어 개츠비가 한 집에 사는 것이 아니라 사실은 집처럼 보이는 배에서 살며 롱아일랜드 해협을 몰래 왕복하고 있다는 이야기가 끈질기게 나돌았다. 도대체 왜 이런 소문을 듣고 노스다코타 주의 제임스 개츠가 만족스러워했는지는 설명하기 쉽지 않다.

제임스 개츠, 바로 이것이 그의 진짜 이름, 아니 적어도 서류상 그의 이름이었다. 17세의 그는 진정으로 인생이 시작되던 바로 그 순간에 이름을 고쳤다. 그것은 바로 댄 코디의 요트가 슈피리어 호(湖)에서 가장 위험한 곳에 닻을 내리는 것을 그가 보았을 때였다. 그날 오후 찢어진 녹색 셔츠에 두꺼운 작업바지를 입고 해변에서 어슬렁거리고 있던 것은 제임스 개츠였다. 하지만 노 젓는 배를 빌려 '투올로미' 호(號)에 다가가 코디에게 반시간 후에 바람이 불어 배가 부서질 거라고 알려준 사람은 이미 제이 개츠비였던 것이다.

아마 그는 이미 오랫동안 그 이름을 가슴에 품고 있었을 것이다. 그의 부모는 무능력하고 불운한 농사꾼이었다. 그의 상상력으로는 결코 그들을 부모로 받아들일 수가 없었다. 롱아일랜드 웨스트에그의 제이 개츠비는 사실상 스스로 만들어낸 이상적인 관념에서 태어난 것이다. 그는 신의 아들이었다. 만약 이 말에 어떤 의미가 있다면 바로 그런 것이다. 그리고 그는 '자기 아버지의 일'(누가복음 2장 49절

"예수께서 가라사대 어찌하여 나를 찾으셨나이까. 내가 내 아버지의 일에 관계하여야 될 줄을 알지 못하셨나이까 하시니." 에서 나온 표현), 즉 막막하고 천하며 저속한 아름다움을 섬기는 일을 해야만 했다. 그래서 그는 열일곱 살 소년이 상상할 수 있는 제이 개츠비라는 인물을 만들어낸 다음, 그 모습에 마지막까지 충실했던 것이다.

1년 이상 그는 슈피리어 호 남쪽 해변에서 조개 캐기나 연어잡이 혹은 어떤 일이라도 해서 어렵사리 숙식을 해결하고 있었다. 그의 구릿빛 탄탄한 육체는 힘들기도 하고 한가하기도 한 긴장된 생활을 하면서 자연스럽게 살아갔다. 그는 일찍 여자를 알았지만, 자신을 망친다는 이유로 여자를 경멸하게 되었다. 처녀들은 무지했기 때문에 경멸했고, 다른 여자들은 자기도취에 빠진 그에게는 당연한 일에 신경질을 부렸기 때문에 경멸했다.

그러나 그의 마음속에는 언제나 격렬한 폭동이 벌어지고 있었다. 무엇보다 기괴하고 무엇보다 환상적인 자부심이 잠자리에서 그를 괴롭혔다. 시계가 세면대에서 똑딱거리고 축축한 달빛이 바닥에 아무렇게나 벗어놓은 옷을 적시는 동안, 말로 표현할 수 없는 현란한 세계가 그의 머릿속에서 사라지지 않았다. 매일 밤 그는 환상의 형태를 늘려나갔고, 그것은 졸음이 몰려와 생생한 장면을 망각의 포옹으로 덮을 때까지 계속되었다. 얼마 동안 이런 공상은 그의 상상력에 분출구를 제공해 주었다. 그것은 현실의 비현실성을 보여주는 충분한 암시였고, 세상의 반석이 요정의 날개 위에 안전하게 정착했다는 약속이었다.

이런 일이 있기 몇 달 전에는 자기 미래의 영광을 예견한 육감이 그를 미네소타 주 남부에 있는 루터교의 작은 세인트올라프 대학에 들어가도록 이끌었다. 그는 거기에서 2주간 머물렀는데, 자기 운명의 북소리, 아니 자기 운명 자체에 대해 학교가 너무 무심한 것에 실망했고 학비 조달 때문에 시작한 수위 일마저 경멸스러워졌다. 그래서 그는 슈피리어 호로 다시 표류해왔고, 댄 코디의 요트가 호숫가 얕은 여울에 닻을 내린 바로 그날 뭔가 할 일을 찾고 있었던 것이다.

코디는 당시 50세였는데, 네바다 주 은광과 유콘 광산이 낳은 인물로 1875년 이후 손댄 모든 광산사업에 성공을 거두었다. 그는 몬태나 동광(銅鑛) 거래로 억만장자가 되었는데 육체적으로는 강건했지만 심적으로 나약해졌다. 이를 눈치 챈 수많은 여자들이 그에게서 돈을 떼어내려고 온갖 수작을 부렸다. 그중에서도 엘라 케이라는 여기자는 그의 유약함을 이용해 마담 맹트농(프랑스 루이 16세의 두 번째 부인으로 왕에게 막강한 영향력을 행사하였다) 역할을 하여 그를 요트에 태워 바다로 보낸 그다지 유쾌하지 않은 사건은 1902년의 속물스러운 언론계에서는 공공연한 비밀이었다. 그리고 코디는 5년 동안 아주 기후가 쾌적한 해안을 따라 여행을 하던 중 리틀걸 만(灣)에서 제임스 개츠의 운명과 조우하게 된 것이다.

노를 젓던 손을 쉬면서 난간을 두른 갑판을 올려다보는 젊은 개츠에게 그 요트는 세상의 모든 아름다움과 화려함을 상징했다. 그는 아마도 코디에게 미소를 지었을 것이다. 그는 분명 사람들이 자기의 미소를 좋아한다는 것을 알았을 것이다. 어쨌든 코디는 그에게 몇 마디 질문을 던졌고(그 질문 중 하나가 그의 새로운 이름을 도출해냈다), 이 청년이 민첩하고 엄청난 야심가라는 사실을 알아냈다. 며칠 뒤 코디는 그를 덜루스(슈피리어 호 서쪽 끝에 있는 항구)에 데리고 가 푸른색 외투와 흰 면바지 여섯 벌과 요트 모자를 사주었다. 그리고 '투올로미'호가 서인도 제도와 바바리 해안으로 떠날 때 개츠비도 동행했다.

개츠비는 특정한 자격으로 고용된 것이 아니었다. 코디와 함께 있는 동안 그는 조수가 되기도 하고, 동료, 선장이 되기도 하고, 비서가 되기도 했으며 심지어는 간수 노릇을 하기도 했다. 정신이 멀쩡했을 때의 댄 코디는 술에 취하면 자신이 곧 어떤 황당한 일을 벌일지 잘 알고 있었고, 개츠비에 대한 신뢰도를 높이는 것으로 그런 우발적인 사태에 대처했다. 이런 협정은 5년간 지속되었고 그 동안 배는 미 대륙을 세 번이나 돌았다. 만약 어느 날 밤 엘라 케이가 보스턴에서 배에 올라타지 않고 그로부터 일주일 뒤 댄 코디가 불미스럽게 죽지 않았더라면 그 협정은 아마 영원히 지속되었을 것이다.

나는 개츠비의 침실에 걸려있던 댄 코디의 초상을 기억하고 있다. 반백의 머리에 혈색이 좋으면서도 완고하고 무표정한 얼굴—방탕한 난봉꾼 개척자로서 그는 미국 역사의 한 시기에 개척지의 창녀촌과 싸구려 술집의 폭력을 동부 해안의 선상에 가져온 사람이었다. 개츠비가 거의 술을 마시지 않는 것도 간접적으로 코디 때문이었다. 유쾌한 파티가 벌어지는 동안 몇 번 여자들이 술김에 그의 머리에 샴페인을 부은 적이 있었다. 하지만 그는 결코 술을 거들떠보지 않았다.

그리고 개츠비는 코디로부터 돈을 상속받았다. 2만 5천달러의 유산이었다. 하지만 실제로는 그 돈을 받지 못했다. 그는 자기에게 불리하게 적용된 법적 술책을 결코 이해할 수 없었고, 결국 수백만 달러의 돈은 엘라 케이의 손에 고스란히 넘어가고 말았다. 그에게 남은 것이라고는 독특하고 적절한 교육뿐이었다. 제이 개츠비라는 막연한 윤곽이 내실 있는 인간의 실체로 채워졌던 것이다.

그는 이 모든 이야기를 훨씬 뒤에 내게 들려주었지만 지금 내가 이 이야기를 적고 있는 것은 전혀 진실성이 없는, 그의 조상에 관한 터무니없는 소문을 불식시키기 위해서이다. 더구나 그가 이 이야기를 들려준 것은, 내가 그의 말을 믿어야 할지 말아야 할지 혼란에 빠져 있을 때였다. 그러니까, 개츠비가 숨을 죽이고 있는 동안 이런 일련의 오해를 풀기 위해 나는 이 짧은 휴식을 이용한 것이다.

개츠비와의 관계도 잠시 휴식기였다. 몇 주 동안 나는 그를 만나거나 전화로도 그의 목소리를 들은 적이 없었다. 조던과 돌아다니거나 연로한 그녀 숙모의 기분을 맞추느라고 거의 뉴욕에서 지내고 있었다. 하지만 어느 일요일 오후 나는 결국 그의 집으로 갔다. 그런데 내가 거기 도착한 지 2분도 되지 않아 누군가가 술을 마시러 톰 뷰캐넌을 그 집에 데리고 왔다. 당연히 나는 놀랄 수밖에 없었는데, 정말 놀라운 것은 그런 일이 이전에 한 번도 없었다는 사실이다.

그들 세 명은 말을 타고 왔다. 톰과 슬로언이라는 남자, 그리고 전에도 온 적이 있는 갈색 승마복을 입은 예쁜 여자였다.

"만나 뵙게 되어 반갑습니다. 이렇게 찾아주시니 고맙군요."

현관에 서서 개츠비가 말했다. 마치 그들이 대단한 관심이라도 보인 것 같은 말투였다!

"앉으시죠. 궐련이나 담배를 피우시겠습니까?"

그는 호출 벨을 울리며 방 안을 재빨리 돌아다녔다.

"곧 마실 것은 준비하도록 하지요."

그는 톰의 존재 때문에 몹시 동요하고 있었다. 그러나 그들이 술을 마시려고 찾아온 것이라는 사실을 막연하게 깨달으면서 뭔가 대접하기 전까지는 계속 불안한 듯했다. 슬로언은 아무것도 마시려고 하지 않았다. 레모네이드라도 드릴까요? 아뇨, 괜찮습니다. 그럼 샴페인을 좀 드릴까요? 아뇨, 고맙지만 됐습니다.

"승마는 즐거우셨나요?"

"이쪽은 길이 참 좋아요."

"제 생각으로는 자동차가……."

"그렇지요."

어떤 거부할 수 없는 충동으로, 개츠비는 초대면으로 소개 받은 톰에게 고개를 돌렸다.

"뷰캐넌 씨, 전에 어디선가 뵌 적이 있는 것 같습니다."

"아, 그렇지요."

언제인지 기억하지 못하는 것이 분명했지만 톰은 딱딱하고 정중하게 대답했다.

"그랬지요. 기억이 납니다."

"두 주일쯤 전이었지요."

"맞아요. 여기 있는 닉과 함께 계셨지요."

"부인 되는 분을 알고 있습니다."

개츠비가 거의 도전적으로 말을 이어 나갔다.

"그래요?" 톰이 나에게 고개를 돌렸다.

"닉, 자네 이 근처에 살고 있나?"

"바로 옆집에 산다네."

150

"그래?"

슬로언은 대화에 끼지 않았지만 거만하게 몸을 뒤로 젖히고 의자에 앉아 있었다. 여자도 침묵을 지키고 있었는데, 하이볼을 두 잔 마시고 나더니 의외로 상냥하게 변했다.

"개츠비 씨, 우리 모두 다음 파티에 참석할게요." 그녀가 제안했다. "괜찮지요?"

"물론. 오신다면 영광이지요."

"고맙군요." 슬로언은 별로 고마운 기색 없이 말했다.

"그럼 자, 이제 집으로 갈 때가 됐어요."

"그렇게 서두르지 않으셔도 됩니다."

개츠비가 간곡히 말했다. 이제 침착함을 회복한 그는 톰에 대해 좀 더 알고 싶어 했다.

"괜찮으시다면… 저녁 식사라도 함께 하시지요. 뉴욕에서 다른 손님들이 더 온다고 해도 전 상관없습니다."

"그럼 저희 쪽으로 오셔서 저녁 식사를 하는 건 어때요."

여자가 열성적으로 말했다.

"두 분 다 같이요."

이 말은 나를 포함하는 거였다. 슬로언이 자리에서 일어섰다.

"자, 갑시다." 그가 말했다. 여자에게만 하는 말이었다.

"진심이에요." 여자가 고집했다.

"두 분과 함께 하고 싶어요. 자리는 충분해요."

개츠비는 질문하듯 나를 쳐다보았다. 그는 가고 싶었지만, 슬로언은 이미 그가 오면 안 된다고 결정했다는 사실을 모르고 있었다.

"미안하지만 저는 갈 수 없군요." 내가 말했다.

"그럼 선생님 만이라도 오세요." 그녀는 개츠비에게 집중하여 재촉했다.

슬로언이 그녀의 귓가에 뭔가 속삭였다.

"지금 출발하면 늦지 않을 거예요."

그녀가 큰 소리로 재촉했다.

"전 말이 없습니다." 개츠비가 대답했다.

"군에 있을 때는 말을 타곤 했는데, 말을 산 적은 없어요. 자동차를 타고 쫓아가야겠군요. 그럼 잠깐 실례합니다."

나머지 사람들은 현관으로 걸어 나갔고, 현관에서는 슬로언과 여자가 옆에서 격렬하게 말다툼을 시작했다.

"맙소사, 저 사람이 정말로 따라오려는 모양이오." 톰이 말했다. "그녀가 원하지 않는다는 것도 모르나?"

"저 여자가 계속 가자고 말했잖아."

"큰 파티가 열릴 텐데, 그 자는 파티에 오는 사람 중에 아는 사람이 하나도 없을 거야."

그가 눈살을 찌푸렸다.

"도대체 그자는 어디서 데이지를 만난 걸까? 맙소사, 내 생각이 구식인지는 모르겠지만 요즘 여자들 너무 나다니는 게 영 마음에 들지 않는군. 별 이상한 녀석들을 다 만나거든."

갑자기 슬로언과 여자가 계단을 걸어 내려가더니 각자 자기 말에 올라탔다.

"자, 빨리." 슬로언이 톰에게 말했다. "이러다 늦겠어. 빨리 가야

해."

그러더니 나를 향해서 이렇게 말했다.

"그 사람에게 기다릴 수 없었다고 전해 주시겠소?"

톰과 나는 악수를 했고, 나머지 사람들은 냉랭하게 서로 고개를 끄덕여 인사를 했다. 그리고 그들은 재빨리 말을 몰아 진입로를 따라 8월의 무성한 나뭇잎 아래로 사라졌는데, 이때 개츠비가 모자와 얇은 외투를 손에 들고 막 현관 밖으로 나왔다.

톰은 데이지가 혼자서 돌아다니는 데 분명 불안감을 감추지 못했다. 왜냐하면 그 다음 토요일 밤 톰은 데이지와 함께 개츠비의 파티에 참석했기 때문이다. 그가 참석했기 때문인지 그날 저녁은 이상한 중압감이 감돌았다. 그날 저녁은 그해 여름 개츠비가 열었던 어느 파티보다도 뚜렷이 기억에 남아 있다. 똑같은 사람들, 아니 적어도 똑같은 종류의 사람들이 참석하고 똑같은 샴페인이 흘러넘치고 다양하고도 긴장된 소동 또한 똑같이 벌어졌다. 그런데 일종의 불쾌감, 전에는 느껴보지 못한 거친 분위기가 감돌고 있었다. 어쩌면 내가 그 세계에 익숙해진 탓일 수도 있다. 웨스트에그를 그 자체가 완전한 세계로, 자체의 기준과 유명 인사들을 갖췄음에도 스스로는 그것을 의식하지 않기 때문에 타의 추종을 불허하는 세계라고 받아들이는 데 익숙해진 탓일지도 모른다. 이제 그 세계를 다시 바라보는 데 데이지의 눈을 빌렸기 때문인지도 모른다. 자기가 열심히 적응 능력을 확대시켜 익숙해진 어떤 대상을 새로운 시선으로 바라본다는 것은 언제나 서글픈 일이다.

그들은 황혼 무렵에 도착했고, 우리가 그야말로 빛나는 수많은 사람들 사이를 헤매는 동안 데이지의 목소리가 마술을 부리듯 목구멍에서 소곤거렸다.

"이런 데 오면 난 너무 흥분돼." 데이지가 속삭였다.

"닉, 오늘 밤 언제라도 저하고 키스하고 싶으면 얘기만 하세요. 기꺼이 키스해 줄게요. 제 이름만 불러요. 아니면 녹색 카드를 꺼내세요. 내가 드리는, 녹색…."

"주위를 둘러보십시오." 개츠비가 말했다.

"지금 보고 있는걸요. 아주 근사한……."

"이름만 들었던 사람들의 얼굴을 직접 보실 수 있을 겁니다."

톰은 거만한 눈초리로 사람들을 훑어봤다.

"우리는 별로 밖에 돌아다니지 않거든요." 그가 말했다. "사실, 여기에서 아는 사람이 하나도 없다고 생각하던 참입니다."

"아마 저기 저 부인은 아실 텐데요."

개츠비가 흰 자두나무 아래 위풍당당하게 앉아 있는, 거의 사람이라고 하기 어려울 정도로 아름다운 난초 같은 여성을 가리켰다. 톰과 데이지는 지금까지 유령 같은 존재인 영화배우를 알아봤을 때 동반되는, 야릇하게 비현실적인 느낌을 가지고 그녀를 바라보았다.

"아름답군요." 데이지가 말했다.

"그녀 앞에서 몸을 굽히고 있는 사람은 영화감독이지요."

개츠비는 격식을 차리며 그들을 이쪽저쪽 사람들에게 소개시켜 주었다.

"뷰캐넌 부인과… 뷰캐넌 씨입니다…." 한순간 머뭇거리다가 덧붙였다. "유명한 폴로 선수시죠."

"아, 아닙니다." 톰이 재빨리 부정했다. "전 아니에요."

그러나 그 말이 개츠비를 즐겁게 했음은 분명했다. 왜냐하면 톰은 그날 저녁 내내 '폴로 선수'로 통했기 때문이다.

"이렇게 유명 인사를 많이 만나보기는 처음이에요." 데이지가 감탄해서 말했다. "난 저 사람이 좋아요. 이름이 뭔가요? 청교도 풍의 저 신사 말이에요."

개츠비는 그가 대단치 않은 연출가라고 덧붙이면서 누구라고 일러주었다.

"글쎄, 어쨌든 그 사람이 좋아요."

"난 폴로선수로 소개되지 않았으면 좋겠구만."

톰이 유쾌하게 말했다.

"나는 무명인 채로 유명인사들을 그냥 구경만 하고 싶군."

데이지와 개츠비는 춤을 추었다. 그의 우아하고 보수적인 폭스트롯 춤을 보고 놀랐던 기억이 난다. 이전엔 그가 춤추는 모습을 본 적이 없었던 것이다. 그리고 나서 그들이 우리 집으로 걸어가 반시간쯤 계단 위에 앉아 있는 동안 나는 그녀의 부탁으로 정원에서 망을 보고 있었다.

"불이나 홍수가 날지도 모르잖아요." 그녀가 설명했다.

"아니면 다른 천재지변이…"

우리가 저녁을 먹으려고 함께 앉아 있는데 존재조차 잊고 있었던 톰이 나타났다.

"저기 있는 사람들과 함께 식사를 해도 괜찮겠지?" 그가 말했다. "한 친구가 재미있는 이야기를 늘어놓고 있거든."

"그렇게 해요." 데이지가 상냥하게 말했다. "주소를 적고 싶으면 여기 내 금색 연필을 쓰세요."

그녀는 잠시 주위를 둘러보더니 나에게 그 여성이 '평범하지만 예쁘다'고 말했다. 그래서 나는 그녀가 개츠비와 단둘이 있었던 반시간을 빼면 즐거운 시간을 보내지 못했다는 것을 알 수 있었다.

우리 테이블에는 유별나게 술 취한 사람이 많았다. 내 불찰이었다. 개츠비는 전화 받으러 갔고, 나는 불과 2주일 전에 자리를 함께했던 사람들과 있고 싶다고 생각한 것이다. 그러나 그때 나를 즐겁게 해준 것이 지금은 진부하게 느껴졌다.

"베데커 양, 몸은 괜찮아요?"

이름이 불린 아가씨는 내 어깨에 기대려고 했지만 뜻대로 되지 않았다. 대신 내 말을 듣고 의자에 제대로 앉아 눈을 떴다.

"뭐, 뭐라고요?"

데이지에게 내일 지역클럽에서 골프를 치자고 조르던 둔하고 덩치 큰 여자가 베데커 양을 두둔하고 나섰다.

"아, 걔는 이제 괜찮아요. 칵테일이 대여섯 잔 들어가면 늘 저렇게 소리를 지르죠. 술을 끊으라고 타이르지만."

"전 술 마시지 않았어요."

꾸지람을 들은 그녀가 헛된 주장을 했다.

"우린 네가 외치는 소리를 들었어. 그래서 내가 시벳 선생님께 '의사 선생님, 선생님의 도움이 필요한 사람이 있어요.' 하고 말했단 말이야."

"그녀도 고맙게 생각할 거예요."

156

또 다른 친구가 고마워하는 기색도 없이 그렇게 말했다.

"하지만 당신이 그녀 머리를 풀장에다 집어넣는 바람에 그녀 옷이
다 젖었네요."

"내가 제일 싫어하는 게 풀장에 머리를 처박는 거야." 베데커 양이
중얼거렸다.

"뉴저지에선 거의 익사할 뻔했다니까."

"그러니까 이제 술 좀 끊어." 시벳 박사가 대꾸했다.

"남의 말 하지마세요." 베데커 양이 거칠게 외쳤다.

"당신 손도 떨리고 있잖아요. 절대로 선생님한테 수술은 받지 않
을 거예요!"

그런 식이었다. 데이지와 함께 서서 영화감독과 여배우를 지켜보
던 것이 거의 마지막으로 기억나는 일이다. 그들은 아직도 자두나무
아래 있었는데, 창백하고 가느다란 한줄기 달빛이 그 사이에 있을 뿐
그들은 거의 얼굴을 맞대고 있었다. 저녁 내내 그는 아주 조금씩 그
녀를 향해 얼굴을 숙여 지금의 접근 상태에 이르렀을 거라는 생각이
문득 떠올랐다. 심지어 내가 지켜보는 동안에도 그는 마지막 한 각도
마저 구부리고 그녀의 뺨에 입을 맞추는 게 보였다.

"난 저 여자가 좋아요. 사랑스러워 보여요." 데이지가 말했다.

그러나 나머지 사람들은 데이지의 기분을 거슬리게 했다. 그것이
몸짓이 아니라 감정이기 때문에 논증의 여지는 없었다. 그녀는 브로
드웨이가 롱아일랜드의 어촌에 자리 잡은 듯한 이 전례 없는 '지역'
인 웨스트에그에 두려움을 느꼈다. 낡은 완곡어법 속에 숨어 있는 투
박스러운 활기, 그리고 그곳 사람들을 지름길을 따라 무(無)에서 무

로 몰고 가는, 지나치게 강제적인 운명에 두려움을 느꼈다. 그녀는 자기가 이해하지 못하는 지극히 단순함에서 소름끼치는 것을 발견했던 것이다.

나는 그들이 차(車)를 기다리는 동안 함께 앞 계단에 앉아 있었다. 앞쪽은 어두웠다. 밝은 문만이 1평방미터 가량의 정사각형 모양의 빛을 부드럽고 어두운 아침을 향해 뿌리고 있었다. 가끔씩 그림자 하나가 위층 탈의실 차양을 배경으로 움직이다가 다른 그림자에게 자리를 내준다. 그림자들의 끝없는 진행이 이어진다. 보이지 않는 거울에서 립스틱을 바르고 분을 두드리고 있었다.

"도대체 이 개츠비란 자는 누구지?" 톰이 갑자기 물었다. "거물 밀주업자인가?"

"자네 그 얘기 어디에서 들었나?" 내가 물었다.

"들은 적은 없고 추측해 본 거야. 알다시피 갑자기 떼돈을 번 작자들 중에 거물 밀주업자가 많으니까."

"개츠비는 아니야." 내가 짧게 말했다.

그는 잠시 침묵을 지켰다. 진입로의 자갈이 그의 발밑에서 바스락거렸다.

"어쨌든 그자는 별난 인간들을 수집하느라 꽤 힘들었겠군."

산들바람이 회색 안개 같은 데이지의 털 옷깃을 흔들었다.

"적어도 그들은 우리가 아는 사람들보다는 재미있네요." 데이지가 애써 말했다.

"당신은 별로 재미있어 보이지 않던데."

"아니, 재미있었어요."

톰은 웃더니 내 쪽을 향했다.

"그 아가씨가 냉수 샤워를 시켜달라고 부탁할 때 데이지 얼굴 봤나?"

데이지가 율동적이고 허스키한 목소리로 속삭이듯 리듬을 타며 음악에 맞춰 노래를 부르기 시작했다. 단어 하나하나에 이전에도 없었고 앞으로도 없을 의미를 부여하며 노래를 부르는 것이었다. 멜로디가 높아지면 그녀는 감미로운 가성으로 따라 불렀다. 멜로디가 바뀔 때마다 따뜻한 인간적인 매력이라는 마법이 조금씩 분위기에 배어 나왔다.

"초대받지 않은 사람들도 많이 와요." 갑자기 그녀가 말했다. "그 아가씨도 초대받지 않았지요. 사람들이 그냥 마구 들어오는데도 그는 너무 점잖아서 막지 못하는 거예요."

"난 그자가 도대체 누군지, 무슨 일을 하는지 알고 싶어." 톰이 힘주어 말했다. "알아내고야 말거야."

"지금 당장 말해줄 수 있어요." 데이지가 대답했다. "약국을 경영하고 있어요. 그것도 아주 많이요. 자기 힘으로 이룬 사업이에요."

속도를 늦춘 리무진이 진입로로 굴러 들어왔다.

"잘 자요, 닉." 데이지가 말했다.

그녀의 시선이 나를 떠나 불 켜진 계단 꼭대기로 옮겨갔다. 거기에서는 그해 유행했던 산뜻하고 애조 띤 왈츠 「새벽 3시」(줄리언 로블도가 작곡한 대중가요로 1921년 크게 인기를 얻었다)가 열린 문으로 흘러나오고 있었다. 결국 개츠비의 파티가 가진 바로 그 편안한 분위기 속에는 데이지의 세계에는 전혀 없는 낭만적인 가능성이 있었던 것이다. 그 노래에 들어있는 무엇이 그녀를 다시 집안으로 불러들이고 있는 것일까? 컴컴하고 예측할 수 없는 시간에 지금 어떤 일이 벌어지는 것일까? 어쩌면 믿어지지 않는 손님이나, 모두를 놀라게 할 귀한 사람이 도착할는지도 모른다. 아니면 마술적인 한순간의 만남으로 첫눈에 개츠비의 마음을 사로잡아, 5년 동안 흔들리지 않고 있던 헌신적인 열정을 지워버릴 눈부시게 아름다운 아가씨가 도착할는지도 모른다.

나는 그날 밤 늦게까지 남아 있었다. 자기가 시간이 날 때까지 기다려달라고 개츠비가 내게 부탁했던 것이다. 그래서 나는 변함없는 수영객들이 추워하면서도 의기양양하게 어두운 해변에서 올라오고 윗층 객실의 등이 모두 꺼질 때까지 정원에서 빈둥거리며 시간을 보냈다. 마침내 그가 계단을 내려왔을 때 햇볕에 탄 얼굴은 평소보다 굳은 표정을 보이고 두 눈은 빛나지만 지쳐 보였다.

"그녀는 파티가 마음에 들지 않았나 봐요." 그가 단도직입적으로 말했다.

"아니에요, 좋아했어요."

"아니오. 좋아하지 않았어요. 그녀는 즐거운 시간을 보내지 못했어요." 그가 힘주어 말했다.

그는 침묵을 지켰고, 나는 그가 말할 수 없이 낙심해 있다는 것을 짐작했다.

"그녀가 멀게만 느껴졌어요." 그가 말했다. "그녀를 이해시키기가 어렵군요."

"그 춤 얘기입니까?"

"춤이요?" 그는 손가락을 한 번 튕기면서 자신이 추었던 모든 춤을 무시해버렸다.

"친구, 춤은 중요한 게 아닙니다."

그가 원하는 것은 데이지가 톰에게 가서 '난 당신을 사랑한 적이 없어요' 라고 말하는 것뿐이었다. 그 말로 그녀가 지난 4년의 세월을 지워버리고 나면 그들은 좀 더 현실적인 조치를 결정할 수 있는 것이다. 그 중 하나는, 그녀가 자유로운 몸이 되면 함께 루이빌로 돌아가 그녀의 집에서 결혼식을 올리는 것이다. 5년 전에 그랬던 것처럼.

"그녀가 이해해 주질 않아요." 그가 말했다. "전에는 이해해 줬거든요. 몇 시간이나 함께 앉아서…."

그는 갑자기 말을 멈추더니 과일 껍질과 버려진 선물과 짓밟힌 꽃이 흩어져 있는 을씨년스런 작은 길을 왔다 갔다 하기 시작했다.

"나 같으면 그녀에게 그렇게 많이 기대하지 않을 겁니다." 내가 과감하게 말했다. "과거는 돌이킬 수 없는 거니까요."

"과거를 돌이킬 수 없다고요?" 그는 믿을 수 없다는 듯 소리쳤다. "아뇨, 돌이킬 수 있습니다!"

마치 과거가 자기 집 그늘에 숨어 있고, 단지 손에 닿지 않는 곳에 있는 것뿐이라는 듯이 그는 사납게 주위를 두리번거렸다.

"나는 모든 것을 옛날과 똑같이 돌려놓을 생각입니다."

그는 결연히 고개를 끄덕이며 말했다.

"그녀도 이해하게 될 겁니다."

그는 과거에 대해 많은 이야기를 했다. 나는 여러 가지로 생각해 보고나서, 그는 데이지를 사랑하기에 이르렀던 자기의 어떤 관념을 되찾고 싶어 하는 것이라고 결론지었다. 그 후로 그의 인생은 혼란과 무질서에 빠졌는데, 만약 다시 한번 출발점으로 돌아가 천천히 모든 것을 돌이킬 수 있다면, 그는 그것이 무엇인지 찾아낼 수 있었을 것이다.

······5년 전 어느 가을 밤, 그들은 낙엽이 흩날리는 거리를 함께 걷다가 나무가 한 그루도 없고 보도가 달빛으로 훤한 곳에 이르렀다. 그들은 그곳에 걸음을 멈추고 서로 마주 보았다. 일 년 중 두 번 계절이 바뀔 때 느낄 수 있는, 신비스러운 흥분이 감도는 서늘한 밤이었다. 집들의 고요한 불빛이 어둠 속에 울려 퍼지고, 별 사이에 바스락 소리가 나는 밤이었다. 개츠비는 곁눈질로 보도블록이 정말로 사다리가 되어 나무 위 비밀 장소까지 통하는 것을 보았다. 그는 올라갈 수 있었다. 만일 혼자 오른다면 비밀장소까지 올라가서 생명의 젖꼭지를 빨아먹기도 하고 무엇과도 비교할 수 없는 경이의 우유를 들이킬 수도 있었을 것이다.

데이지의 하얀 얼굴이 자신의 얼굴에 닿는 순간 그의 심장은 점점 더 빨리 뛰었다. 이 아가씨와 입을 맞추고 그녀의 사라지기 쉬운 숨결에 말로 표현할 수 없는 자신의 꿈을 영원히 결합시키면, 자기 마음은 신의 마음처럼 다시는 뛰어 돌아다니지 않으리라는 것을 잘 알고 있었다. 그래서 그는 별에 부딪친 소리굽쇠가 내는 소리에 귀를 기울이며 한동안 더 기다렸다. 이윽고 그는 그녀에게 키스를 했다. 그의 입술에 닿자 그녀는 그를 위해 꽃처럼 피어났고 화신(化身)이 완성되었다.

그가 말해준 이야기 전부를 통해, 그의 지독한 감상주의를 들으면서 내게 떠오르는 기억이 있었다. 포착할 수 없는 리듬이랄까, 오래 전 어디선가 들은 적이 있는 잃어버린 말의 조각 같은 것이었다. 한 순간 어떤 구절이 내 입에서 형태를 갖추려고 했고 내 입술은 벙어리의 그것처럼 벌어졌다. 마치 한 줌 공기의 진동에 그치지 않고 훨씬 더 힘겨운 안간힘을 쓴 것처럼.

그러나 결국 그것은 소리를 만들지 못하고, 내가 거의 떠올릴 뻔했던 구절도 영원히 전달할 수 없게 되고 말았다.

7

The Great Gatsby

어느 토요일 밤 개츠비의 집 전등이 끝내 켜지지 않을 때 그에 관한 호기심은 절정에 달했다. 트리말키오(고대 로마의 작가 페트로니우스의 〈사티리콘〉에 등장하는 인물. 성대한 파티를 자주 여는 벼락부자)로서 그의 경력은 그 시작과 마찬가지로 모호하게 막을 내리고 말았다. 자동차가 기대를 품고 그의 저택 진입로에 들어와 잠깐 머물다가 화가 난 듯 떠나버리는 것들을 지켜보면서 나도 서서히 알게 되었다. 개츠비가 혹시 병이라도 난 것은 아닌가 걱정이 되어 건너가 보았다. 험상궂은 얼굴의 낯선 집사가 문간에서 경계하는 투로 내게 곁눈질을 했다.

"개츠비 씨가 편찮으신가요?"

"아니오." 그는 잠시 침묵 후 뒤늦게 마지못한 투로 내게 "선생님"

이라는 호칭을 덧붙였다.

"요새 통 뵙지를 못해서 좀 걱정을 했습니다. 캐러웨이란 사람이 찾아왔다고 전해 주세요."

"누구시라고요?" 그가 무례하게 물었다.

"캐러웨이입니다."

"캐러웨이. 네, 알았습니다. 전해드리겠습니다."

그는 갑자기 문을 쾅 하고 닫아버렸다.

핀란드인 가정부의 말에 따르면, 개츠비는 일주일 전에 집에 있던 고용인들을 모두 해고시키고 나서 여섯 명의 고용인으로 대체했는데, 그들은 웨스트에그 마을에 가서 상인들에게 매수당하는 일 없이 전화로 적절한 양의 식품을 주문한다는 것이었다. 식료품 배달 소년은 부엌이 마치 돼지우리 같더라고 전했고, 마을에는 새 고용인들이 도대체 고용인 같지 않다는 소문이 돌았다.

다음날 개츠비가 전화를 걸어왔다.

"다른 곳으로 떠나시는 겁니까?" 내가 물었다.

"아닙니다, 친구."

"고용인을 모두 내보냈다고 들었습니다만."

"입이 가볍지 않은 사람들이 필요했어요. 데이지가 꽤 자주 놀러 오거든요. 오후가 되면요."

그러니까 그녀의 불만스러운 눈빛 한 번에 대저택 전체가 마치 카드로 만든 집처럼 폭삭 주저앉아 버린 것이다.

"울프샤임이 돌봐달라고 부탁한 사람들입니다. 모두 형제자매간이에요. 조그만 호텔을 경영한 적도 있고요."

"그렇군요."

그는 데이지의 부탁으로 전화를 걸었다고 했다. 내일 그녀의 집에 점심 식사를 하러 가지 않겠느냐는 것이었다. 베이커 양도 갈 예정이라고 했다. 반시간 뒤 데이지가 직접 전화를 걸었고, 내가 간다는 것을 알자 안심하는 눈치였다. 무슨 일이 있었던 것이다. 그러나 그들이 설마하니 그 자리를 빌려 소동을 벌일 거라고는 생각지 못했다. 특히 개츠비가 정원에서 대충 일러주었던, 좀 심각한 소동을 말이다.

다음 날은 타는 듯 뜨거운 날씨였다. 여름의 막바지로, 분명히 가장 뜨거운 날이었다. 내가 탄 기차가 터널을 지나 햇볕 아래로 나왔을 때 내셔널 비스킷 컴퍼니(퀸스에 있는 대형 제과회사로 머리글자를 딴 나비스코로 유명하다)의 뜨거운 사이렌 소리만이 지글지글 끓는 한낮의 정적을 깨뜨리고 있었다. 객차 안의 밀짚 시트에는 금방이라도 불이 붙을 것 같았다. 내 옆에 앉은 여자는 흰 셔츠 안으로 땀이 흘러내리는 것을 참고 있다가 들고 있던 신문이 손가락 사이로 축축하게 젖자, 더위에 굴복하여 청승맞은 비명을 지르면서 짜증을 냈다. 그 바람에 그녀의 지갑이 바닥에 툭 떨어졌다.

"어머나!" 그녀는 숨을 몰아쉬었다.

나는 지친 동작으로 몸을 굽혀 지갑을 주워 그것을 어쩔 생각이 추호도 없음을 보여주기 위해 팔을 쭉 뻗어 지갑의 두 모서리 끝에 손가락을 끼워 그녀에게 돌려주었다. 하지만 그 여자를 포함하여 주변 사람들은 모두 내게 의심의 눈초리를 보냈다.

"덥군요!" 차장이 낯익은 얼굴들에게 말했다.

"대단한 더위예요…. 더워요 더워! …더워도 너무 더워요! …손님도 더우시죠? 더우…?"

내 정기승차권이 그의 손에서 거뭇한 얼룩을 묻히고 되돌아왔다. 이 더위라면 차장이 누구의 달아오른 입술에 키스를 하든, 누구 머리가 그의 가슴 셔츠 주머니를 축축하게 하든 상관하지 않을 것이다!

……우리가 문에서 기다리고 있는 동안 뷰캐넌 저택의 홀을 통과한 한 줄기 미풍이 개츠비와 내게 전화벨 소리를 실어다 주었다.

"주인어른의 시체라고요!" 집사가 전화기에 대고 고함을 질렀다. "부인, 죄송합니다만 지금은 해드릴 수 없는데요. 이런 한낮에는 너무 더워 만질 수 없습니다!"

실제로 그가 한 말은 "네, 네…. 한 번 알아보겠습니다." 였다.

그는 수화기를 내려놓고 좀 번들거리는 얼굴로 우리에게 다가와 뻣뻣한 밀짚모자를 받아들었다.

"부인께서는 응접실에서 기다리고 계십니다!"

그럴 필요는 없는데 그쪽을 가리키면서 그가 외쳤다. 이런 무더위에는 불필요한 몸짓 하나도 인생에 대한 모독처럼 느껴졌다.

차양으로 잘 가려져 그늘진 방은 컴컴하고 서늘했다. 데이지와 조던이 윙윙거리는 선풍기 바람에 하얀 드레스가 날리지 않도록 옷자락을 눌러가며 커다란 소파에 누워 있는 모습이 마치 은으로 된 우상 같았다.

"움직이질 못하겠어요." 둘이 한 목소리로 말했다.

분을 바른 조던의 그을린 손가락이 잠시 내 손에서 쉬었다.

"우리 운동선수 토머스 뷰캐넌 씨는?" 내가 물었다.

그와 동시에 홀에서 퉁명스럽게 낮은 소리로 통화하고 있는 톰의 쉰 목소리가 들려왔다.

개츠비는 진홍색 융단 한가운데 서서 황홀한 시선으로 주위를 살펴보고 있었다. 데이지는 그를 쳐다보며 달콤하고 가슴 설레는 웃음을 지었다. 그녀의 가슴에서 미세한 분가루가 공중으로 피어올랐다.

"소문을 들었는데…." 조던이 소곤거렸다. "지금 통화하는 상대가 톰의 애인이래요."

우리는 아무 말도 하지 않았다. 홀에서 들려오는 목소리는 짜증을 내며 더욱 커졌다.

"그럼, 좋아. 당신한테 그 차를 팔지 않겠어…. 난 당신에게 신세진 것도 없어. 그리고 그걸로 점심시간에 나를 귀찮게 구는 건 도저히 못 참겠어!"

"수화기를 막고 떠들고 있는 거야." 데이지가 빈정거렸다.

"아니, 그렇지 않아." 나는 그녀에게 단언했다. "저건 진짜 거래야. 우연히 알게 된 거지만."

톰이 문을 활짝 열더니 잠시 육중한 몸으로 문가를 가리더니 급히 방으로 들어왔다.

"개츠비 씨로군요!" 그는 싫은 속마음을 잘 감추고 넓적한 손을 내밀었다.

"반갑습니다. 그리고 닉도…."

"찬 음료수 좀 만들어다 줘요." 데이지가 소리쳤다.

톰이 방에서 나가자 그녀는 일어서서 개츠비 곁으로 가더니 그의 얼굴을 끌어내리고 입에 키스를 했다.

"내가 당신을 사랑한다는 거 알죠?" 그녀가 나지막한 목소리로 속삭였다.

"이 자리에 숙녀도 있다는 걸 잊으셨군." 조던이 말했다.

그러자 데이지는 이상하다는 표정으로 돌아보았다.

"너도 닉한테 키스하지 그래."

"이런 저속한 부인 좀 봐!"

"난 상관없어!" 데이지가 소리치고는 벽난로 가에서 클록 댄스를 추기 시작했다. 그러다 덥다는 생각이 들자 죄책감을 느끼는 듯 소파에 가서 앉았는데, 바로 그때 새로 세탁한 옷을 입은 보모가 조그만 여자애를 방으로 데리고 들어왔다.

"나의 귀염둥이!" 그녀는 두 팔을 내밀며 노래처럼 속삭였다. "널 사랑하는 엄마에게 오렴."

보모가 놓아주자 아이는 달려가 엄마 드레스 속으로 수줍어하며 파고들었다.

"귀염둥이! 엄마 분가루가 네 노란 머리에 묻었구나. 자, 이제 일어나서 '안녕하세요'라고 인사해야지."

개츠비와 나는 차례로 몸을 굽혀 소녀가 마지못해 내민 그 작은 손을 잡았다. 이후에도 개츠비는 놀라운 듯 아이를 지켜보고 있었다. 그는 이전까지 아이의 존재를 진심으로 믿지 않았던 것 같다.

"점심 먹기 전에 옷 갈아입었어." 아이는 열심히 데이지에게 몸을 돌리며 말했다.

"엄마가 널 자랑하고 싶어서 그런 거야." 데이지는 아이의 작고 하얀 목주름에 얼굴을 갖다댔다.

"넌 꿈이야. 아주 깜찍한 꿈."

"응, 엄마." 그 아이가 조용히 동의했다. "조던 아줌마도 하얀 옷을 입었네."

"엄마 친구들이 좋니?" 데이지가 아이를 한 바퀴 돌려 세워 개츠비와 마주 보게 했다.

"아저씨들이 멋있지 않니?"

"아빠는 어딨어?"

"앤 아빠를 안 닮았어요." 데이지가 설명했다. "절 닮았지요. 제 머리카락하고 얼굴형을 꼭 닮았어요."

데이지는 다시 소파에 기대앉았다. 보모가 앞으로 한 발 나서더니 손을 내밀었다.

"이리 온, 패미."

"잘 가렴, 예쁜 애기!"

교육을 잘 받은 아이는 내키지 않는 듯 돌아보더니 보모의 손을 잡고 밖으로 끌려 나갔고, 바로 그때 톰이 얼음으로 달그락거리는 진 리키(진토닉에 라임 조각을 띄운 칵테일) 네 잔을 받쳐 들고 들어왔다.

개츠비가 자기 잔을 집어들었다.

"정말 시원해 보이는데요." 그는 긴장한 빛이 역력했다.

우리는 천천히 시원하게 쭈욱 들이켰다.

"내가 어디선가 읽었는데, 태양이 해마다 점점 뜨거워진다고 하더군요." 톰이 상냥하게 말했다.

"얼마 안 있으면 지구가 태양 속으로 빨려 들어간다든가… 아니지, 가만…. 그 반대군…. 태양이 해마다 식어간답니다…"

"우리, 밖으로 나갑시다." 톰은 개츠비에게 제안했다. "집 구경을 시켜드리지요."

나는 그들과 함께 베란다로 나갔다. 더위 속에 잔잔히 고여 있는 푸른 해협에 작은 돛단배 한 척이 더 시원한 바다 쪽으로 천천히 움직이고 있었다. 개츠비는 잠시 눈으로 그 배를 쫓더니 한쪽 손을 들어 만 건너편을 가리켰다.

"저희 집은 댁의 바로 건너편이군요."

"그렇네요."

우리는 눈을 들어 장미 꽃밭 너머 뜨거운 잔디밭과 해변을 따라 불볕더위에 노출된 잡초더미에 시선을 던졌다. 돛단배의 하얀 날개가 파랗고 서늘한 하늘의 경계를 배경으로 천천히 움직이고 있었다. 그 앞에는 부채처럼 펼쳐진 바다와 수많은 축복받은 섬들이 산재해 있었다.

"저거 해볼 만한 스포츠지요." 톰이 고개를 끄덕이며 말했다. "한 시간쯤 이 친구와 함께 저 배를 타보고 싶군요."

우리는 덥지 않도록 역시 어둡게 해놓은 식당에서 점심을 들며 차가운 흑맥주로 긴장된 유쾌함을 마시고 있었다.

"우리 오늘 오후에는 뭘 할까요?" 데이지가 비명처럼 외쳤다. "그리고 내일은, 그리고 앞으로 30년 동안은?"

"우울하게 굴지 마." 조던이 대꾸했다. "가을이 되어 날씨가 상쾌해지면 인생은 다시 시작되니까."

"하지만 너무 덥단 말이야."

데이지는 곧 울음을 터뜨릴 것 같은 얼굴로 말했다.

"그리고 모든 게 엉망이야. 다 같이 시내에 나가요!"

그녀의 목소리는 더위와 맞붙어 이기려고 안간힘을 쓰며 무의미한 말을 형태가 있는 것으로 만들고 있었다.

"마구간을 고쳐 차고로 만든다는 얘기는 들어봤지요." 톰이 개츠비에게 하는 말이었다. "하지만 차고를 바꿔 마구간으로 만든 사람은 내가 처음일 겁니다."

"누구 시내 나갈 사람 없어요?" 데이지가 고집을 부렸다. 개츠비의 시선이 그녀 쪽에게 흘러갔다.

"아!" 그녀가 외쳤다. "당신은 아주 근사해요."

둘의 눈이 마주친 순간 두 사람은 둘만의 공간에서 서로를 응시했다. 그녀는 애써 시선을 식탁 아래로 떨궜다.

"당신은 언제나 근사해요." 그녀가 되풀이해 말했다.

데이지는 그를 사랑한다고 말한 것이었고, 톰 뷰캐넌도 그걸 알아챘다. 그는 아연실색했다. 입을 약간 벌린 채 개츠비를 쳐다보다가 마치 오래전에 알았던 사람을 지금 막 다시 알아본 것처럼 데이지를 쳐다보았다.

"당신은 광고에 나오는 사람과 닮았어요." 그녀는 천연덕스럽게 말을 계속했다.

"광고에 나온 사람을 당신도 알 거예요…."

"좋아." 톰이 얼른 뛰어들었다. "나도 정말 시내에 가고 싶어졌어. 자, 모두들 시내로 나가자구."

톰이 일어나서 계속 개츠비와 아내 사이를 노려봤다. 아무도 움직이지 않았다.

"자, 어서!" 그는 약간 성을 냈다. "도대체 뭐가 문제야? 시내 갈

거면 지금 출발하자구."

그는 흥분을 억제하느라 떨리는 손으로 마지막 남은 흑맥주 잔에 입술을 갖다 대었다. 데이지의 목소리를 듣고 우리는 자리에서 일어나 불타는 듯한 자갈 진입로로 향했다.

"당장 가는 거예요?" 그녀가 이의를 제기했다. "그냥 이렇게요? 담배 한 대 피울 시간은 줘야 하지 않나요?"

"점심 먹으면서 다들 피웠잖아."

"아, 기분 좀 내자고요." 데이지가 그에게 사정했다. "이런 더위에 짜증은 내지 말아요."

톰은 아무 대답도 하지 않았다.

"자기 마음대로라니까." 그녀가 말했다. "조던, 자 빨리…."

남자 셋이 뜨거운 자갈을 발로 섞으면서 서 있는 동안 여자들은 위층으로 올라가 외출할 준비를 했다. 서쪽 하늘엔 벌써 은빛 초승달이 떠 있었다. 개츠비가 생각을 바꿔 뭔가 말을 하려했는데 그 보다 먼저 기대하듯 톰이 몸을 돌려 그를 마주 보았다.

"여기에 마구간을 갖고 계신가요?" 개츠비가 애써 질문을 던졌다.

"이 길로 4분의 1마일(약 400m)쯤 내려간 곳에 있지요."

"아, 그렇군요.

잠시 침묵이 흘렀다.

"뭐 때문에 시내에 나가는 건지 통 모르겠단 말이야." 톰이 갑자기 거칠게 말했다. "여자들 머리에 든 생각은 이런…."

"뭐 마실 걸 가져갈까요?" 위층 창문에서 데이지가 물었다.

"위스키를 갖고 올게." 톰이 대답했다. 그는 안으로 들어갔다. 개츠비가 굳은 표정으로 나를 돌아보았다.

"이 집에서는 아무 말도 안 나오는군요, 친구."

"데이지 말에는 신중하지 못한 점이 있어요." 내가 말했다. "그녀의 목소리에 가득한 것은…" 나는 머뭇거렸다.

"그녀의 목소리는 돈으로 가득 차 있어요." 갑자기 그가 말했다.

바로 그것이었다. 전에는 미처 깨닫지 못했던 것이다. 데이지의 목소리는 돈으로 가득 차 있었다. 올라갔다 내려갔다 하는 그 한없는 매력, 딸랑거리기도 하고, 심벌즈 노래 같은 느낌도 주는… 높은 하얀 궁전에 사는 공주이며 황금의 아가씨….

톰이 1쿼트(약 1ℓ)짜리 술병을 수건에 싸서 집을 나왔고, 뒤이어 금속 같은 광택이 나는 천으로 만든 작고 딱 맞는 모자를 쓰고 팔위에 얇은 어깨망토를 걸친 데이지와 조던이 나왔다.

"다 함께 제 차로 가실까요?" 개츠비가 제안했다. 그는 뜨거워진 녹색 가죽시트를 만졌다. "그늘에 세워둬야 했는데."

"변속기어입니까?" 톰이 물었다.

"네, 그렇소."

"그럼 선생이 제 쿠페를 모세요. 내가 시내까지 선생의 차를 몰겠소."

개츠비에게는 마음에 들지 않는 제의였다.

"기름이 많지 않을걸요." 개츠비가 이의를 나타냈다.

"충분해요." 톰이 뽐내듯 말했다. 그는 계기판을 들여다보았다.

"기름이 떨어지면 약국에 들르면 됩니다. 요즘에는 약국에서 뭐든지 다 살 수 있으니까요."

분명히 초점에서 벗어난 이 얘기 다음에 침묵이 흘렀다. 데이지가 얼굴을 찌푸리면서 톰을 쳐다보았고, 개츠비의 얼굴에는 뭐라고 표현할 수 없는 표정이 스쳐 지나갔다. 마치 내가 직접 본 것이 아니라 남의 말을 들은 것처럼 아주 낯설고 모호하게 알아볼 수 있는 그런 표정이었다.

"데이지, 이리 와." 톰이 개츠비의 차 쪽으로 그녀를 밀면서 말했다. "이 서커스 왜건으로 모셔주지."

그가 차문을 열었지만 그녀는 그의 팔에서 빠져나갔다.

"당신은 닉하고 조던을 태우고 가요. 우린 쿠페를 타고 뒤따라갈게요."

그녀는 개츠비에게 바짝 다가서서 걸으며 한 손으로 그의 외투를 만졌다. 조던과 톰, 그리고 나는 개츠비의 차 앞좌석에 올라탔고, 톰은 익숙지 않은 기어를 시험 삼아 조작해 보더니 참기 힘든 열기 속으로 쏜살같이 차를 몰았다. 뒤에 남겨진 두 사람은 곧 시야에서 사라졌다.

"알고 있었지?" 톰이 말했다.

"알다니 뭘?"

톰은 조던과 내가 자초지종을 알고 있었다는 것을 눈치 채고 날카롭게 나를 쏘아보았다.

"나를 아주 바보라고 생각하는 거야?" 그가 말했다.

"아마 난 바보일지도 몰라. 하지만 내게도… 때로는 어떻게 해야 할지 알려주는 육감이 있다구. 아마 믿지 않겠지만 과학적으로……"

그는 침묵을 지켰다. 눈앞에 닥친 돌발적인 사건이 그를 덮쳐 이론의 함정 언저리에서 그를 끌어냈던 것이다.

"저자에 대해 약간 조사를 해봤지." 그가 계속 말했다. "더 깊이 알아보는 건데, 이럴 줄 알았다면…."

"점쟁이한테라도 가봤단 말이에요?"

조던이 익살맞게 물었다.

"뭐라고?"

우리가 깔깔 웃는 동안 그는 어리둥절해서 우리를 쳐다봤다.

"점쟁이?"

"개츠비에 대해서 말이에요."

"개츠비에 대해서? 아냐. 내 말은, 그 자의 과거를 좀 알아봤다는 거야."

"그래서 그가 옥스퍼드 출신이란 걸 알아냈겠군요." 조던이 거들었다.

"옥스퍼드 출신?!" 그는 믿을 수 없다는 표정을 지었다. "말도 안 돼! 분홍색 양복을 입고 있는 꼴 좀 봐."

"그래도 옥스퍼드 출신인걸요."

"뉴멕시코에 있는 옥스퍼드인 모양이지." 톰이 경멸하듯 코웃음을 쳤다. "아니면 그와 비슷한 거든지."

"이봐요, 톰. 그렇게 깔보면서 왜 그를 점심에 초대했어요?" 조던이 토라져서 따졌다.

"데이지가 초대한 거지. 결혼하기 전부터 알던 사이라나. 어디서 알게 됐는지 모르겠지만!"

우리는 맥주의 취기에서 깨고 있는 중이라 모두 신경이 곤두서 있음을 깨닫고 잠시 말없이 달렸다. 그러다 보니 T. J. 에클버그 의사의 빛바랜 눈이 길 아래로부터 시야에 들어왔고, 나는 연료가 부족할지도 모른다던 개츠비의 말이 생각났다.

"시내까지는 넉넉히 갈 수 있어." 톰이 말했다.

"그렇지만 바로 저기 주유소가 있잖아요." 조던이 말했다.

"이렇게 타는 더위에 기름이 떨어져 길에서 꼼짝 못하고 싶지 않아요."

톰이 신경질적으로 양쪽 브레이크를 밟았고, 우리는 윌슨 정비소 간판 밑으로 미끄러져 들어가 갑자기 지저분한 곳에 섰다. 잠시 뒤 주인이 가게 안에서 나와 퀭한 눈으로 자동차를 쳐다보았다.

"기름 좀 넣어주게!" 톰이 거칠게 소리쳤다. "우리가 왜 차를 세웠겠어? 경치나 감상하려고?"

"몸이 좋지 않아요." 윌슨이 꼼짝하지 않고 말했다. "하루 종일 아팠어요."

"왜 그런 건데?"

"몸이 아주 지친 거지요."

"그럼 내가 직접 넣을까?" 톰이 물었다. "아까 전화로는 목소리가 괜찮더구만."

윌슨은 그늘에서 힘겹게 빠져나와 문간에 의지하여 가쁘게 숨을 몰아쉬며 석유 탱크 마개를 돌려 열었다. 햇빛에서 보니 얼굴이 창백하다 못해 녹색으로 보였다.

"점심 식사를 방해할 생각은 없었어요." 그가 말했다. "하지만 돈이 되게 급하거든요. 그리고 당신이 구형 차를 어떻게 할 건지 궁금했고요."

"이 차는 어떤가?" 톰이 물었다. "지난 주에 샀지."

"노란색이 근사하네요." 윌슨이 휘발유 펌프 손잡이에 힘을 주며 대답했다.

"살 생각 있소?"

"모험인데요." 윌슨이 희미하게 미소를 지었다. "아니오. 구형 차라면 돈벌이가 좀 되겠지만."

"갑자기 왜 돈이 필요한 건데?"

"여기서 너무 오래 살았어요. 다른 데로 이사 가려고요. 마누라와 저는 서부로 갑니다."

"당신 부인도 떠난다고?!" 톰이 깜짝 놀라 큰 소리로 외쳤다.

"마누라는 10년 동안 그 소리를 해왔지요."

그는 잠깐 휘발유 펌프에 기대어 햇볕을 받지 않게 손으로 눈 위를 가렸다.

"이제는 마누라가 원하든 원하지 않든 데리고 갈 겁니다."

쿠페가 한바탕 먼지를 일으키며 질풍처럼 우리 곁을 지나가는데 손을 흔드는 게 보였다.

"얼마요?" 톰이 퉁명스럽게 물었다.

"전엔 몰랐던 수상한 사실을 지난 이틀 동안 알게 됐어요." 윌슨이 말했다. "그래서 이사를 가려는 겁니다. 자동차 때문에 귀찮게 해드린 것도 그래서였고요."

"얼마냐니까?"

"1달러 20센트예요."

가차 없이 공격하는 열기로 정신이 산란해졌고 거기 있는 것이 괴롭기도 했다. 이윽고 나는 그가 아직은 톰을 의심하고 있지 않다는 사실을 깨달았다. 그는 마누라가 다른 세계에서 자기와 동떨어진 생활을 하고 있다는 사실을 발견한 충격에 지금 병이 난 것이다. 나는 그를 쳐다보고 나서 톰에게 눈길을 돌렸다. 그런데 톰도 불과 한 시간 전에 그와 마찬가지 발견을 했던 것이다. 지능이나 인종의 차이는 아픈 사람과 건강한 사람의 차이에 비하면 아무것도 아니라는 생각이 문득 머릿속을 스쳐갔다. 윌슨은 너무나 병색이 짙은 나머지 죄를 지은 사람, 그것도 용서받지 못할 죄—마치 조금 전에 가엾은 소녀에게 임신이라도 시킨 것 같은—를 저지른 사람처럼 보였다.

"차를 팔겠소." 톰이 말했다. "내일 오후에 보내주지."

그 지역은 햇볕이 쨍쨍한 대낮에도 늘 어딘가 으스스해 보였다. 나는 뒤를 조심하라는 경고라도 받은 것처럼 고개를 뒤로 돌렸다. 잿더미 너머로 T. J. 에클버그 의사의 거대한 눈이 감시하고 있었지만, 잠시 후 나는 또 다른 눈이 20피트(약 6미터)도 떨어지지 않은 곳에서 묘하게 강렬한 눈으로 우리를 지켜보고 있다는 것을 알아챘다.

정비소 위층 창문 중 커튼 하나가 옆으로 살짝 젖혀져 있었고, 바로 거기에서 머틀 윌슨이 자동차를 내려다보고 있었다. 너무 집중한 나머지 그녀는 누가 자기를 쳐다보고 있다는 것조차 의식하지 못했고, 그 얼굴에는 사진 현상을 할 때 피사체가 천천히 나타나는 것처럼 여러 감정이 차례로 떠올랐다. 그녀의 표정은 묘하게 낯익은 것이었다. 여자들의 얼굴에서 흔히 보았던 표정이었지만 머틀 윌슨의 얼굴은 어떤 목적도 없고 뭐라고 설명할 수도 없는 것이었다. 그러다가 나는 마침내 질투어린 위협에 찬 그녀의 눈이 톰이 아니라 조던 베이커를 겨냥하고 있음을 알아차렸다. 그녀는 조던을 톰의 아내로 착각했던 것이다.

———— ❦ ————

단순한 마음이 혼란에 빠지면 걷잡을 수 없는 법이다. 차가 달리는 동안 톰은 뜨거운 채찍질을 당하듯 혼란에 빠져 있었다. 한 시간 전만 해도 그의 소유로서 확고하고 침범당하지 않을 줄 알았던 아내와 애인이 순식간에 그의 손아귀에서 빠져나가고 있는 것이다. 데이지를 따라잡고 윌슨에게서 떠나야겠다는 이중의 목적에서 그는 본능적으로 가속페달을 밟았다. 아스토리아를 향해 시속 50마일(80km)로 달려 마침내 고가철교의 거미줄 같은 도리 사이에 이르렀을 때 한가로이 달리는 청색 쿠페가 보였다.

"50번가 주변의 영화관이 시원해요." 조던이 제안했다.

"전 사람들이 떠난 여름 오후의 뉴욕이 참 좋아요. 뭔가 감각적인 느낌이 들거든요. 마치 온갖 진기한 과일이 따지 않아도 손에 떨어질 정도로 무르익었다고나 할까요."

'감각적'이라는 말이 톰의 마음을 더욱 흔들어 놓았지만 그가 미처 반대할 이유를 생각해내기도 전에 쿠페가 멈췄고 데이지가 옆에 차를 세우라고 우리에게 손짓을 했다.

"어디로 갈 거예요?" 그녀가 소리쳤다.

"영화가 어떨까?"

"너무 더워요." 그녀가 불평했다.

"당신들이나 가요. 우리는 차로 돌아다니다가 나중에 합류할게요." 그녀의 애쓴 재치가 약간 빛을 발했다.

"어느 모퉁이에서 만나죠. 담배 두 개비를 한번에 피우는 사람이 보이면 그게 저예요."

"여기서 그런 얘길 하고 있을 순 없어."

톰이 초조하게 말하는데 트럭이 우리 뒤에서 비키라고 비난의 경적을 울려댔다.

"센트럴 파크 남쪽 플라자 호텔 앞으로 우리를 따라와."

그는 몇 번이나 고개를 돌려 차가 따라오고 있는지 확인했고, 교통신호 때문에 그들이 뒤쳐지면 차가 보일 때까지 속도를 늦추었다. 그들이 옆길로 휙 달아나 자신의 삶에서 영영 사라져 버리지나 않을까 걱정하는 듯했다.

하지만 그런 일은 없었다. 오히려 우리는 플라자 호텔의 특실을 빌리는 더욱 설명하기 어려운 행동을 저질렀다.

객실로 몰려 들어가면서 끝난 지루하고 소란스러운 입씨름의 내용은 잘 기억나지 않는다. 다만 그러는 와중에 속옷이 축축한 뱀처럼 다리를 휘감고 때로 땀방울이 등줄기로 서늘하게 흘러내린 기억은 아직도 생생하다. 본래 욕실 다섯 개를 빌려 냉수욕을 하자는 것은 데이지의 제안에서 비롯되었는데, '민트줄렙(위스키나 브랜디에 박하 등을 탄 칵테일)을 마실 만한 장소'라는 좀더 현실적인 안으로 결정을 보았다. 우리는 모두 '어처구니없는 생각'이라고 몇 번이나 말했다. 그리고 어리둥절해하는 호텔 직원에게 다 같이 말을 걸고는 우리가 아주

재미있는 장난을 하고 있다고 생각했다. 아니 그저 그렇게 생각하는
척했다.

방이 넓었지만 갑갑했고, 벌써 4시가 되었는데도 열어놓은 창문
을 통해 공원으로부터 뜨거운 관목 바람만이 불어왔다. 데이지는 거
울로 가서 우리에게 등을 돌린 채 머리를 매만졌다.

"굉장한 방이군요." 조던이 감탄하듯 말했기 때문에 모두 껄껄 웃
었다.

"다른 창문도 열어." 데이지가 돌아보지도 않고 명령했다.

"더 창문이 없는걸."

"그럼 전화를 걸어 도끼를 가져오라고 시켜."

"더위는 그냥 잊어버리면 되는 거야." 톰이 초조하게 말했다. "덥
다고 짜증을 부리면 열 배나 더 더워져."

그는 위스키 병을 감싸고 있던 수건을 벗겨 탁자 위에 놓았다.

"그녀를 그냥 내버려두시죠, 형씨." 개츠비가 말했다. "시내로 가
자고 한 사람은 당신이었잖소."

잠깐 동안 침묵이 흘렀다. 못에 걸려 있던 전화번호부가 바닥에
털썩 떨어지자 조던이 "실례했습니다."라고 나지막하게 농담을 던졌
지만 이번에는 아무도 웃지 않았다.

"내가 줍지요." 내가 나섰다.

"내가 집었습니다."

개츠비는 끊어진 줄을 들여다보더니 재미있다는 듯 "흠!" 하더니
의자에 던졌다.

"그게 당신이 사용하는 고상한 말씨구만?" 톰이 쏘아붙였다.

"뭐가 말입니까?"

"그 '형씨'(원어는 old sport인데 편의상 친구, 형씨로 번역했음. 옛날 말투이며 남부지방에서 주로 쓰이고 상대에 대한 우월감이 내포됨)라고 붙이는 말, 말이오. 그 말은 어디서 주워들은 거요?"

"이봐요, 톰." 데이지가 거울에서 돌아서며 말했다. "당신이 계속 인신공격이나 할 거라면 난 여기 잠시도 더 있지 않겠어요. 전화를 걸어 민트 줄렙에 넣을 얼음이나 주문해요."

톰이 수화기를 들자 눌려 있던 열기가 소리로 터져 나왔고, 우리는 아래층 무도회장에서 들려오는 멘델스존의 장중한 결혼행진곡에 귀를 기울였다.

"세상에, 이 더위에 결혼식을 올리는 사람이 있다니!" 조던이 시무룩해서 말했다.

"나도 6월 중순에 결혼했잖아." 데이지가 생각해 냈다.

"6월에 루이빌에서 말이야! 누가 기절했었는데! 톰, 기절한 게 누구였지요?"

"빌럭시였잖아." 그가 짧게 대꾸했다.

"빌럭시라는 남자였어요. '돌머리' 빌럭시. 상자를 만드는 사람이었지요. 사실이에요. 테네시 주 빌럭시 출신이었어요."

"사람들이 그를 우리 집으로 데려왔어요." 조던이 덧붙였다.

"교회에서 두 번째 집이 바로 우리 집이었으니까요. 그런데 그 남자가 3주일이나 우리 집에 머물렀어요. 결국 아빠가 그만 나가달라고 부탁할 때까지 말이에요. 그 남자가 떠난 바로 다음 날 아빠가 돌아가셨죠." 그녀는 잠시 후 다시 덧붙였다. "무슨 관련이 있었던 건 아니에요.”

“나도 멤피스 출신의 빌 빌럭시라는 사람을 알아요.” 내가 말했다.

“그 사람은 빌럭시의 사촌이에요. 나는 그가 떠나기 전에 그 사람의 집안 내력을 모두 알게 되었지요. 지금 쓰고 있는 알루미늄 골프채도 바로 그 사람이 준 거예요.”

결혼식이 시작되면서 음악 소리가 더 이상 들리지 않는 대신, 박수갈채가 창문을 통해 흘러 들어오더니 “오, 예~!” 라고 성원을 보내는 외침이 간헐적으로 이어졌고 마지막으로 무도회가 시작되면서 재즈 음악이 터져 나왔다.

“우리도 점점 나이를 먹고 있어.” 데이지가 말했다. “젊다면 이럴 때 일어나 춤을 출 텐데.”

“빌럭시의 실수를 잊지 마.” 조던이 주의를 줬다. “톰, 그 사람을 어디서 알았어요?”

“빌럭시 말이야?” 그는 기억을 더듬느라 애를 썼다. “나와는 모르는 사이였어. 데이지의 친구였지.”

“친구는 아니에요.” 데이지는 부인했다. “난 그전엔 그 사람을 본 적도 없다구요. 그는 당신 자가용을 타고 왔잖아요.”

“어쨌든 그 사람은 당신을 안다고 했어. 루이빌에서 자랐다고 하더군. 아서 버드가 막판에 데리고 와서는 남는 자리가 있느냐고 묻더라고.”

조던이 빙그레 웃었다.

“아마 남의 차에 타고 고향에 가는 중이었나 보죠. 나한테는 자기가 예일대 시절 당신 학과에서 회장이었다고 했어요.”

톰과 나는 멍하니 마주 보았다.

"빌럭시가?"

"우선 학과회장이란 것부터 없었어."

개츠비의 발이 짧고 불안하게 바닥을 두드리자 톰이 갑자기 그를 쳐다보았다.

"근데 개츠비 씨, 댁은 옥스퍼드 출신이라면서요?"

"꼭 그런 건 아닙니다."

"아니오, 옥스퍼드에 계셨던 걸로 알고 있는데요."

"네…. 그곳에 있기는 했지요."

잠시 말이 끊겼다. 그러고 나서 톰이 믿을 수 없다는 듯 모욕적인 말투로 이렇게 말했다.

"빌럭시가 뉴헤이븐에 있을 때 댁은 그곳에 계셨겠군."

다시 대화가 끊겼다. 웨이터가 노크를 하고 잘게 부순 박하와 얼음을 가지고 들어왔다가 "감사합니다."하고 문을 살며시 닫고 나가는 동안에도, 침묵을 깨뜨리는 사람이 아무도 없었다. 마침내 그의 엄청난 과거가 드러나는 순간이었다.

"거기 있었다고 말했잖습니까." 개츠비가 말했다.

"들었소. 하지만 그게 언제였는지 알고 싶소."

"1919년이었소. 난 그곳에 다섯 달밖에 있지 않았어요. 그러니 옥스퍼드 출신이라고 자처할 수는 없지요."

톰은 자신의 불신에 우리가 동조하고 있는지 살피려고 흘끗 둘러보았다. 그러나 우리는 모두 개츠비를 쳐다보고 있었다.

"전쟁 후에 일부 장교들에게 그런 기회가 주어졌지요." 그가 말을 이었다. "영국이나 프랑스에 있는 대학교라면 어디든지 갈 수 있었습니다."

나는 자리에서 일어나 그의 등을 토닥여주고 싶었다. 이전에도 가졌던 그에 대한 완전한 신뢰가 되살아나는 것이었다.

데이지가 살짝 미소를 띠며 일어서서 탁자 쪽으로 갔다.

"톰, 위스키나 따라줘요." 그녀가 명령했다. "내가 민트 줄렙을 만들어줄게요. 그걸 마시고 나면 그렇게 멍청해 보이진 않을 거예요···. 어머, 이 민트 좀 봐!"

"잠깐 기다려." 톰이 날카롭게 말했다. "개츠비 씨에게 물어볼 게 하나 더 있으니까."

"해 보시지요." 개츠비가 공손하게 말했다.

"당신은 도대체 우리 집에 어떤 소란을 일으킬 셈이오?"

마침내 모든 것을 노골적으로 드러내놓게 되자 개츠비는 만족스러웠다.

"소란을 일으키고 있는 건 저이가 아니에요."

데이지가 절망적인 표정으로 두 사람을 번갈아 쳐다보았다.

"소란을 일으키고 있는 건 당신이에요. 제발 조금이라도 자제력을 가져요."

"자제력이라고?!" 톰은 믿기지 않는다는 듯 되뇌었다.

"정체불명의 사내가 자기 마누라와 바람을 피워도 뒤에 물러나 있는 것이 최신 유행인가? 글쎄, 그게 당신 생각이라면 나는 빼주었으면 좋겠어···. 요즘 사람들은 가정생활과 가족제도를 우습게 여기기 시작하는데, 이러다가는 모든 걸 팽개쳐 버리고 백인과 흑인 간에도 결혼하려고 들 거야."

홍분해서 횡설수설하느라 얼굴이 붉어진 그는 자신이 문명의 마지막 한계선에 홀로 서 있다는 것을 깨달았다.

"여기 있는 사람은 모두 백인인걸요." 조던이 중얼거렸다.

"내가 별로 인기가 없다는 건 나도 잘 알아. 난 성대한 파티 따위는 열지 않으니까. 친구를 사귀려면 자기 집을 돼지우리로 만들어야 하나 보더군. 현대 사회에서는 말이야."

나는 다른 사람들처럼 화가 치밀었지만 톰이 입을 열 때마다 웃음이 나올 것만 같았다. 톰은 이제 난봉꾼에서 도덕군자로 완벽하게 변신한 것이다.

"당신한테 말해 둘 게 있어요, 형씨." 개츠비가 입을 열기 시작했다. 그러나 데이지가 그의 의도를 눈치챘다.

"제발, 그만두세요!" 그녀는 절망적으로 말을 가로막았다. "우리 다 같이 집으로 돌아가도록 해요. 집에 가는 게 어때요?"

"그거 좋은 생각이군." 내가 일어섰다. "자, 톰, 가자고. 아무도 술 마실 기분이 아냐."

"개츠비 씨가 하고 싶은 말이 뭔지 알고 싶군."

"부인은 당신을 사랑하지 않아요." 개츠비가 말했다. "당신을 사랑한 적도 없어요. 나를 사랑한단 말이오."

"미쳤군!" 톰이 반사적으로 소리를 질렀다.

잔뜩 흥분해서 개츠비가 자리에서 벌떡 일어섰다.

"당신을 사랑한 적이 없단 말입니다. 알겠소?" 그가 소리쳤다. "내가 가난했던 탓에 기다리다 지쳐서 그녀는 당신과 결혼한 것뿐이오.

그건 아주 끔찍한 실수였지만 그녀는 마음속으로 나 말고는 아무도 사랑하지 않았던 거요!"

이때 조던과 나는 자리를 뜨려고 했지만 톰과 개츠비는 서로 경쟁적으로 그냥 남아 있어 달라고 단호하게 고집했다. 마치 이제 두 사람 모두 감출 것은 하나도 없고, 그들의 감정을 간접체험해보는 것이 무슨 특권이라도 된다는 듯이 말이다.

"데이지, 앉아봐." 톰은 아버지 같은 말투를 내려고 했지만 어색했다. "그동안 무슨 일이 있었던 거지? 모두 듣고 싶어."

"그동안 있었던 일을 내가 말하지 않았소?" 개츠비가 말했다. "이제 5년이 되어갑니다…. 당신은 몰랐지만."

갑자기 톰이 데이지를 향해 몸을 돌렸다.

"지난 5년 동안 이 친구를 만났다는 거야?"

"그런 얘기가 아니오." 개츠비가 말했다.

"우린 서로 만날 수 없었소. 하지만 우린 그동안에도 서로 사랑하고 있었소. 형씨, 당신은 그걸 몰랐던 거요. 어떤 때는 웃음이 나기도 하더군…."

그러나 그의 눈에서 웃음기는 보이지 않았다.

"당신이 모르고 있다고 생각하니 말이오."

"아, 그게 전부요?"

톰은 굵은 손가락을 마치 목사처럼 토닥거리며 의자 등에 기대앉았다.

"당신 미쳤구만!" 그는 갑자기 고함을 질렀다.

"5년 전 일에 대해선 상관하지 않겠소. 그때 나는 데이지를 몰랐으니까. 그리고 뒷문으로 식료품 배달 따위를 한 게 아니라면 어떻게 당신이 이 여자 근처에라도 갈 수 있었는지 모를 일이군. 하지만 나머지는 모두 빌어먹을 거짓말이오. 데이지는 나와 결혼할 때도 나를 사랑했고, 지금도 나를 사랑하고 있소."

"아니오." 개츠비가 고개를 저으며 말했다.

"아내는 분명히 날 사랑하고 있소. 가끔 어리석은 생각을 하거나 자기가 무슨 짓을 하고 있는지 모르는 경우가 있어서 탈이지만." 그가 현명한 척 고개를 끄덕거렸다.

"게다가 나도 데이지를 사랑하고 있소. 나도 가끔 술자리에서 바보짓을 한 적이 있긴 하지만 언제나 다시 제자리로 돌아와요. 그리고 마음속으로 항상 그녀를 사랑하고 있소."

"당신은 불쾌해요."

데이지가 쏘아붙였다. 그녀는 몸을 돌려 나를 향했고, 한 옥타브 낮아진 목소리가 방 안을 섬뜩한 경멸로 가득 채웠다.

"우리가 왜 시카고를 떠났는지 아세요? 그 사소한 술잔치에 대해 당신에게 얘기해 주는 사람이 없었다는 게 놀라워요."

개츠비가 그녀에게로 걸어가서 옆에 섰다.

"데이지, 이제 다 끝났소." 그가 진지하게 말했다. "이제 더 이상 상관없어요. 그에게 진실을 말하기만 하면 되는 거요…. 그를 결코 사랑한 적이 없다고. 그걸로 모든 게 영원히 정리되는 거지."

그녀는 멍하니 그를 쳐다보았다.

"아니… 어떻게 내가 저 사람을 사랑할 수 있겠어요?"

"당신은 그를 사랑한 적이 없어요."

그녀는 잠시 머뭇거렸다. 그녀는 뭔가 호소하는 눈빛으로 조던과 나를 쳐다보았다. 마치 그제서야 자기가 무슨 짓을 하고 있는지 깨달은 것 같았다. 그리고 자신은 마치 어떤 행동도 할 의도가 없었다는 것 같았다. 그러나 이미 엎질러진 물이었다. 너무 늦은 것이다.

"그를 사랑한 적이 없어요." 그녀는 눈에 띄게 내키지 않는 말투로 말했다.

"카피올라니(하와이의 오아후 섬에 있는 공원)에서도 사랑하지 않았어?" 톰이 갑자기 따져 물었다.

"그래요."

아래층 무도장에서 질식할 듯 답답한 노래 소리가 뜨거운 바람을 타고 올라왔다.

"당신 신발을 적시지 않으려고 펀치볼(하와이 호놀룰루 북쪽 분지)에서 당신을 안고 내려왔던 그 날도 말이야?"

그의 쉰 목소리는 부드러웠다. "……데이지?"

"제발, 그만 해요."

그녀의 목소리는 차가웠지만 이제 증오는 가시고 없었다. 그녀는 개츠비를 쳐다보았다.

"제이, 이봐요."

그녀가 말했다. 그러나 담배에 불을 붙이려는 손이 떨리고 있었다. 갑자기 그녀는 담배와 불이 붙은 성냥개비를 융단 위에 내던져 버렸다.

"아, 당신은 욕심이 너무 많아요!" 그녀는 개츠비에게 소리쳤다. "지금 난 당신을 사랑해요. 그걸로 충분하지 않은가요? 과거는 어쩔 수 없잖아요."

그녀는 절망적으로 흐느껴 울기 시작했다.

"저 사람을 한 번쯤은 사랑했단 말이에요…. 하지만 당신도 사랑했어요."

개츠비는 눈을 번쩍 떴다 감았다.

"나도 사랑했다고요?" 그가 되물었다.

"그것도 거짓말이야." 톰이 사납게 말했다. "데이지는 당신이 살아 있는지 어떤지도 몰랐소. 어쨌든…… 데이지와 나 사이엔 당신이 알지 못하는 일들이 있소. 우리가 영원히 잊지 못할 일들 말이오."

그가 내뱉는 말이 개츠비를 물어뜯는 듯했다.

"데이지와 단 둘이서 얘기하고 싶소." 개츠비가 고집했다. "그녀는 지금 너무 흥분해서……."

"단둘이 있더라도 톰을 사랑한 적이 없다고 말할 수는 없어요." 그녀는 애처롭게 시인했다. "그건 사실이 아니니까요."

"당연히 사실이 아니지." 톰이 맞장구를 쳤다.

그녀는 남편을 돌아보았다.

"마치 그게 당신과 상관있는 것처럼 말하는군요." 그녀가 말했다.

"물론 상관있지. 앞으로는 당신에게 좀 더 잘 생각이거든."

"당신은 이해를 못하는군." 개츠비는 약간 당황한 기색으로 말했다. "당신은 더 이상 그녀를 돌봐주지 않게 될 거요."

"돌봐주지 않게 된다고?" 톰은 눈을 크게 뜨고 껄껄 웃었다. 이제야 그는 자신을 다스릴 여유가 생긴 것이다.

"왜 그렇소?"

"데이지는 당신을 떠날 거요."

"말도 안 돼."

"하지만 그럴 건데요." 그녀는 눈에 띄게 애쓰며 말했다.

"데이지는 나를 떠나지 않아!"

톰이 개츠비에게 윽박지르듯 말했다.

"여자 손에 끼워줄 반지도 훔쳐야 하는 별볼일 없는 사기꾼 때문에 그러지는 않을 거라구."

"더 이상 못 참겠어요!" 데이지가 소리쳤다. "아, 제발 여기서 나가요."

"당신 도대체 누구야?" 톰이 분통을 터뜨렸다. "마이어 울프샤임과 몰려다니는 패거리 중 하나지…. 그 정도는 나도 알아. 당신 사업 관계도 좀 알아봤지…. 그리고 내일 좀 더 자세히 알아볼 참이고."

"당신 마음대로 하시오, 형씨." 개츠비가 침착하게 말했다.

"당신의 '약국'이라는 게 뭔지 알아냈소." 톰은 우리를 향해 재빨리 말했다. "이 자와 울프샤임이라는 자가 여기와 시카고의 뒷골목 약국 여러 곳을 사들여 알콜을 판 거요. 그게 저 친구의 작은 재주 중 하나지. 난 처음 만났을 때부터 밀주업자일 거라고 생각했는데, 그다지 틀린 게 아니었다고."

"그래서 어쨌다는 거요?" 개츠비가 점잖게 말했다.

"당신 친구 월터 체이스는 자존심이 없어서 우리 사업에 낀 모양이로군."

"그런데 당신들은 그 친구가 곤경에 빠진 걸 내버려 뒀잖아. 아닌가? 뉴저지 감옥에 한 달 동안 처박혀 있도록 내버려두었잖아. 아차! 월터가 당신 얘기를 어떻게 하는지 한번 들어봐야 하는 건데."

"그 사람은 빈털터리로 우리한테 왔었소. 돈을 좀 만지더니 그렇게 좋아할 수가 없더군, 형씨."

"날보고 '형씨'라고 부르지 마시오!" 톰이 고함쳤다. 개츠비는 아무 말도 하지 않았다.

"월터는 당신들을 도박관련법에 걸어 잡아넣을 수도 있었소. 그런데 울프샤임이 협박을 해서 입을 다물고 있었던 거요."

그리 낯익지는 않지만 알아볼 수 있는 표정이 다시 개츠비의 얼굴에 돌아왔다.

"약국 사업은 푼돈 놀이에 지나지 않아." 톰이 천천히 말을 이었다. "월터는 겁이 나서 내게 털어놓지 못하지만 당신은 지금 뭔가 일을 꾸미고 있어."

내 시선이 데이지에게 향했다. 그녀는 공포에 질려 개츠비와 남편을 번갈아 응시하고 있었고, 조던은 턱 끝에 보이지 않는 매력 있는 물건을 올려놓고 균형을 잡기 시작했다. 나는 다시 개츠비 쪽으로 시선을 돌렸는데 그의 표정을 보고 깜짝 놀랐다. 그의 정원에서 사람들이 쑥덕거리던 비방은 모두 무시하더라도, 그는 마치 '살인이라도 한' 사람의 표정을 짓고 있었던 것이다. 일순 그의 얼굴은 그렇게 과격하게 묘사할 수 있었다.

그 표정이 사라지고, 그는 데이지에게 흥분해서 말하기 시작했다. 모든 것을 부정하고 아직 나오지 않은 비난에 대해서까지 자신을 변호했다. 그러나 말을 하면 할수록 그녀의 마음은 점점 더 멀어져 안으로 움츠러들었고, 결국 그는 변명을 포기하고 말았다. 오후 해가 점점 기울어가는 동안 사라진 꿈만이 계속 이제는 만져볼 수도 없는 것을 만지려고 애쓰면서, 슬프지만 절망하지도 않으며 방을 채우던 그 잃어버린 목소리를 향해 분투하고 있었다.

그 목소리의 주인공이 다시 집으로 가자고 애원했다.

"제발요, 톰! 이제 더 이상은 못 참겠어요."

겁먹은 그녀의 눈은 지금껏 품었던 의지나 용기가 이제는 완전히 사라져 버렸음을 보여주었다.

"데이지, 당신 둘이서 먼저 떠나지." 톰이 말했다. "개츠비 씨 차로 말이야."

그녀는 놀란 눈으로 톰을 쳐다보았지만 그는 아량 있는 경멸감을 드러내며 권했다.

"어서 가라고. 저자가 당신을 괴롭히진 않을 거야. 주제넘은 애정 행각이 끝났다는 걸 알아차렸을 거야."

그들은 말 한마디 없이 휙 하고 가버렸다. 우연히 들렀던 사람들처럼, 고립되어, 마치 유령처럼, 심지어 우리의 동정으로부터도 떠나버렸다.

잠시 후 톰이 일어나 마개도 열지 않은 위스키 병을 다시 수건으로 싸기 시작했다.

"이거 마실까? 조던, …닉?" 나는 대답하지 않았다.

"닉?" 그가 다시 물었다.

"뭐라고?"

"마실 거냐고."

"아니…. 지금 생각이 났는데, 오늘이 마침 내 생일이군."

나는 이제 서른 살이 되었다. 내 앞에는 불길하고 위협적인 새로운 10년의 길이 펼쳐져 있었다.

우리가 톰와 함께 쿠페를 타고 롱아일랜드를 향해 떠난 것은 7시였다. 기분이 좋아 웃어대며 톰은 쉬지 않고 지껄여댔다. 하지만 조던과 나에게 그의 목소리는 길가에서 들리는 외국인의 외침이나 고가철도에서 나는 소음처럼 아득하게 들렸다. 인간의 동정심에는 한계가 있는 것이고, 우리는 그들의 비극적인 말다툼이 도시의 불빛과 함께 뒤로 사라져가는 것을 다행스럽게 생각했다.

서른 살, 고독 속의 십 년을 약속하는 나이, 아는 사람 중에 독신자 수가 점점 줄고, 열정을 담았던 업무용 가방도 얇아지고, 머리카락도 점점 엷어지는 나이다. 그러나 내 옆에는 데이지와는 달리 이미 잊혀진 꿈을 여러 해 동안 간직하기에는 너무 똑똑한 여자 조던이 앉아 있었다. 어두운 다리 위를 지나고 있을 때 그녀는 창백한 얼굴을 내 웃옷 어깨에 나른하게 기댔고, 내 손을 부드럽게 감싸는 그녀의 손길에 서른 살이라는 엄청난 충격도 사라져 버렸다.

그래서 우리는 서늘해지는 황혼을 뚫고 죽음을 향해 계속 달려가고 있었다.

———— ❧ ————

재의 계곡 옆에서 카페를 운영하는 그리스 청년 미카엘리스는 사건 심리의 가장 중요한 목격자였다. 그는 심한 더위에 5시까지 낮잠을 자다가 정비소에 슬슬 걸어갔는데 조지 윌슨이 사무실에서 앓고 있는 것을 발견했다. 얼굴은 허연 머리칼만큼이나 창백했고 온몸을 덜덜 떨고 있을 정도로 정말 심각했다. 미카엘리스가 누워 있으라고 권유했지만 윌슨은 손님을 놓친다면서 고집을 부렸다. 이렇게 이웃 청년이 그를 설득하는 동안 위층에서 요란한 소리가 들렸다.

"마누라를 위층에 가둬놓았네."

윌슨이 침착하게 설명했다.

"모레까지 가둬놓을 거야. 그러고 나서 우린 떠나는 거지."

미카엘리스는 깜짝 놀랐다. 이웃에 4년 동안이나 살아왔지만 도무지 그런 말을 할 위인으로 보이지 않았기 때문이다. 그는 늘 무기력했다. 일을 하지 않을 때는 문간에 의자를 놓고 앉아서 길 가는 사람이나 자동차를 멍하니 바라보고 있었다. 누가 말을 걸 때면 변함없이 상냥하지만 힘없는 웃음을 지었다. 그는 자기 뜻대로가 아니라 아내 뜻대로 휘둘리는 남자였다.

그래서 미카엘리스는 자연히 무슨 일이 있었는지 캐물었지만 윌슨은 전혀 말을 하려들지 않았다. 오히려 이 방문객에게 호기심어린 의심의 눈초리를 던지기 시작하더니 어느 날 어느 시간에 무엇을 하고 있었는지 물었다. 청년이 그 자리가 거북하게 느껴질 무렵 노동자 몇 사람이 그의 음식점을 향해 앞을 지나가고 있었기 때문에 그는 나중에 다시 와 볼 생각으로 그 기회를 잡아 자리를 떴다. 그러나 다시 와보지는 못했다. 그저 잊어버린 것일 뿐 다른 이유가 있는 것은 아니었다. 7시가 조금 지나서 그가 다시 밖에 나왔을 때는 정비소 아래층에서 큰소리로 욕하는 윌슨 부인의 목소리가 들렸기 때문에 갑자기 아까 나눴던 이야기가 생각났다.

"어서 때려봐!" 그는 부인이 외치는 소리를 들었다. "날 쓰러뜨리고 쳐보라고, 이 더럽고 쪼그만 비겁자 같으니!"

잠시 뒤 그녀는 손을 흔들고 뭔가 소리 지르며 어두운 황혼 속으로 뛰쳐나갔다. 윌슨이 자기 집 문간에서 몸을 돌리기도 전에 사건은 이미 끝나 있었다.

신문에서 '죽음의 차'라고 불린 그 차는 멈추지 않았다. 그 차는 점점 짙어가는 어둠 속에서 나타나 잠시 비극적으로 비틀거리더니 다음 모퉁이로 사라져버렸다. 미카엘리스는 그 자동차의 색깔조차 정확히 기억하지 못했다. 처음 경찰관에겐 밝은 녹색이라고 말했다. 뉴욕을 향해 달리던 다른 차는 100야드(약 90미터) 가량 지나친 뒤 정지했고, 운전자가 급히 차를 돌려 와보니 머틀 윌슨이 난폭하게 목숨이 끊긴 채 끈적한 검붉은 피와 먼지에 범벅이 되어 길바닥에 엎어져 있었다.

미카엘리스와 이 남자가 제일 먼저 그녀에게 다가갔다. 아직도 땀에 젖어 축축한 블라우스 자락을 찢어보니 왼쪽 유방이 헝겊처럼 덜렁거리고 있었고, 그 아래 심장의 고동 소리는 들어볼 필요조차 없었다. 입은 딱 벌린 채, 오랫동안 축적해 놓은 엄청난 생명력을 쏟아버리느라 조금 숨이 막혔는지 양쪽 가장자리가 조금 찢어져 있었다.

───────── ⨎ ─────────

우리는 아직 상당히 떨어져 있는 데도 자동차 서너 대와 사람들이 모여 있는 것이 보였다.

"차 사고구만!" 톰이 말했다. "잘됐어. 윌슨에게 드디어 작은 일거리가 생기게 됐군."

그는 속력을 늦추었지만 그래도 차를 멈출 생각은 전혀 없었다. 더 가까이 다가가서 정비소 문 앞에 말없이 긴장하고 서 있는 얼굴들이 보자 그는 자기도 모르게 브레이크를 밟았다.

"구경이나 하자고." 그가 망설이며 말했다. "잠시 동안만."

그때 나는 정비소 안에서 넋나간 비탄의 소리가 끊임없이 흘러나오는 것을 알았다. 우리가 쿠페에서 내려 문간으로 향하자 그 소리는 헐떡거리는 신음이 되어 "아이고, 세상에!"라는 말을 되풀이하고 있었다.

"여기 무슨 큰 사고가 난 모양이군." 톰이 흥분하여 말했다.

그는 발돋움을 하여 둥글게 늘어선 사람들의 머리 너머로 정비소 안을 들여다보았지만 그 안에는 머리 위로 흔들리는 철망 소쿠리 안에 노란 전등 하나가 켜져 있을 뿐이었다. 그때 톰은 목에서 거친 소리를 내지르더니 억센 팔로 사람들을 난폭하게 밀어젖히고 안으로 들어갔다.

뭔가 꾸짖는 중얼거림과 함께 사람들의 원은 다시 닫혔다. 잠시 동안 아무것도 보이지 않았다. 그러다 새로 모여든 구경꾼들이 줄을 흐트러뜨리자 조던과 나는 갑자기 안으로 떠밀려 들어갔다.

머틀 윌슨의 시체는 담요 한 장에 싸여 벽쪽 작업대에 놓여 있었는데 더운 밤에 마치 추위가 염려된다는 듯 담요 한 장이 더 덮였다. 톰은 우리 쪽으로 등을 보인 채 꼼짝 않고 그 시체 위로 몸을 굽히고 있었다. 그의 곁에는 오토바이 경찰관 한 사람이 서서 땀을 뻘뻘 흘리며 수첩에 이름을 받아 적었다가 다시 고쳤다. 처음에 나는 텅 빈 사무실 안에 시끄럽게 울려 퍼지는 그 고성의 신음 소리가 어디서 나는 건지 알 수 없었다. 그러다가 윌슨이 몸을 앞뒤로 흔들며 두 손으로 문설주를 짚고 사무실 문지방에 서 있는 것을 보았다. 어떤 남자가 나지막한 소리로 뭐라고 얘기하고 있었고 가끔 손으로 어깨를 짚으려 했지만 윌슨에겐 들리지도 보이지도 않는 것 같았다. 그의 눈은 흔들거리는 전등에서 천천히 내려와 시체가 놓인 작업대로 갔다가 전등 쪽으로 휙 되돌아가곤 했고, 그럴 때마다 끊임없이 높은 목청으로 섬뜩한 소리를 질러대는 것이었다.

"오, 하느님 맙소사! 오, 하느님 맙소사! 오, 하느님 맙소사! 오, 하느님 맙소사!"

마침내 톰이 갑자기 고개를 쳐들고 흐릿한 눈으로 정비소 안을 둘러보더니 혼잣말처럼 종잡을 수 없게 뭐라고 경찰관에게 지껄였다.

"M—A—V—" 경찰관이 말하고 있었다. "O—"

"아니오. R—" 청년이 고쳐주었다. ", A, V, R, O…."

"내 말 좀 들어보시오!" 톰이 거칠게 말했다.

"R—" 경찰관이 계속했다. "O—"

"G—"

"G—" 톰이 넓적한 손으로 경찰관의 어깨를 잡자 경찰관은 고개를 쳐들었다.

"뭡니까?"

"무슨 일이 있었죠? 그게 알고 싶소!"

"자동차가 여자를 치었소. 즉사했습니다."

"즉사했다고요." 톰이 쳐다보며 되풀이했다.

"여자가 도로로 뛰어나갔소. 나쁜 놈은 차를 멈추지도 않았고요."

"차가 두 대 있었어요." 미카엘리스가 말했다. "하나는 오고 있고, 다른 하나는 가고 있었어요. 아시겠어요?"

"어느 쪽으로 갔다고요?" 경찰관이 날카롭게 물었다.

"각각 양쪽 방향으로 가고 있었어요. 근데, 저 부인이……."

그의 손이 담요 쪽으로 반쯤 올라가다 다시 옆구리로 내려왔다.

"……저 부인이 도로로 뛰어나갔고, 뉴욕에서 오던 차가 그녀를 정면으로 들이받았어요. 시속 30 내지 40마일(약 48~64km)은 됐을 겁니다."

"이곳 지명이 뭔가요?" 경찰관이 물었다.

"뭐 이름이랄 것도 없어요."

핼쑥한 얼굴에 잘 차려입은 흑인이 가까이 왔다.

"노란색 차였습니다." 그가 말했다. "큰 노란 차였어요. 새 차였고요."

"사고를 목격했나요?" 경찰관이 물었다.

"아뇨. 하지만 그 차가 내 옆을 지나서 40마일도 넘는 속도로 도로를 내려갔습니다. 아마 50~60마일은 될 겁니다."

"이리 와요. 이름 좀 적겠소. 자, 비켜요. 이 사람 이름을 적어야합니다."

이 대화 중 몇 마디가 문간에서 몸을 흔들고 있던 윌슨에게 들린 것이 틀림없었다. 왜냐하면 그의 헐떡거림 사이로 갑자기 새로운 사실이 흘러나왔기 때문이다.

"그게 어떻게 생긴 차인지 내게 말할 필요 없어! 나는 어떤 차인지 아니까!"

톰의 어깨 뒤쪽 근육이 굳어지는 것이 보였다. 그는 재빨리 월슨에게로 걸어가더니 앞에 서서 그의 어깨를 꽉 붙잡았다.

"정신 차리라구." 그는 무뚝뚝하지만 진정시키려고 말했다.

월슨의 시선이 톰에게 떨어졌다. 월슨은 발돋움하며 벌떡 몸을 일으켰는데 그때 톰이 꽉 잡아주지 않았다면 그는 아마 무릎을 꿇고 쓰러졌을 것이다.

"내 말 들어봐." 톰이 그를 잡고 살짝 흔들며 말했다. "난 방금 뉴욕에서 돌아오는 길이야. 우리가 얘기하던 그 차를 당신에게 갖다 주려고 오는 길이었다구. 오늘 오후에 내가 몰던 그 노란 차는 내 것이 아냐. 알아듣겠소? 오후 내내 난 그 차를 본 적도 없어."

그 흑인과 나만이 그 말이 들릴 만큼 가까이 있었지만 경찰관이 그의 말투에서 무슨 눈치를 챘는지 사나운 눈초리로 훑어보았다.

"그게 무슨 얘기요?" 경관이 물었다.

"난 이 사람 친구입니다." 톰이 고개를 돌렸지만 손은 여전히 월슨을 꽉 붙잡고 있었다.

"이 사람이 사고 낸 차를 안다는 군요…. 노란색 차랍니다."

막연한 충동에 이끌려 경찰관은 톰에게 의혹의 시선을 던졌다.

"당신 차 색깔은 뭡니까?"

"청색입니다. 쿠페지요."

"우리는 지금 막 뉴욕에서 오는 길입니다." 내가 말했다.

우리 뒤에서 조금 떨어져 따라오던 차의 운전자가 이를 확인해 주자 경찰관은 돌아섰다.

"자, 다시 한번 성함을 정확히 불러 주시겠습니까?"

톰은 윌슨을 마치 인형처럼 번쩍 들어 그의 사무실 의자에 앉혀놓고 돌아왔다.

"누가 여기 와서 이 사람과 같이 있어 주시오."

그는 명령조로 딱 부러지게 말했다. 가장 가까이 있던 두 남자가 마주 보더니 마지못해 그 방으로 들어가는 것을 톰이 지켜보았다. 그러고 나서 톰은 문을 닫고 애써 작업대 쪽을 피하며 한 단으로 된 계단을 내려왔다. 톰은 나에게 바싹 다가와 지나치면서 소곤거렸다.

"그만 나가자구."

우리는 남의 눈을 의식하며 톰이 위세 있게 양팔로 길을 터주는 대로 아직 모여들고 있는 군중의 사이를 빠져나오는데, 왕진가방을 들고 다급하게 지나가는 의사가 있었다. 혹시나 하는 희망에서 반시간 전에 부른 의사였다.

모퉁이에 이를 때까지 톰은 천천히 차를 몰았다. 그 다음부터는 가속페달을 힘차게 밟았고, 그의 쿠페는 밤을 뚫고 질주했다. 조금 있으니까 기운 없이 흐느끼는 소리가 들렸고 눈물이 그의 두 뺨 위로 흘러내렸다.

"빌어먹을 겁쟁이 놈!" 그가 울먹이며 말했다. "차를 세우지도 않다니."

———————— ∽ ————————

톰의 저택이 바람 소리를 내는 검은 나무들 사이로 불쑥 우리 앞에 떠올랐다. 톰이 현관 옆에 자동차를 멈추고 담쟁이덩굴 사이로 두 개의 창이 환하게 보이는 2층을 올려다보았다.

"데이지가 집에 와 있군."

그가 말했다. 차에서 내릴 때 그는 힐끗 나를 쳐다보더니 미간을 약간 찌푸렸다.

"닉, 웨스트에그에서 자네를 내려줄 걸 그랬군. 오늘 밤에는 아무 일도 못할 테니까 말이야."

그는 좀 달라져 있었다. 무게 있고 결단력 있게 말했다. 달빛이 내리는 자갈길을 지나 우리가 현관으로 가는 동안 그는 몇 마디로 민첩하게 상황을 처리해냈다.

"집까지 타고 갈 택시를 전화로 불러주겠네. 기다리는 동안 자네와 조던은 부엌에 가서 저녁을 차려달라고 하게. 먹을 생각이 있으면 말이야."

그는 문을 열었다. "자, 들어오지."

"아냐, 사양하겠어. 하지만 택시는 불러주면 좋겠어. 난 밖에서 기다릴게."

조던이 내 팔에 손을 댔다.

"닉, 들어가지 않을래요?"

"아니, 사양하겠어."

나는 속이 편치 않아서 혼자 있고 싶었다. 그러나 조던은 잠시 더 망설였다.

"이제 겨우 9시 반이에요." 그녀가 말했다.

집 안에 들어가다니, 말도 안 되는 일이다. 하루 동안 진저리가 날 만큼 이 사람들을 경험했고, 갑자기 거기에 조던도 포함되었다. 그녀는 내 표정에서 그런 눈치를 챘는지 휙 돌아서서 현관 계단을 뛰어올라 안으로 들어가 버렸다. 나는 몇 분 동안 머리를 감싸고 앉아 있었는데, 이윽고 안에서 택시를 부르는 집사의 목소리가 들렸다. 나는 집에서 멀어지도록 천천히 진입로를 따라 걸어 내려갔다. 대문 쪽에서 기다릴 작정이었다.

20야드도 못가서 내 이름을 부르는 소리가 들리더니 개츠비가 관목 숲 사이에서 오솔길로 걸어 나왔다. 이때 나는 꽤 섬뜩한 기분을 느꼈음에 틀림없다. 왜냐하면 달빛 아래에서 그의 핑크색 양복이 유난히 번쩍이는 것 밖에 아무 생각도 나지 않았기 때문이다.

"뭘 하고 있는 겁니까?" 내가 물었다.

"그냥 서 있었어요, 친구."

어쩐지 그것은 비열한 짓처럼 느껴졌다. 그가 당장이라도 그 집을 털러 들어갈 것 같은 느낌이었다. 그의 등 뒤에 있는 컴컴한 관목 사이로 험상궂은 얼굴들, '울프샤임 일당' 의 얼굴이 보인다 해도 나는 별로 놀라지 않을 것이다.

"길에서 사고 난 것 보셨습니까?" 잠시 후 그가 물었다.

"예, 봤습니다."

그는 잠깐 머뭇거렸다.

"그 여자는 죽었나요?"

"예."

"그럴 줄 알았어요. 데이지에게도 그랬을 거라고 말했지요. 충격은 한꺼번에 받는 편이 더 나으니까요. 그녀는 꽤 잘 견뎌냈어요."

그는 데이지의 반응만이 유일하게 중요한 문제인 것처럼 말했다.

"나는 옆길로 돌아서 웨스트에그로 갔어요." 그가 말을 이었다.

"차는 제 차고에 넣어두었어요. 아무도 우리를 보지 못했을 겁니다. 장담할 수는 없지만."

그때 나는 그가 너무 혐오스러워서 그의 말이 틀렸다고 말해 줄 필요조차 느끼지 않았다.

"그 여자가 누굽니까?" 그가 물었다.

"윌슨이라는 여자예요. 남편이 그 정비소의 주인이죠. 도대체 어떻게 벌어진 겁니까?"

"저어, 제가 운전대를 돌리려고 했는데……." 그가 말을 잇지 못했고, 나는 갑자기 진실을 직감했다.

"데이지가 운전하고 있었군요?"

"그래요." 잠시 뒤 그가 대답했다. "하지만 물론 내가 운전했다고 할 겁니다. 보셨겠지만, 뉴욕에서 출발할 때 데이지는 몹시 흥분한 상태라 운전을 하면 마음이 좀 가라앉을 거라고 생각했던 거지요. 그런데 우리가 맞은편에서 오는 차와 엇갈리는 순간 그 여자가 우리한테 달려들었어요. 한순간에 일어난 일이었지만, 내 생각에 그 여자가 우리에게 무슨 말을 하려고 했던 것 같아요. 우리를 아는 사람이라고 생각한 것 같습니다. 그러니까, 데이지는 처음에 그 여자를 피하려고 마주 오는 차 쪽으로 운전대를 돌렸다가 겁을 먹고는 운전대를 다시 돌렸지요. 내가 운전대에 손을 대는 순간 부딪히는 충격이 느껴졌습니다. 분명히 즉사했을 거예요."

"그 여자 몸이 찢어져서……."

"그만두세요, 친구." 그는 찡그렸다.

"아무튼…… 데이지는 사람을 치고도 그냥 차를 몰았지요. 차를 세우게 하려고 했지만 그럴 수가 없었어요. 그래서 내가 비상 브레이크를 당겼습니다. 그러고 나서야 그녀는 내 무릎 위로 쓰러졌어요. 그 다음부터는 내가 차를 몰았지요."

"데이지는 내일이면 괜찮을 거예요." 그가 곧 말했다.

"난 지금 여기서 기다리면서 혹 그자가 오늘 오후에 있었던 불쾌한 일을 가지고 데이지를 괴롭히지나 않나 지켜보려고 합니다. 그녀는 방에 들어가 문을 잠궜어요. 만일 그자가 폭력이라도 쓰려고 하면 반복해서 불을 껐다 켰다 하기로 했지요."

"톰은 건드리지도 않을 겁니다. 그는 지금 데이지를 생각할 여유가 없거든요." 내가 말했다.

"난 그를 못 믿겠어요, 친구."

"얼마나 오래 기다릴 작정입니까?"

"필요하다면 밤새도록이라도 기다릴 겁니다. 하여간 모두 잠들 때까지 기다릴 거예요."

문득 새로운 관점이 떠올랐다. 데이지가 차를 몰았다는 사실을 톰이 알아낸다면 어떻게 될까? 거기에 무슨 관계가 있다고 생각할지도 모른다. 그는 어떤 생각이든 할 것이다. 나는 집을 쳐다보았다. 아래층에 두어 개의 창문이 환하게 밝혀져 있었고, 2층 데이지의 방에서는 분홍색 불빛이 비치고 있었다.

"여기서 기다리십시오." 내가 말했다. "어떤 소란이 일어날 기미가 있는지 가서 보겠습니다."

나는 잔디밭 가장자리를 따라 돌아가 자갈길을 가로질러 베란다 계단을 발꿈치를 들고 올라가 보았다. 거실 커튼은 열려 있었고 방이

208

비어 있었다. 석 달 전, 그러니까 6월의 그날 밤 저녁식사를 하던 현관을 가로질러 나는 작은 직사각형 불빛이 새 나오는 창문으로 다가 갔다. 아마 식당일 것이다. 차양이 내려져 있었지만 창틀에 갈라진 틈이 있었다.

데이지와 톰은 싸늘하게 식은 프라이드치킨 한 접시와 흑맥주 두 병을 사이에 두고 마주 앉아 있었다. 그는 탁자 건너편으로 그녀에게 뭐라고 열심히 말하고 있었고, 진지한 나머지 한쪽 손이 그녀의 손을 감싸고 있었다. 그녀는 이따금 그를 올려다보며 알았다는 듯이 고개 를 끄덕였다.

그들은 행복해 보이지 않았다. 둘 다 치킨이나 맥주에는 손도 대 지 않았으니까. 그렇다고 불행해 보이는 것도 아니었다. 그 광경에는 분명 자연스러운 친밀감이 흐르고 있었고, 누가 보면 그들이 무슨 음 모라도 함께 꾸미고 있다고 생각할 정도였다.

내가 까치발로 현관을 걸어 나오고 있는데 내가 타고 갈 택시가 어두운 길을 따라 천천히 집을 향해 들어오는 소리가 들렸다. 개츠비 는 아까 나와 헤어진 바로 그 자리에서 기다리고 있었다.

"그래, 조용하던가요?" 그가 걱정스럽게 물었다.

"예, 아주 조용하네요." 나는 좀 머뭇거렸다. "집에 돌아가 좀 주 무시는 게 좋을 텐데요."

그러나 그는 고개를 내저었다.

"데이지가 잠들 때까지 여기서 기다리겠습니다. 안녕히 가세요, 친구."

그는 웃옷 주머니에 두 손을 넣고 다시 진지하게 집 쪽으로 시선을 돌렸다. 마치 내가 옆에 있는 것이 자신의 신성한 불침번에 흠이라도 되는 것처럼. 그래서 나는 걸어 나왔다. 달빛 아래 서서 무슨 일이 일어날 리가 없는 집을 지켜보는 그를 남겨둔 채.

8

The Great Gatsby

　나는 밤새도록 잠을 이룰 수 없었다. 바다에서는 신음 같은 안개 경보가 끊임없이 들려왔고, 나는 기괴한 현실과 잔인하고 무서운 꿈 사이를 오락가락하며 반 환자 상태로 몸을 뒤척였다. 새벽녘에 개츠비의 저택 진입로로 택시가 올라가는 소리를 듣고 나는 곧 침대에서 뛰쳐나와 옷을 입었다. 그에게 할 말이 있었다. 조심하라고 경고해 주어야 할 것 같은데 아침이 되면 너무 늦을 것 같았다.

　저택 잔디를 가로질러 가보니 현관문이 아직 열려 있었다. 개츠비는 홀에서 테이블에 기대고 있었는데, 낙담 때문인지 졸음 때문인지 무거워 보였다.

　"아무 일도 없었습니다." 그는 맥없이 말했다.

"줄곧 기다렸지요. 새벽 4시쯤 돼서 그녀가 창가로 오더니 잠시 서 있다가 불을 끄더군요."

우리는 담배를 찾으려고 커다란 방들을 헤매었는데, 그날 밤만큼 그 집이 그렇게 크게 느껴진 적이 없었다. 우리는 장막 같은 커튼을 한쪽으로 걷으면서 전등스위치를 찾느라 헤아릴 수 없이 길고 캄캄한 벽을 더듬었다. 한번은 발을 헛디뎌 넘어지면서 유령 같은 피아노 건반에 건드려 요란한 소리를 내기도 했다. 여기저기에 이해할 수 없을 만큼의 먼지가 쌓여 있었고 오랫동안 통풍을 시키지 않은 듯 곰팡이 냄새가 났다. 나는 못 보던 탁자 위에서 담배상자를 찾아냈는데 오래 되어 말라버린 엽궐련 두 개비가 들어 있었다. 우리는 프랑스풍 거실 창문을 활짝 열어젖히고 앉아서 어둠 속으로 담배 연기를 내뿜었다.

"이곳을 떠나셔야 합니다." 내가 말했다. "분명히 당신 차를 찾아낼 겁니다."

"지금 당장 말입니까? 친구."

"일주일쯤 애틀랜틱시티에 가시든지, 아니면 몬트리올로 올라가세요."

개츠비는 그럴 생각이 없었다. 데이지가 어떻게 할 생각인지 알기 전에는 도저히 떠날 수 없다는 것이었다. 그는 아직도 일말의 마지막 희망에 매달려 있었고, 나는 차마 그를 흔들어 손을 놓게 할 수가 없었다.

그가 나에게 댄 코디와 함께 보낸 특이한 젊은 시절 얘기를 들려준 것이 바로 그날 밤이었다. 그가 그 얘기를 한 것은, '제이 개츠비'

가 톰의 단단한 적대감에 부딪쳐 유리조각처럼 산산이 부서지면서 오랫동안의 은밀하고 광기어린 연극이 막을 내렸기 때문이었다. 지금 생각해 보니 그는 이제 무슨 얘기라도 숨김없이 털어놓을 용의가 있었지만, 우선 데이지 얘기를 하고 싶어 했다.

그녀는 그가 난생처음으로 알게 된 '고상한' 여자였다. 그는 들키지 않게 꾸민 다양한 자격으로 상류층 사람들과 만나긴 했지만 그들과의 사이에는 언제나 보이지 않는 철조망이 가로놓여 있었다. 그는 그녀에게 마음을 주체 못할 정도로 호감을 느꼈다. 처음에는 캠프 테일러의 다른 장교들과 같이 그녀의 집에 놀러 갔지만 나중에는 혼자서 찾아갔다. 그에게는 놀라운 경험이었다. 그렇게 아름다운 집에 들어가 보기는 처음이었다. 그러나 그 집에서 숨 막힐 정도의 흥분을 느낀 것은 바로 데이지가 그 집에 살고 있기 때문이었다. 그녀에게 그 집은, 군부대의 텐트가 그에게 자연스러운 것처럼, 자연스러운 것이었다. 그 집에는 어떤 원숙한 신비감이 있었다. 위층에는 어떤 침실보다 아름답고 시원한 침실이 있을 것 같았고, 복도에는 즐겁고 눈부신 일들이 벌어지고, 라벤더 향에 소중하게 간직된 케케묵은 로맨스가 아닌 금년에 출시된 최신형의 화려한 자동차 냄새를 풍기는 신선하고 생기 넘치는 로맨스가 있을 것만 같고, 시들지 않는 꽃이 춤을 추고 있을 것 같았다. 지금까지 많은 남자들이 이미 데이지를 사랑했다는 사실 또한 그를 흥분시켰다. 그에겐 그 사실이 그녀의 가치를 더 높여주었다고 생각한 것이다. 그는 그 남자들의 존재가 아직도 설레는 감정의 그림자와 메아리로 그 집 주위를 점령하고 있다는 느낌을 받았다.

그러나 그는 자기가 데이지의 집에 발을 들여놓게 된 것이 엄청난 우연 덕분임을 알고 있었다. 제이 개츠비로서 그의 장래가 아무리 찬란하다 해도 그때는 별 경력도 없는 무일푼의 청년에 불과했으며, 당장이라도 눈에 보이지 않는 제복의 이점이 어깨에서 흘러내려 버릴지도 모를 일이었다. 그래서 자기에게 주어진 시간을 최대한으로 이용하기로 마음먹었다. 그는 자신이 얻을 수 있는 것을 염치 불구하고 탐욕스럽게 차지했다. 고요한 10월 어느 밤 마침내 그는 데이지를 차지했는데, 사실 그에겐 그녀를 차지할 진정한 자격이 없었기 때문에 그랬던 것이다.

그는 거짓된 가면을 쓰고 그녀를 차지했기 때문에 스스로를 경멸했을 수도 있다. 그가 있지도 않은 수백만 달러를 가졌다고 거짓말했다는 뜻이 아니라, 데이지에게 고의로 안심할 수 있도록 꾸민 것이다. 그는 자신이 그녀와 같은 계층 출신이며, 그녀를 충분히 보살펴 줄 능력이 있다고 믿게 만들었다. 사실 그에게는 그럴 만한 능력이 되어 있지 않았다. 그에게는 풍족한 집안의 뒷받침도 없었고, 개인 감정과 무관한 정부의 변덕에 의해 언제 다른 나라로 갑자기 보내질지 모르는 상황이었다.

그러나 그는 스스로를 경멸하지 않았고 상황도 그가 상상한 대로 돌아가지 않았다. 아마 그는 얻을 수 있는 것만 차지하고는 떠나버릴 작정이었다. 하지만 이제 그는 자신이 전력을 다해 성배(聖杯)를 쫓고 있음을 알게 되었다. 그녀가 유별나다는 것은 알고 있었지만 '고상한' 여자가 도대체 얼마나 유별날 수 있는지는 미처 깨닫지 못했던 것이다. 그녀는 부유한 자기 집 안으로, 그 부유하고 호사스런 생활 속으로 사라져버렸다. 개츠비에게는 아무것도 남겨두지 않은 채. 그는 그녀와 결혼이라도 한 듯한 느낌, 그것이 전부였다.

　이틀 뒤 그들이 다시 만났을 때 어쨌든 배신당한 개츠비는 가슴을 졸였다. 그녀의 집 현관은 돈을 주고 산 사치스런 별빛으로 눈이 부셨다. 그녀가 그에게로 몸을 돌리고 그가 그녀의 묘하고 아름다운 입술에 키스를 하는 동안 고리버들로 만든 긴 의자가 멋지게 삐걱거렸다. 감기에 걸린 그녀는 전보다도 더 허스키한 목소리를 냈고 더 매력적으로 들렸다. 개츠비는 부(富)가 젊음과 신비를 가두어 놓고 보호한다는 것, 옷의 다양성과 신선함이 비례한다는 것, 그리고 힘겹게 살아가는 가난한 사람들과는 동떨어진 높은 곳에서 데이지가 은(銀)처럼 안전하고 영광스럽게 빛을 발한다는 것을 압도당하는 느낌으로 깨달은 것이다.

──────── ✺ ────────

　"내가 그녀를 사랑한다는 걸 느꼈을 때 얼마나 놀랐는지 말로 표현할 수 없을 정도였습니다, 친구. 한 동안은 차라리 그녀가 나를 차버려 줬으면 하고 바라기까지 했지만 그녀는 그러지 않았습니다. 그녀도 내게 사랑을 느꼈으니까요. 그녀는 자기가 모르는 것을 내가 알고 있었기 때문에 내가 꽤나 똑똑한 줄 알았지요. 그래서 나는 내 야망에서 멀어지고 시시각각 더 깊이 사랑에 빠져들었습니다. 갑자기 야망에 대해 신경도 쓰지 않게 되었어요. 그녀에게 앞으로 할 일을 들려주면서 훨씬 즐거운 시간을 보낼 수 있는데, 대단한 일을 하는 게 무슨 소용이 있겠습니까?"

그가 외국으로 떠나기 전날 오후 그는 데이지를 껴안고 오랫동안 말없이 앉아 있었다. 싸늘한 가을날이라 방에 난로를 피웠고, 그녀의 뺨은 빨갛게 달아올라 있었다. 이따금 그녀가 뒤척일 때면 그는 팔을 조금씩 움직여 자세를 편하게 해주었고, 한번 그녀의 빛나는 검은 머리칼에 입을 맞추기도 했다. 마치 다음 날이 약속하는 긴 이별을 위해 깊은 추억을 만들어 주려는 듯이 그날 오후는 그들을 한동안 조용하게 만들었다. 그들이 사랑을 나눈 한 달 동안, 그날 데이지의 입술이 말없이 그의 웃옷 어깨를 애무할 때나 마치 그녀가 잠들어 있는 것처럼 개츠비가 살짝 그녀의 손끝을 만질 때만큼 서로 친밀감을 갖거나 마음속 깊은 곳까지 통했던 적은 일찍이 없었다.

———— ✎ ————

전쟁터에서 그의 활약은 대단했다. 전선에 배치되기 전에 이미 대위로 진급했고 아르곤 전투 뒤에는 소령으로 진급하고 사단 기관총 부대의 지휘관이 되었다. 휴전 뒤 그는 빨리 귀국하려고 온갖 노력을 했지만 무슨 행정 착오나 오해가 있었는지 옥스퍼드 대학으로 파견되고 말았다. 그는 이제 걱정이 되기 시작했다. 데이지의 편지에 초조감 넘치는 절망이 배어 있었던 것이다. 그가 귀국을 못하는 이유를 그녀는 이해할 수가 없었다. 주위에서 압력을 받고 있던 그녀는 그를 만나고 싶었고 그가 옆에 있어주기를 원했으며 결국은 그녀가 정당했다고 확인받고 싶었던 것이다.

데이지는 나이가 어렸고, 그녀의 인위적인 세계는 난초 향기와 쾌활하고 명랑한 속물근성 그리고 인생의 슬픔과 암시를 종합하여 새로운 곡조로 만든 그해의 리듬을 연주하는 오케스트라의 분위기를 풍겼다. 밤새도록 색소폰이 「빌 스트리트 블루스」(W. C. 핸디가 1919년에 발표한 곡이다)의 절망적인 가사를 울부짖는 동안 금색, 은색의 화려한 실내화 수백 켤레는 반짝이는 먼지를 뒤섞고 있었다. 어둑할 무렵 차 마시는 시간이면 언제나 방마다 이렇게 나지막하고 달콤한 열기로 끊임없이 고동치는 것 같았고, 슬픈 나팔 소리에 날려 방바닥에 흩어지는 장미 꽃잎처럼 여기저기 새로운 얼굴들이 떠돌아다녔다.

계절이 바뀌면서 데이지는 다시 사교계를 드나들기 시작했다. 그녀는 갑자기 하루에 대여섯 번씩 남자들과 데이트를 했고, 새벽녘이 되어서야 침대 머리맡에 놓인 시들어가는 난초 사이에 구슬과 레이스가 달린 이브닝드레스를 벗어던진 채 잠에 곯아떨어졌다. 그러는 동안에도 줄곧 그녀의 마음속에는 결단을 내려야한다는 외침이 들렸다. 그녀는 당장 자기 인생이 형태를 갖추기를 바랐다. 그리고 그 결단은 사랑이나 돈 또는 의문의 여지가 없는 현실적인 이유와 같은 어떤 힘에 의해 이루어져야 했다. 그런데 그것이 바로 그녀 곁에 있었다.

그 힘은 봄이 한창일 무렵 톰 뷰캐넌이 출현하면서 구체적인 모습을 드러냈다. 그의 사람됨이나 사회적 위치가 주는 괜찮은 무게감에 데이지는 우쭐해졌다. 데이지가 어느 정도 갈등을 겪은 것은 의심할 여지가 없지만 정신적인 안도감도 분명했다. 아직 옥스퍼드에 있는 개츠비에게 그런 사연이 담긴 편지가 도착했다.

─────── ⌘ ───────

이제 롱아일랜드에 새벽이 찾아왔고, 우리는 집 안을 돌아다니며

218

아래층의 나머지 창문을 모두 열어젖혀 잿빛과 금빛의 새벽 햇빛으로 집안을 가득 채웠다. 나무 한 그루의 그늘이 불쑥 이슬 위에 드리워지고 푸른 나뭇잎 사이로 유령 같은 새들이 지저귀기 시작했다. 바람이 거의 불지 않는 대기에는 느릿하고 상쾌한 움직임이 있어서 서늘하고 좋은 날씨를 예고하고 있었다.

"난 데이지가 그를 사랑한 적이 있다고 생각하지 않습니다."

그는 창문에서 돌아서더니 도전적으로 나를 쳐다보았다.

"어제 오후에는 그녀가 몹시 흥분한 상태였다는 것을 기억해야 합니다, 친구. 그녀가 겁을 먹을 만한 얘기를 그가 꺼냈으니까요. 내가 무슨 저급한 사기꾼인 것처럼 몰아세웠지요. 결국 데이지는 자기가 무슨 말을 하고 있는지도 잘 몰랐던 겁니다."

그는 우울하게 자리에 앉았다.

"물론 신혼 때는 아주 잠깐 동안 그를 사랑했을지도 모르지요…. 그때도 나를 더 사랑했던 거고요. 아시겠습니까?"

별안간 그는 묘한 얘기를 꺼냈다.

"어쨌든 간에 그저 개인적인 문제일 뿐이지요." 그가 말했다. 재볼 수 없는 그들의 사랑에 대해 개츠비가 가진 관념의 농도를 추측해 보는 것 외에는 달리 그 말을 해석할 방법이 없었다.

톰과 데이지가 신혼여행을 떠나 있는 사이 그는 프랑스에서 돌아와 군대에서 받은 마지막 봉급을 가지고 비참하지만 어쩔 수 없이 루이빌에 찾아갔다. 그곳에 일주일 동안 머물면서 그는 11월 밤 둘이서 발소리 내며 거닐었던 거리를 서성거렸고 그녀의 하얀 차로 드라이브하던 호젓한 곳들을 다시 둘러보았다. 데이지의 집이 다른 집보다 언제나 신비롭고 즐거워 보였던 것처럼, 비록 그녀는 가버리고 없었지만 그 도시 자체에 대한 그의 생각 역시 일종의 우울한 아름다움으로 가득 차 있었다.

그는 그곳을 떠나면서 좀 더 애를 쓴다면 그녀를 찾아낼 수도 있을 것 같은 생각이 들었다. 어쩐지 그녀를 뒤에 두고 떠나는 듯한 느낌이 들었던 것이다. 일반 객차는—이제 그의 주머니에는 한 푼도 없었다—푹푹 쪘다. 그는 객차의 연결 복도로 나가 접는 의자를 펴고 앉았다. 정거장은 미끄러지듯 사라지고 낯선 건물들의 뒷모습이 지나갔다. 마침내 기차가 봄의 들판에 나오자 잠시 동안 노란 전차 한 대가 경주하듯 나란히 달렸다. 전차에 탄 사람들은 거리를 지나다 데이지의 하얗고 매력적인 얼굴을 한 번쯤은 우연히 봤을지도 모른다.

철로가 구부러지면서 기차는 이제 태양에서 서서히 멀어져가고 있었다. 태양이 점점 아래로 가라앉으며, 지금은 멀어져가는 도시, 한때 그녀가 호흡하던 도시 위에 축복을 내리듯 빛을 뿌리고 있었다. 그는 마치 한 줌의 공기라도 잡으려는 듯, 그녀가 있어 아름다웠던 그곳의 한 조각이라도 간직하려고 필사적으로 손을 뻗쳤다. 그러나 이제 눈물로 흐려진 그의 눈으로 바라보기에는 도시가 너무나 빨리 지나가 버렸고, 그때 그는 거기에서 숨쉬던 도시의 일부 즉 가장 신선하고 가장 아름다운 것을 영원히 잃어버렸다는 사실을 깨달았다.

우리가 아침식사를 마치고 현관으로 나왔을 때는 벌써 9시였다. 밤사이에 날씨가 많이 바뀌어서 대기에는 가을 기운이 뚜렷했다. 개

츠비의 이전 고용인 중 유일하게 남아 있는 정원사가 계단 밑으로 다가왔다.

"주인 어른, 오늘 수영장 물을 뺄까 하는데요. 나뭇잎이 떨어지기 시작하면 꼭 배수관이 막히거든요."

"오늘은 하지 말게." 개츠비가 대답했다. 그는 사과하듯 나를 돌아보았다.

"여름 내내 제가 풀장을 한 번도 이용하지 못했다는 거 아십니까? 친구."

나는 시계를 들여다보고 자리에서 일어났다.

"기차 시간이 12분밖에는 남지 않았군요."

나는 시내에 나가고 싶지 않았다. 일이 손에 잡힐 것 같지 않아서였지만 그것만이 이유는 아니었다. 나는 개츠비를 혼자 남겨두고 싶지 않았다. 나는 그 기차를 보내고 다음 기차도 놓쳐버린 후에야 마지못해 자리에서 일어섰다.

"전화 드리지요." 마침내 내가 말했다.

"그래 주세요, 친구."

"정오쯤에 걸겠습니다."

우리는 천천히 계단을 밟아 내려갔다.

"데이지도 전화를 주겠지요."

그는 마치 내가 그것을 확증해주길 바라는 듯이 걱정스럽게 나를 쳐다보았다.

"그럴 겁니다."

"자, 그럼 안녕히 가세요."

악수를 나눈 뒤 나는 걸어 나왔다. 울타리에 이르기 전에 나는 무슨 생각이 나서 돌아섰다.

"그것들은 썩어빠진 인간들이오." 나는 잔디밭 너머로 소리쳤다. "당신 한 사람이 그들을 모두 합해놓은 것보다 낫습니다."

나는 지금까지도 그때 그 말을 하길 잘했다고 생각한다. 나는 처음부터 끝까지 그의 행동에 반대했기 때문에 그것이 그에게 한 유일한 칭찬이었다. 처음에 그는 점잖게 고개를 끄덕이더니 나중에는 밝아진 얼굴로 마치 그동안 줄곧 그 점에 대해 공모했던 것처럼 알았다는 듯이 미소를 지었다. 그의 현란한 분홍색 양복이 하얀 계단을 배경으로 밝은 무늬를 이루고 있는 모습을 보자 나는 석 달 전 그의 고색창연한 저택을 처음 방문했던 날 밤이 떠올랐다. 잔디밭과 진입로에는 그의 부정행위를 추측하는 얼굴들로 붐볐다. 그리고 그는 저 계단에 서서 자신의 변치 않는 꿈을 감춘 채 그들에게 손을 흔들어 작별인사를 보내고 있었던 것이다.

나는 그의 대접이 고마웠다고 인사를 했다. 우리는 항상 그에게 환대에 감사한다는 인사를 했다. 다른 손님들도 말이다.

"안녕히 계십시오." 내가 소리쳤다. "아침 잘 먹었어요, 개츠비 씨."

———— ❦ ————

시내에 나와서 나는 얼마 동안 끝도 없이 쌓인 주식거래 총액 표를 작성하려고 하다가 그만 회전의자에 앉은 채 잠이 들어버리고 말았다. 정오가 되기 직전 전화벨 소리에 깨어 고개를 번쩍 들어보니 이마에 땀방울이 흘러내리고 있었다. 조던 베이커였다. 그녀는 확실하게 일정을 세워두지 않고 호텔과 클럽과 친구들의 집을 전전했기 때문에 다른 시간을 찾을 수가 없어 이 시간이면 가끔 전화를 걸어오곤 했다. 보통 때에는 그녀의 목소리가 초록색 골프장의 잔디 조각이 사무실 창문으로 날아 들어오는 것처럼 발랄하고 청량하게 느껴졌는데 오늘 아침에는 왠지 가시 돋고 메마르게 들렸다.

"데이지 집에서 나왔어요." 그녀가 말했다. "지금 헴스테드(뉴욕에서 48km 떨어진 롱아일랜드 내륙 마을)에 있는데 오늘 오후에 사우스햄턴(롱아일랜드 동쪽 끝에 있는 마을로 주로 부유층이 사는 곳, 뉴욕에서 약 160km 거리)으로 내려가려고 해요."

조던이 데이지의 집을 나온 것은 눈치 빠른 행동일지 모르지만, 내겐 좀 불쾌하게 느껴졌는데 그녀의 다음 말은 나를 강경하게 만들었다.

"어젯밤엔 제게 좀 심하시더군요."

"그런 상황에서 어떻게 그게 문제가 됩니까?"

잠시 침묵이 흘렀다. 그리고….

"하지만…… 당신을 만나고 싶어요."

"나도 만나고 싶습니다."

"사우스햄턴에 가지 말고 오후에 시내로 나갈까요?"

"아니……. 아무래도 오늘 오후는 안 될 것 같군요."

"알았어요."

"오늘 오후엔 도저히 안 되겠어요. 여러 가지로……."

한동안 우리는 이런 식으로 이야기를 나누다가 갑자기 대화가 끊기고 말았다. 둘 중에 누가 먼저 냉정하게 철컥하고 수화기를 내려놓았는지는 모르지만 내겐 상관없었다. 이 세상에서 다시는 그녀와 말을 못하게 되는 한이 있어도 그날만은 차 테이블을 사이에 두고 그녀와 이야기를 나눌 수는 없었을 것이다.

몇 분 후에 나는 개츠비에게 전화를 걸었지만 통화 중이었다. 네 번이나 걸었더니 마침내 화가 난 교환수가 그 번호는 디트로이트에서 장거리 전화를 기다리고 있는 중이라고 알려주었다. 나는 기차시간표를 꺼내 3시 50분 열차에 작은 동그라미를 쳤다. 그러고는 의자에 기대앉아 생각해 보려 애썼다. 이때가 바로 정오였다.

───────── ∽ ─────────

그날 아침 재의 계곡을 지날 때 나는 일부러 객차의 반대편으로 이동했다. 그곳에는 하루 종일 호기심 많은 사람들이 모여 있을 것이고, 아이들과 함께 먼지에서 검은 얼룩을 찾으려 할 것이고, 수다쟁이들이 수없이 사건을 되풀이해서 말하는 바람에 사건은 마침내 현실감을 잃어 더 이상 말하지 않게 되고 결국 머틀 윌슨의 비극적 사건도 잊혀질 것이다. 여기에서 잠시 뒤로 돌아가 전날 밤 우리가 정비소를 떠난 뒤 그곳에서 있었던 일을 이야기해야겠다.

경찰은 머틀의 여동생 캐서린의 소재를 파악하느라 고생을 했다. 그날 밤 그녀는 술을 마시지 않는다는 규칙을 깨뜨린 것이 분명했다. 현장에 도착했을 때 그녀는 정신없이 취해서 앰뷸런스가 이미 플러싱(재의 계곡과 웨스트에그 사이의 지역)으로 떠났다는 이야기도 제대로 알아듣지 못할 정도였다. 사람들이 그 사실을 이해시켜 주자 그녀는 즉시 기절하고 말았다. 마치 앰뷸런스가 떠난 것이 이 사건에서 견딜 수 없는 일이기라도 한 듯이 말이다. 누군가가 친절인지 호기심인지 그녀를 자기 차에 태워 언니의 시신을 쫓아가 주었다.

한밤중이 훨씬 지난 시간까지 새로운 구경꾼들이 정비소 앞에 밀어닥치는 동안, 윌슨은 정비소 안의 소파에 앉아 몸을 앞뒤로 흔들어대고 있었다. 한동안 사무실 문이 열려 있었기 때문에 정비소 안에 들어오는 사람은 어쩔 수 없이 그 안을 볼 수밖에 없었다. 결국 누군가가 윌슨의 체면을 생각하여 문을 닫아주었다. 미카엘리스와 다른 몇 사람이 그와 함께 있었다. 처음에는 네댓 명이던 것이 나중에는 두어 명으로 줄어들었다. 좀 더 시간이 늦어지자 미카엘리스는 마지막으로 남은 낯선 남자에게 가게에 돌아가서 커피 한 주전자를 끓여올 때까지 15분만 더 기다려달라고 부탁했다. 그 뒤부터 그는 새벽까지 윌슨과 함께 있어 주었다.

3시쯤 되자 두서없이 떠들던 윌슨의 중얼거림에 변화가 일어났다. 그는 차분해졌고 노란 자동차 이야기를 하기 시작했다. 그는 노란 차가 누구 것인지 알아내는 방법이 있다고 하더니 두 달 전에 아내가 시내를 다녀왔는데 얼굴에 멍이 들고 코가 부어 있더라는 말을 불쑥 꺼냈다.

그러나 자기 입으로 이 말을 해놓고는 놀라 움찔하더니 신음하는 목소리로 다시 "아, 하느님 맙소사!"라고 울부짖기 시작했다. 미카엘리스는 그를 달래보려고 어설프게 애를 썼다.

"아저씨, 결혼하신 지는 얼마나 됐나요? 자, 여기 보세요. 잠깐 가만히 앉아서 제가 묻는 말에 대답 좀 해보세요. 결혼하신 지 얼마나 되셨어요?"

"12년 됐어."

"아이는 있었나요? 자, 조지, 가만히 좀…… 제가 묻고 있잖아요.
자녀는 있었나요?"

딱딱한 갈색 딱정벌레들이 희미한 전등에 계속 몸을 부딪쳤고, 밖
에서 자동차 지나가는 소리가 들릴 때마다 미카엘리스는 몇 시간 전
멈추지 않고 그냥 달아났던 그 자동차가 떠올랐다. 시신이 놓여 있는
작업대가 피로 얼룩져 있던 탓에 그는 정비소 쪽으로 가기 싫어했고,
그래서 사무실 주위에서 안절부절못하고 있었다. 그 덕에 아침이 밝
아오기 전에 그는 안에 있는 물건을 모두 알게 되었다. 그리고 때때
로 윌슨 옆에 앉아서 그를 좀 진정시켜 보려고 애썼다.

"아저씨, 가끔이라도 나가는 교회가 있습니까? 오랫동안 발길을
끊었던 교회라도 있으면, 제가 전화해서 거기 목사님을 불러 아저씨
와 말동무라도 하면 어떨까요?"

"아무 교회도 안 다녀."

"단골 교회 한 군데 정도는 만들어놔야 해요, 아저씨. 이런 일을
당했을 때를 대비해서 말이에요. 교회 다닌 적은 있을 겁니다. 교회
에서 결혼식을 하셨죠? 아저씨, 제 말 좀 들어봐요. 교회에서 결혼하
지 않으셨어요?"

"아주 옛날 얘기지."

대답을 하려는 노력 때문에 몸을 흔들어대는 리듬이 깨졌다. 잠시
그는 침묵을 지키고 있었다. 그리고서 반은 아는 것 같고 반은 어리
둥절해 하는 낯익은 표정이 그의 멍한 눈동자에 나타났다.

"거기 서랍을 좀 봐라." 그는 책상을 가리키며 말했다.

"어느 쪽 서랍이요?"

"그쪽 서랍, 그거 말이야."

미카엘리스는 자기 손에서 가장 가까운 서랍을 열었다. 그 안에는 가죽과 은실로 꼰 값비싼 작은 개줄 말고는 아무것도 없었다. 개줄은 새것으로 보였다.

"이것 말입니까?" 그것을 들어올리며 그가 물었다.

윌슨은 쳐다보고는 고개를 끄덕거렸다.

"어제 오후에 그걸 처음 발견했지. 마누라는 뭔가 변명하려 했지만 난 그게 심상치 않은 물건이라는 걸 알았어."

"부인이 이걸 사셨다는 말씀인가요?"

"마누라는 그걸 화장지에 싸서 옷장 위에 놓아두었거든."

미카엘리스는 그게 어째서 이상한지 알 수 없었고, 그래서 윌슨에게 부인이 개줄을 살 만한 이유를 몇 가지 말해 주었다. 그러나 "오, 맙소사!" 하고 다시 중얼거리는 것으로 보아 윌슨은 이미 머틀에게 그런 설명을 들었던 모양이었다. 그를 위로하던 미카엘리스는 쓸데없는 설명을 한 셈이었다.

"그러니까 그 자가 죽인 거야." 윌슨이 말했다. 갑자기 그의 입이 맥없이 벌어졌다.

"누가 죽였다고요?"

"내게 알아낼 방법이 있어."

"아저씨는 지금 제정신이 아니에요." 그가 말했다. "이번 일로 너무 지쳐서 지금 무슨 말을 하는지도 모르는 거예요. 아침까지 가만히 앉아 계세요."

"그놈이 내 마누라를 죽였어."

"조지, 그건 사고였어요."

윌슨은 머리를 내저었다. 대단한 사람의 허깨비처럼 다 알고 있다는 듯이 "흠!" 하고 소리를 내면서 그는 두 눈을 가늘게 뜨고 입을 살짝 벌렸다.

"난 다 알아." 그가 단정적으로 말했다.

"난 의리 있는 사람이고, 누굴 해칠 생각은 없어. 하지만 일단 내가 뭘 알게 되면 그건 진짜로 아는 거야. 바로 그 차에 탄 사내였어. 마누라는 그놈에게 말을 걸려고 쫓아나갔는데 그놈은 차를 멈추려고 하지 않았던 거야."

미카엘리스도 그 장면을 목격하긴 했지만 거기에 무슨 특별한 의미가 있으리라는 생각은 들지 않았다. 그는 윌슨 부인이 어떤 특정한 차를 세우려고 했다기보다는 남편에게서 도망치는 중이었다고 생각한 것이다.

"부인이 왜 그랬을까요?"

"교활한 여자니까." 마치 그것으로 충분한 대답이 되는 것처럼 말했다. "아, 아, 아."

그는 다시 몸을 흔들어대기 시작했고 미카엘리스는 손으로 개줄을 비틀며 서 있었다.

"아저씨, 제가 전화를 걸어드릴 만한 친구가 있으세요?"

이것은 가망 없는 희망 사항에 지나지 않았다. 그는 윌슨에게 친구가 한 명도 없다는 것을 거의 확신했다. 그는 친구는커녕 마누라도 챙기지 못하는 위인이었다. 시간이 조금 지나 창가에 푸른빛이 되살아나면서 방 안이 달라졌고 새벽이 멀지 않았음을 알게 되자 미카엘리스는 마음이 놓였다. 5시쯤에는 전등을 꺼도 될 만큼 훤해졌다.

윌슨의 멍한 시선은 창밖의 잿더미를 향했다. 작은 회색 구름들이 환상적인 모습으로 새벽의 미풍에 실려 이리저리 떠돌고 있었다.

"내가 마누라에게 말했지." 그가 오랜 침묵을 깨고 중얼거렸다. "나를 속일 순 있어도 하느님을 속이진 못한다고. 나는 마누라를 창문으로 데리고 갔어…"

그는 힘겹게 자리에서 일어나 뒤쪽 창으로 걸어가더니 얼굴을 창문에 밀착시켰다.

"…그리고 이렇게 말했지. '하느님은 당신이 한 짓을 알고 있어. 당신이 한 짓 모두. 당신이 날 속일 순 있지만 하느님을 속일 수는 없어!' 이렇게 말이야."

윌슨 뒤에 서서 미카엘리스는 윌슨이 T. J. 에클버그 의사의 눈을 바라보고 있는 것을 보고 충격을 받았다. 어둠이 사라지면서 에클버그 의사의 두 눈이 창백하고 거대한 모습을 막 드러내고 있었다.

"하느님은 전부 보고 있지." 윌슨이 다시 말했다.

"저건 광고예요."

미카엘리스는 이렇게 납득시키려고 했다. 왠지 모르게 그는 잠시 창에서 눈을 떼고 다시 방안을 둘러보았다. 그러나 윌슨은 창틀에 얼굴을 바싹 들이대고 여명을 향해 고개를 끄덕이며 오랫동안 거기에 서 있었다.

———— ❧ ————

6시쯤 되어 미카엘리스는 이제 녹초가 되었고, 밖에 자동차가 멈추는 소리를 듣자 그렇게 반가울 수가 없었다. 전날 밤에 자리를 지키다가 다시 오겠다고 약속했던 사람 중의 하나였다. 그래서 그는 세 사람분의 아침 식사를 만들었지만 결국 그 남자와 둘이서만 먹었다. 이제 윌슨은 더 조용해졌고, 미카엘리스는 집으로 돌아가 잠을 잤다. 네 시간 뒤 깨어나서 다시 정비소로 돌아와 보니 윌슨은 가버리고 없었다.

그의 행적은—그는 계속 걸어 다녔다—나중에 추적되었는데 처음에는 포트 루스벨트로 갔다가 다시 개즈힐로 갔고 거기에서 샌드위치를 샀지만 먹지는 않고 커피만 마셨다. 정오가 돼서야 개즈힐에 도착한 것을 보면 그는 피곤해서 천천히 걸었던 모양이다. 여기까지는 그가 어떻게 시간을 보냈는지 설명하기가 그다지 어렵지 않다. '미친 것처럼 행동하는' 남자를 보았다는 아이들이 있었고, 길가에서 이상한 눈초리로 자기들을 쳐다보았다고 말하는 운전자들도 있었다. 그 후 세 시간 동안 그는 자취를 감췄다. 미카엘리스에게 '찾아내는 방법이 있다'고 했던 말을 근거로, 경찰은 윌슨이 근처 정비소를 하나하나 찾아다니며 노란 자동차의 소재를 찾는데 세 시간을 보냈을 것이라고 추측했다. 그런데 그를 봤다는 정비소 사람은 한 명도 나타나지 않았다. 그러니 아마 그에게는 알고 싶은 것을 좀 더 쉽고 확실하게 알아내는 방법이 있었던 것 같다. 2시 반쯤 그는 웨스트에그에 도착해 있었고, 그곳에서 누군가에게 개츠비의 집으로 가는 길을 물었다. 그러니까 그 시간쯤에 윌슨은 이미 개츠비의 이름을 알고 있었던 것이다.

2시에 개츠비는 수영복으로 갈아입고 혹시 전화가 걸려오면 풀장으로 알려달라고 집사에게 일러두었다. 그는 여름 동안 손님들을 즐겁게 했던 에어 매트리스를 가지러 차고에 들렀고, 에어 매트리스에 공기를 넣는 일은 운전기사가 도와주었다. 그러고 나서 그는 어떤 경우에도 오픈카를 밖으로 꺼내지 말라고 지시했다. 그런데 앞쪽 우측 펜더는 수리가 필요한 상태라서 그 지시가 이상하게 생각되었다.

개츠비는 매트리스를 어깨에 메고 풀장으로 향했다. 잠깐 걸음을 멈추고 매트리스를 옮겨 메는 것을 본 운전기사가 도움이 필요하냐고 물었지만 개츠비는 괜찮다고 머리를 저으며 노랗게 물들기 시작한 나무 사이로 곧 사라졌다.

전화는 한 통도 오지 않았지만 집사는 낮잠도 참으면서 4시가 되도록 기다렸다. 비록 전화가 걸려왔다 해도 전달받을 사람이 없어진 지 한참 지난 뒤였을 것이다. 개츠비 자신도 전화가 걸려올 거라고 기대하지 않았을 것이다. 혹은 이미 그런 일에 상관할 심정이 아니었을 거라는 생각이 든다. 만일 그게 사실이라면 그는 분명히 예전의 따뜻한 세계를 잃었다고, 너무 오랫동안 하나의 꿈에 매달린 값비싼 대가를 치렀다고 느꼈을 것이다. 그는 장미꽃이 얼마나 기괴한 것인지, 또 갓 돋아난 잔디 위에 쏟아지는 햇볕이 얼마나 쓰라린 것인지 알았을 때, 두려운 나뭇잎 사이로 보이는 낯선 하늘을 올려다보며 몸서리를 쳤을 것이다. 물질은 있으나 현실감이 없는 낯선 세계, 거기에서 가엾은 허깨비들이 공기처럼 꿈을 호흡하며 난데없이 떠돌고,

그렇게 잿빛 환영의 인물은 어른거리는 나무 사이로 그를 향해 서서히 다가왔다.

운전기사가—그는 울프샤임의 부하였다—몇 발의 총성을 들었다. 나중에 그는 그 총소리를 별로 대수롭지 않게 생각했다고 말할 뿐이었다. 나는 기차역에서 개츠비의 집으로 곧장 차를 몰았다. 걱정스러운 마음으로 내가 저택 정면 계단을 달려 올라가는 소리가 그 집 사람을 처음 놀라게 만들었다. 그러나 지금 생각해 보면 그때 이미 그들은 분명 진상을 알고 있었다. 운전기사, 집사, 정원사 그리고 나 이렇게 네 사람은 말없이 풀장을 향해 달려 내려갔다.

풀장 한쪽 끝에서 맑은 물이 흘러나와 다른 쪽 배수구로 흘러가는데, 물의 흐름은 식별하기 어려울 정도로 미세했다. 물결의 그림자에도 못 미치는 미세한 파문을 타고 사람을 태운 매트리스가 불규칙하게 풀장 아래로 움직이고 있었다. 수면에 잔물결 하나 만들지 못할 정도로 약한 한 줄기 바람도, 예기치 못한 짐을 싣고 예상치 못한 방향으로 흘러가는 매트리스의 흐름을 방해하기에는 충분했다. 매트리스는 수면 위에 떠 있던 나뭇잎 더미에 닿자 천천히 회전하면서 마치 컴퍼스의 다리처럼 물 위에 묽게 붉은 동그라미를 그렸다.

우리가 개츠비의 시신을 들고 저택으로 출발한 뒤에 정원사가 조금 떨어진 풀밭에서 윌슨의 시체를 발견했고 학살극은 완결되었다.

9

The
Great
Gatsby

　2년이 지난 지금도 그날의 나머지 시간과 그날 밤 그리고 그 이튿
날을 떠올리면 경찰과 사진기자와 신문기자들이 저택 정문을 끝없
이 드나들며 반복훈련을 했다는 것만 기억난다. 현관을 가로질러 밧
줄을 둘러치고 한 경찰관이 호기심어린 구경꾼들을 가로막았지만
아이들은 곧 우리 집 뜰을 통해 그 집에 들어갈 수 있다는 것을 알아
냈고, 그래서 풀장 주위에는 항상 아이들 몇 명이 입을 딱 벌린 채 모
여 있었다. 그날 오후 형사인 듯한 사람이 자신만만한 태도로 윌슨의
시체를 들여다보며 '미치광이' 라는 표현을 사용했고, 그의 목소리에
왠지 권위가 실리면서 그 말이 다음 날 신문 기사의 단서가 되었다.
　신문 기사들은 대부분 악몽이었다. 상황을 추정하여 열을 올리며 써내려간 기사는 기괴하고 진실과는 거리가 멀었다. 미카엘리스의 증언으로 윌슨이 아내를 의심하고 있었다는 것이 밝혀졌을 때, 곧 사건 전체가 선정적인 풍자거리가 되겠구나 하는 생각이 들었다. 그러나 뭔가 할 말이 있을 법한 캐서린은 단 한마디도 하지 않았다. 오히려 그녀는 이 사건과 관련해 놀라운 태도를 보여주었다. 눈썹을 뚜렷이 새로 그린 단호한 눈초리로 검시관을 쳐다보면서 자기 언니는 개츠비를 만난 적도 없고, 남편과 문제없이 행복하게 살았다고 증언했다. 그녀는 자기가 한 말에 스스로 설득당해서 항간에 나도는 추측은 참을 수 없다는 듯 손수건에 얼굴을 파묻고 울었다.

그래서 윌슨은 '비탄에 빠진 나머지 정신착란을 일으킨' 사람으로 축소된 채 사건은 가장 단순한 형태로 남게 되었다. 그리고 지금까지도 그대로 남았다.

그러나 이러한 것은 모두 진실과 거리가 멀고 지엽적인 것이었다. 나는 개츠비의 편을 드는 사람이 나밖에 없다는 것을 깨닫게 되었다. 비극적인 사건을 웨스트에그 마을에 전화로 알린 순간부터 그를 둘러싼 억측과 현실적인 질문 일체가 나에게 쏠렸다. 처음에 나는 너무 놀랐고 당황스러웠다. 그러고 나서 그가 집 안에 안치되어 움직이거나 숨쉬거나 말을 하지 않고 계속 누워만 있으니 점점 내가 그 일을 책임져야 한다는 생각이 들었다. 왜냐하면 나 말고는 아무도 이 일에 관심을 보이지 않았기 때문이다. 어떤 인간이라도 마지막 순간에는 막연하게나마 진지한 인간적인 관심을 받을 권리가 있다는 말이다.

개츠비를 발견한 지 30분 뒤 나는 주저 없이 본능적으로 데이지에게 전화를 걸었다. 그러나 그녀와 톰은 그날 오후 집을 떠났고, 게다가 짐까지 꾸려 나갔다고 했다.

"어디 간다는 주소를 남겼습니까?"

"아니오."

"언제 돌아온다고 하던가요?"

"아니오."

"어디 갔는지 짐작은 됩니까? 어떻게 하면 연락이 될까요?"

"모릅니다. 말씀드릴 수 없어요."

나는 개츠비를 위해 누군가를 데려오고 싶었다. 그가 누워 있는 방으로 들어가 이렇게 안심시키고 싶었다.

"개츠비, 당신을 위해 누군가 데려오겠소. 걱정 마시오. 나를 믿어요. 내 누군가 데려올 테니……."

마이어 울프샤임의 이름은 전화번호부에 나와 있지 않았다. 집사가 브로드웨이에 있는 그의 사무실 주소를 가르쳐 주었고, 나는 안내계에 전화를 걸었지만 전화번호를 안 것이 이미 5시가 훨씬 지난 시각이었기에 전화를 받는 사람이 아무도 없었다.

"한 번 더 연결해 주실 수 없겠습니까?"

"벌써 세 번이나 했어요."

"아주 중요한 일입니다."

"미안하지만 아무도 없는 것 같아요."

응접실로 돌아온 나는, 방을 가득 채운 사람들은 업무상 우연찮게 들른 조문객이라는 생각이 언뜻 스쳐갔다. 그러나 그들이 시트를 걷고 충격 받은 눈길로 그를 바라보는 동안에도 개츠비의 항의가 여전히 내 뇌리를 맴돌았다.

'이봐요, 친구. 나를 위해 누군가를 데려다 주시오. 애를 좀 써주시오. 이렇게 혼자서는 견딜 수 없어요.'

누군가 내게 질문을 던졌지만 나는 무시하고 위층으로 올라가 책상 서랍들 중 잠겨 있지 않은 곳을 급히 뒤졌다. 그는 내게 자기 부모가 죽었다고 확실히 말한 적은 없었던 것이다. 그러나 거기엔 아무것도 없었다. 다만 잊혀진 폭력의 증거인 댄 코디의 사진만이 벽에서 내려다보고 있었다.

이튿날 아침 나는 울프샤임에게 편지를 써서 집사를 뉴욕에 보냈다. 개츠비의 신상에 대한 정보를 알려달라는 것과 다음 기차로 빨리 와달라는 내용이었다. 그 편지를 쓰면서 나는 불필요한 요청이라는 생각도 들었다. 정오가 되기 전에 데이지에게서 전화가 걸려올 것이라고 확신했던 것처럼 울프샤임도 신문을 보자마자 이곳으로 출발했을 거라고 확신했기 때문이다. 그러나 전화도 걸려오지 않았고 울프샤임도 오지 않았다. 오히려 더 많은 경찰관과 사진사, 신문기자들 외에는 아무도 찾아오지 않았다. 집사가 울프샤임의 답장을 가지고 왔을 때 나는 반항적인 기분, 그들 모두에 대항하여 개츠비와 내가 한편이라는 냉소적인 유대감을 느끼기 시작했다.

친애하는 캐러웨이 씨,

이번 일은 내 평생 가장 끔찍한 충격이어서 그것이 사실이라는 것조차 믿을 수 없을 정도입니다. 그자가 저지른 미친 행동은 우리 모두를 생각에 잠기게 할 것입니다. 나는 사업상으로 아주 중요한 일이 있어 지금은 갈 수 없으며, 이 일에 관계할 수도 없습니다. 만약 내가 할 수 있는 일이 있으면 나중에 에드가를 통해 편지로 알려주기 바랍니다. 이런 소식을 들은 지금, 내 자신도 내가 어디에 있는지 모를 정도로 너무나 충격이 큽니다.

당신의 친구
마이어 울프샤임

그리고 서둘러 쓴 글씨로 밑에 이렇게 덧붙여 놓았다.
'장례식 등에 대해서 알려주시고, 그의 가족에 대해선 전혀 아는 바가 없습니다'

─────── ❦ ───────

그날 오후 전화벨이 울리고 시카고에서 걸려온 장거리 전화라고 전해 들었을 때 나는 '마침내 데이지에게서 전화가 왔군' 하고 생각했다. 그러나 수화기를 통해 들려온 것은 아주 가늘고 멀리 들리는 남자 목소리였다.
"저는 슬레이글입니다…"
"예?" 처음 듣는 이름이었다.
"연결 상태가 나쁘군요. 내 전보를 받았습니까?"
"아뇨, 아무 전보도 없었습니다."
"파크 녀석이 사고를 쳤어요." 그가 서둘러 말했다. "창구에서 증권을 넘겨주다 붙잡혔어요.(개츠비가 도난 채권에 관여했음을 말해준다) 바로 5분 전 직원들이 뉴욕에서 증권번호를 알리는 회람장을 받은 거지요. 거기에 대해 뭐 아는 얘기 있어요? 이런 촌구석에서는 통 알

238

수가 없어서⋯⋯."

"이봐요!" 나는 숨 가쁘게 그의 말을 끊었다. "이봐요. 난 개츠비 씨가 아니오. 개츠비 씨는 죽었어요."

상대편에서 오랫동안 침묵이 흘렀다. 이윽고 놀라는 소리가 나고 짧은 절규가 들리더니 전화가 끊겼다.

———————— ❧ ————————

사흘째 되던 날, 미네소타 주에 있는 읍에서 헨리 C. 개츠라고 서명한 전보 한 장이 날아왔다. 전보는 발신인이 즉각 출발할 테니 자기가 도착할 때까지 장례식을 연기해 달라는 내용이었다.

개츠비의 아버지인 그는 근엄한 노인이었는데 상심으로 무력해 보였으며 더운 9월이었는데도 싸구려 긴 외투로 몸을 감싸고 있었다. 그는 격한 감정으로 끊임없이 눈물을 흘리고 있었고, 내가 그의 손에서 가방과 우산을 받아들자 성긴 회색 수염을 계속 쓰다듬는 바람에 그의 외투를 벗기는데 아주 애를 먹었다. 그는 금방이라도 쓰러질 것 같았기 때문에 그를 음악실로 모시고 가서 쉬게 하고 사람을 시켜 먹을 것을 가져오게 했다. 그러나 그는 아무것도 먹으려 하지 않았고, 손이 떨려 우유를 엎지르고 말았다.

"시카고 신문에서 보았소." 그가 말했다. "시카고에서 발행하는 신문마다 다 났더군요. 나는 그 즉시 출발한 겁니다."

"어떻게 연락드려야 할지 몰랐습니다."

눈에 아무것도 들어오지 않았지만 그는 끊임없이 방을 두리번거렸다.

"미친놈이야." 그가 말했다. "틀림없이 미친 거야."

"커피 드시겠습니까?" 나는 그에게 권했다.

"아무것도 싫소. 난 이젠 괜찮아요. 근데 성함이……?"

"캐러웨이라고 합니다."

"아, 이젠 괜찮아졌소. 지미는 어디다 두었소?"

나는 그를 모시고 그의 아들이 누워있는 거실에 들어가서 그를 남겨두고 나왔다. 꼬마 몇 명이 계단을 올라와서 홀에서 기웃거리고 있었다. 내가 방금 도착한 사람이 누구인지 알려주자 아이들은 마지못해 자리를 떴다.

잠시 후 개츠 씨가 문을 열고 나왔는데 입이 살짝 벌어진 채 얼굴은 약간 상기되어 있었고 눈에서는 이따금 눈물이 흘러나왔다. 그는 이미 죽음이 소스라치게 놀라는 일이 되지 못하는 나이였다. 처음으로 주위를 둘러보던 그는 홀의 높고 화려한 천장과, 다른 방과 연결되어 있는 커다란 방들이 눈에 들어오자 슬픈 와중에도 자못 자랑스러운 생각이 드는 모양이었다. 나는 그를 부축하여 위층 침실로 올라갔다. 그가 외투와 조끼를 벗는 동안 나는 그에게 모든 일의 처리를 그가 올 때까지 연기해 놓았다고 말했다.

"어떻게 하시려는지 몰랐습니다, 개츠비 씨……."

"내 성은 개츠요."

"……개츠 씨, 저는 어르신이 시신을 서부로 가져 가실지도 모른다고 생각했습니다만."

그는 머리를 흔들었다.

"지미는 항상 이곳 동부를 더 좋아했소. 그 애는 동부에 자리를 굳

혔거든. 당신은 우리 아이의 친구였소?"

"친한 친구였습니다."

"알겠지만 그 애는 앞날이 유망한 아이였소. 아직 나이는 어리지만 머리가 상당히 좋았지."

그는 인상적인 몸짓으로 자신의 머리를 만졌고 나는 고개를 끄덕였다.

"만약 살아 있으면 큰 인물이 되었을 거요. 제임스 J. 힐(1838~1916, 캐나다 출신으로 미국에 와서 서부로 철도 부설이 이루어질 때 큰 부를 축적함. 피츠제럴드의 고향인 미네소타 주 세인트폴에서 살았다) 같은 인물 말이오. 나라 발전에 한몫 했을 거요."

"맞습니다." 나는 거북하게 대답했다.

그는 침대에서 수놓은 침대보를 벗겨내려고 더듬거리다가 뻣뻣한 자세로 그냥 누워버렸다. 그리고 곧 곯아떨어졌다.

그날 밤 어떤 사람이 놀란 목소리로 전화를 걸어와서는 자기 이름을 밝히기도 전에 먼저 나에게 누구냐고 물었다.

"저는 캐러웨이입니다." 내가 말했다.

"아!" 그는 안심이 되는 모양이었다. "저는 클립스프링거입니다."

나 역시 마음이 놓였다. 왜냐하면 개츠비의 장례식에 올 친구인 것 같았기 때문이다. 나는 신문에 부고를 내서 구경꾼이 몰려들게 하고 싶지 않았기 때문에 몇몇 사람에게만 직접 전화로 연락을 하고 있던 참이었다. 그러나 올만한 사람들을 찾기란 아주 힘들었다.

"장례는 내일입니다." 내가 말했다. "오후 3시에 이 저택에서 있습니다. 오실만한 분이 있으면 연락해 주십시오."

"아, 그러지요." 그는 성급하게 말했다. "물론 누굴 만나게 될 것 같지는 않지만 만나면 전하지요." 그의 말투에는 미심쩍은 구석이 있었다.

"물론 당신은 오시겠지요?"

"글쎄요, 가도록 해보겠습니다. 제가 전화한 용건은······."

"잠깐만요." 내가 그의 말을 막았다. "확실히 오겠다고 말씀해 주시지요."

"글쎄, 사실은······ 사실은, 지금 그리니치(웨스트체스터군 북쪽 코네티컷에 있는 부유층 지역)에 있는데, 일행이 있거든요. 이 사람들은 내일 내가 같이 있어주기를 바라고 있어요. 사실 야유회 같은 게 있거든요. 물론 빠져나가도록 최선을 다해보겠습니다만···."

나는 참다못해 "허!" 하는 소리를 내뱉었고, 그의 말투가 불편해진 것으로 보아 그 소리를 들은 것이 틀림없었다.

"내가 전화를 한 건, 거기 두고 온 신발 한 켤레 때문입니다. 큰 수고가 아니라면 집사를 시켜 그걸 보내주셨으면 하는데요. 테니스 신발인데, 그게 없으면 난 플레이를 못 하거든요. 제 주소는 B. F. ······."

내가 수화기를 내려놓았기 때문에 이름의 뒷부분은 듣지 못했다.

그 후 나는 개츠비에게 약간 부끄러움을 느꼈다. 내가 통화했던 한 신사는 개츠비가 그렇게 되어 마땅하다는 식으로 말했다. 하지만 전화한 건 내 실수였다. 그는 개츠비의 술을 마시고는 술김에 개츠비를 아주 신랄하게 욕하던 사람이었으니 그에게 전화를 걸지 말아야 했던 것이다.

장례식 날 아침에 나는 마이어 울프샤임을 만나기 위해 뉴욕으로 갔다. 그러지 않고서는 그를 만날 수가 없을 것 같았다. 엘리베이터 안내원이 가르쳐주는 대로 밀고 들어간 문에는 '스와스티카 주식회사'(스와스티카는 히틀러의 철십자 마크로 유명하지만 본래 고대부터 행운의 상징이었다. 이 책이 출간된 1920년대 중반에는 아직 히틀러가 집권하기 전이지만 스와스티카가 이미 반유태주의의 상징으로 인식되고 있었으므로 필자는 유태인 울프샤임을 비꼬는 이름을 붙인 것이다)라는 간판이 붙어 있었고, 그 안에는 아무도 없는 것 같았다. 그러나 내가 "계십니까!"라고 몇 번 소리쳐도 반응이 없더니, 칸막이 뒤에서 가벼운 말다툼이 벌어지고 마침내 예쁘장한 유태인 여자가 안쪽 문에서 나타나 적의에 찬 까만 눈으로 나를 자세히 훑어보았다.

"아무도 없어요." 그녀가 말했다. "울프샤임 씨는 시카고에 가셨어요."

하지만 안에서 누군가가 음정도 틀리게 「로사리」(1898년에 네빈이 작곡한 이 노래는 1920년대 초 리바이벌되어 크게 유행했다)를 휘파람으로 부르기 시작한 것으로 보아 아무도 없다는 말은 거짓임에 틀림없었다.

"캐러웨이란 사람이 뵙고 싶어 한다고 전해 주시오."

"제가 시카고에서 모셔올 순 없잖아요."

바로 그 순간 울프샤임의 것이 분명한 목소리가 문 건너편에서 "스텔라!"하고 외쳤다.

"책상에 성함을 남겨주세요." 그녀가 재빨리 말했다. "사장님이 돌아오시면 전해 드릴게요."

"하지만 저 안에 계시잖소."

그녀는 내게 한 걸음 다가서더니 화가 난 듯 두 손으로 자기 엉덩이를 위아래로 문질렀다.

"젊은 사람들은 언제나 억지로 밀고 들어올 수 있다고 생각한다니까!" 그녀가 화를 냈다. "그런 태도는 이제 정말 진저리가 나. 내가 시카고에 있다고 하면 시카고에 있는 거야!"

나는 개츠비 이름을 댔다.

"어머나!" 그녀는 다시 나를 훑어보았다. "저기 잠깐만요, 성함이 뭐라고 하셨죠?"

그녀는 안으로 사라졌다. 이윽고 마이어 울프샤임이 근엄하게 문간에 서서 두 손을 내밀었다. 그는 나를 사무실로 데려가 점잔 빼는 목소리로 지금은 우리 모두에게 슬픈 때라고 말하면서 내게 시가를 권했다.

"그를 처음 만났을 때가 기억납니다." 그가 말했다. "막 군대에서 제대한 젊은 소령으로 온몸에 전쟁 때 받은 훈장을 가득 달고 있더군요. 형편이 아주 말이 아니어서 계속 군복만 입고 있었소. 사복을 사입을 돈이 없었던 거죠. 내가 그를 처음 본 것은 43번가에 있는 와인브레너 당구장에 그가 들어와 일자리가 있느냐고 물었을 때였소. 그는 꼬박 이틀 동안 아무것도 먹지 못했다더군. '이리 와 나하고 점심이나 합시다.' 하고 내가 말했지. 그는 30분 만에 4달러어치도 넘게 먹어치우더군."

"선생이 그에게 일자리를 주셨습니까?" 내가 물었다.

"그랬지! 내가 그를 키웠소."

"아, 예…."

"아무것도 없는 데서, 정말 시궁창에서 그를 건져낸 겁니다. 나는 즉시 그가 신사답고 잘생긴 젊은이라는 걸 알아봤고, 그가 나더러 오 그스포드 출신이라고 했을 때 나는 그를 잘 써먹을 수 있겠구나 하는 생각이 들었어요. 나는 그를 미국 재향군인회에 들어가게 했고, 그 친구는 거기서 높은 자리에 있었지요. 그 뒤 얼마 안 되어 그는 알바 니(허드슨 강변에 있는 뉴욕 주의 수도)에서 내 의뢰인을 위해 일했소. 우린 모든 일에서 우정이 두터웠지⋯⋯." 그는 알뿌리같이 생긴 손가락 두 개를 들어올렸다. "⋯⋯언제나 둘이 함께였소."

나는 그런 협력 관계가 1919년 월드 시리즈 때도 포함되었는지 궁금했다.

"이제 그는 죽었습니다." 잠시 뒤 내가 말했다. "선생께선 그의 가 장 절친한 친구셨으니 드리는 말씀인데, 오늘 오후에 있는 그의 장례 식에 참석하시는 걸로 알겠습니다."

"나도 가고 싶소."

"그럼 오십시오."

그의 콧수염이 파르르 떨리고, 머리를 좌우로 흔들자 그의 눈에 눈물이 가득했다.

"하지만 그럴 수가 없소⋯⋯. 그 사건에 말려들고 싶지 않아요." 그가 말했다.

"말려들고 말고 할 것도 없습니다. 이제 다 끝난 일입니다."

"어쨌든 사람이 피살된 일엔 끼어들고 싶지 않소. 물러서 있는 거 지. 젊었을 때는 그렇지 않았어요. 만약 친구가 죽으면 무슨 일이 있 어도 정말 끝까지 함께 했지요. 그걸 감상적이라고 할지는 모르지만 정말 그랬소, 쓰라린 최후까지 말이오."

그가 나름대로 어떤 이유가 있어서 장례식에 오지 않겠다고 결심했음을 깨닫자 나는 자리에서 일어났다.

"당신은 대학 나왔소?" 그가 갑자기 물었다.

한순간 나는 그가 '거래선' 이야기를 꺼내려는 게 아닌가 생각했지만 그는 고개를 끄덕거리며 악수만 했다.

"친구가 죽은 뒤가 아니라 살아 있을 때 우정을 보여주도록 합시다." 그가 말했다. "친구가 죽은 뒤의 내 규칙은 모든 걸 그냥 내버려두는 것이오."

그의 사무실에서 나왔을 때 이미 하늘은 어두워져 있었고, 나는 이슬비를 맞으며 웨스트에그로 돌아왔다. 옷을 갈아입은 뒤 저택에 갔더니 개츠 씨가 흥분해서 홀 안을 왔다 갔다 하고 있었다. 아들과 그의 재산에 대한 자부심이 커져가고 있던 그는 마침내 나에게 보여줄 만한 것을 찾아낸 것이다.

"지미가 이 사진을 나한테 보냈었네." 그는 떨리는 손으로 지갑을 꺼냈다.

"이것 좀 보게나."

개츠비의 저택을 찍은 사진이었는데 모서리에 금이 가고 손때가 타서 지저분했다. 그는 사진 구석구석을 가리키며 열심히 설명했다. "이것 좀 보게나." 이렇게 말하고는 내 눈에서 감탄의 빛을 찾았다. 그동안 사진을 보여주며 하도 자랑했던 탓에 그에게는 사진이 실제 집보다 더 실감나는 듯 했다.

"지미가 이걸 나한테 보냈단 말일세. 참 근사한 사진이지. 아주 잘

찍혔어."

"정말 잘 나왔네요. 최근에 그를 만나보신 적이 있었습니까?"

"두 해 전에 나를 보러 와서 지금 내가 살고 있는 집을 사주었지. 물론 그 놈이 집을 나갔을 땐 우리 집 꼴이 말이 아니었지만. 집을 나간 데는 그럴 만한 까닭이 있었다는 걸 이제 알겠어. 그 애는 자기에게 밝은 미래가 있다는 걸 잘 알고 있었던 게야. 출세하고 난 뒤로 그 애는 나한테 아주 잘해 주었다네."

그는 그 사진을 치우는 것이 내키지 않는 듯 머뭇거리며 잠시 내 눈앞에서 그대로 들고 있었다. 그러더니 지갑에 다시 사진을 넣고는 호주머니에서 겉장에 '호펄롱 캐시디'(클래런스 멀포드가 지은 카우보이 소설의 주인공. 1910년 시카고에서 처음 출판되었으므로 이 책에 나오는 1906년이라는 것은 착오이다)라고 쓰여 있는 몹시 낡은 책을 꺼냈다.

"이건 그 애가 어렸을 때 갖고 있던 책이네. 이걸 보면 짐작이 갈 거야."

그는 뒤표지를 펼쳐 내가 볼 수 있도록 책을 돌렸다. 아무것도 인쇄되어 있지 않은 마지막 페이지에는 '계획표'라는 단어가 인쇄되어 있었다. 그리고 '1906년 9월 12일'이라고 적혀 있었고 그 밑에는 다음과 같이 쓰여 있었다.

기상 · 오전 6:00
아령 운동과 담벼 오르기 운동 · · · · · · · · 오전 6:15 ~ 6:30
전기학 등 공부 · · · · · · · · · · · · · · · 오전 7:15 ~ 8:15
작업 · 오전 8:30 ~ 4:30
야구와 스포츠 · · · · · · · · · · · · · · · 오후 4:30 ~ 5:00

웅변술, 자세 연습과 그 성취법 · · · · · · · 오후 5:00 ~ 6:00
발명에 필요한 공부 · · · · · · · · · · · · · · · · 오후 7:00 ~ 9:00

전체적 결심

섀프터스나 또는 ×××(알아볼 수 없는 이름)에서 시간을 낭비하지 말 것.
담배와 껌을 삼갈 것.
이틀에 한 번씩 목욕할 것.
매주 유익한 책이나 잡지를 한 권씩 읽을 것.
매주 5달러(줄을 그어 지움) 3달러씩 저축할 것.
부모님께 잘 해드릴 것.

"나는 이 책을 우연히 발견했네." 노인이 말했다. "이걸 보면 지미
가 어떤 녀석인지 알 수 있을 테지."

"네, 그렇군요."

"지미는 꼭 출세할 애였소. 언제나 이런 결심을 하고 있었거든. 지
미가 자기 개발을 하려고 얼마나 노력했는지 아시겠소? 언제나 열심
이었지. 언젠가는 나더러 돼지처럼 먹는다고 하길래 녀석을 때려준
적도 있지."

그는 책을 그냥 덮기 싫은 듯 각 항목을 소리 높여 낭독하고는 진
지한 눈길로 나를 쳐다보았다. 내가 그 계획표를 옮겨 적고 그대로
실행하기를 기대했던 것이 아닌가 싶다.

3시가 조금 못 되어 플러싱에서 루터교 목사가 도착했고, 나는 무
심결에 다른 차들이 왔나 하고 창밖을 내다보았다. 개츠비의 아버지
역시 창밖을 보았다. 시간이 흘러 고용인들이 들어와 홀 앞에 기다리
고 서 있자 노인의 눈은 불안하게 깜박거리기 시작했고, 걱정스럽게

자신 없는 목소리로 비 탓을 했다. 목사가 몇 번이나 손목시계를 들여다보고 있어서, 나는 그를 옆으로 데리고 가 30분만 더 기다려달라고 부탁했다. 그러나 부질없는 짓이었다. 아무도 오지 않았다.

5시쯤 자동차 세 대의 장례 행렬이 굵은 이슬비를 맞으며 묘지에 도착하여 그 입구에 멈췄다. 맨 앞에는 섬뜩하게 검은 비에 젖은 영구차가, 그 다음에는 개츠 씨와 목사와 내가 탄 리무진이, 그리고 그 뒤에는 네댓 명의 고용인들과 웨스트에그에서 온 우편배달부 한 명이 개츠비의 스테이션왜건을 타고 비에 흠뻑 젖은 채 도착했다. 우리가 문을 통과해 묘지 안으로 들어갈 때 차 한 대가 멈추더니 질퍽한 땅에 고여 있는 물을 튀기면서 우리 뒤를 따라오는 인기척이 들렸다. 나는 주위를 둘러보았다. 그는 3개월 전 어느 밤에 개츠비의 서재에 꽂힌 장서를 보고 놀라워하던 올빼미 눈 안경을 낀 사람이었다.

그 후로는 그를 만난 적이 없었다. 나는 그가 어떻게 장례식이 있는 것을 알았는지 알 수 없었고 그의 이름조차 몰랐다. 비가 그의 두꺼운 안경에 퍼부었고, 그는 개츠비의 무덤을 가린 장막이 벗겨지는 것을 보기 위해 안경을 벗어서 닦았다.

나는 그때 개츠비에 관해서 잠깐 생각해 보려고 했지만 그는 이제 너무 먼 곳에 있었다. 데이지가 조문 전보나 조화(弔花)도 보내지 않았다는 사실이 생각났지만 괘씸한 생각도 들지 않았다. 나는 누군가가 "죽은 자에게 비가 내리니 복이 있도다."라고 나지막하게 중얼거리자 올빼미 눈이 힘찬 목소리로 "아멘!"하고 외쳤다.

우리는 흩어져서 비속을 뚫고 자동차 있는 곳으로 달려갔다. 올빼미 눈이 묘지 입구에서 나에게 말을 걸었다.

"저택에는 가보질 못했네요."

"아무도 찾아오지 않았습니다." 내가 대답했다.

"저런!" 그가 놀라 말했다. "맙소사, 그럴 수가 있나! 몇 백 명이나 그 집을 드나들었는데."

그는 안경을 벗어 다시 안경 안팎을 닦았다.

"불쌍한 녀석 같으니." 그가 말했다.

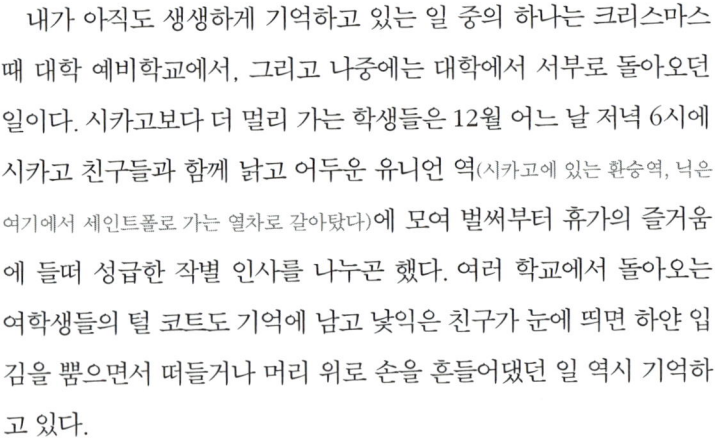

내가 아직도 생생하게 기억하고 있는 일 중의 하나는 크리스마스 때 대학 예비학교에서, 그리고 나중에는 대학에서 서부로 돌아오던 일이다. 시카고보다 더 멀리 가는 학생들은 12월 어느 날 저녁 6시에 시카고 친구들과 함께 낡고 어두운 유니언 역(시카고에 있는 환승역, 닉은 여기에서 세인트폴로 가는 열차로 갈아탔다)에 모여 벌써부터 휴가의 즐거움에 들떠 성급한 작별 인사를 나누곤 했다. 여러 학교에서 돌아오는 여학생들의 털 코트도 기억에 남고 낯익은 친구가 눈에 띄면 하얀 입김을 뿜으면서 떠들거나 머리 위로 손을 흔들어댔던 일 역시 기억하고 있다.

"오드웨이네는 갈 거니? 허쉬네는? 슐츠네는?"(피츠제럴드가 어릴 때 세인트폴에 살던 실제 인명들이다)

이러면서 서로 초대 일정을 맞춰보던 일도 기억난다. 또한 장갑 낀 손으로 꽉 움켜쥐었던 기다란 초록색 기차티켓도 아직 기억난다. 그리고 마지막으로 '시카고, 밀워키와 세인트폴' 철도의 먼지를 뒤집어쓴 노란색 기차들이 출입문 옆 선로 위에 멈춰있는 모습이 마치 크리스마스 자체인 것처럼 흥겹게 느껴졌던 것이 기억난다.

역을 빠져나와 겨울밤과 진짜 눈 속으로 들어가면 차창 밖으로 눈이 흩뿌려지며 창을 배경으로 반짝이기 시작했고, 조그만 위스콘신 역의 흐린 불빛들이 멀어지면 공기 중에 예리하고 거친 긴박감이 감돌았다. 저녁을 먹은 뒤 싸늘한 차량 연결통로를 걸어오면서 우리는 그 공기를 깊이 들이마셨다. 말로 표현할 수 없을 만큼 이 지방과 함께 있는 우리를 인식한다. 그런 기묘한 한 시간이 지나면 우리는 구별할 수 없을 만큼 이곳에 녹아들어버린다.

그곳이 바로 나의 중서부다. 밀밭이나 대평원 또는 사라져버린 스웨덴 풍의 동네가 아니라, 어린 시절 가슴을 두근거리며 타고 가던 귀성열차, 서리가 내린 밤의 가로등과 썰매 종소리가 들리는 곳, 불켜진 창밖에 성탄절 장식 화환의 그림자가 눈 위에 드리운 곳 말이다. 그 중서부의 일부인 나는 긴 겨울을 느낄 때면 좀 엄숙한 기분이 들고, 수십 년 동안 아직도 성(姓)이 주소를 대신하는 고장에서, 캐러웨이 가문에서 자란 것에 약간은 자부심을 느낀다. 이제 생각해 보면 이것은 결국 서부의 이야기였다. 톰과 개츠비, 데이지와 조던과 나는 모두 서부 사람이었고, 아마 우리는 공통적으로 동부 생활에 적응하지 못하는 결함을 지니고 있었던 것 같다.

동부가 가장 나를 흥분시켰을 때조차도, 따분하고 활기도 없이 꼴사납게 부풀어 오른 곳, 아이들과 노인만 빼놓고 다들 꼬치꼬치 캐묻기를 좋아하는 오하이오 주 너머 서쪽 지역보다 동부가 우월하다는 것을 뚜렷이 느꼈을 때조차도 나에게 동부는 언제나 뭔가 뒤틀린 데가 있어 보였다. 특히 웨스트에그는 아직도 내가 환상적인 꿈을 꿀 때면 나타난다. 내게는 그곳이 엘 그레코(1541~1614 스페인의 화가. 흑회색을 많이 쓰고 대부분이 종교화와 초상화를 그렸음)가 그린 밤 풍경처럼 보인다. 즉 낡고 기분 나쁜 백여 채의 집들이 음울한 하늘과 뿌연 달 아래 웅크리고 있는 그림 같은 모습이다. 그림 앞쪽에는 흰 야회복을 입은 네 명의 사내가 들것을 들고 인도를 걸어가고 있다. 들것에는 흰 이브닝드레스를 입은 술 취한 여자가 누워 있다. 들것 옆으로 축 늘어져 있는 여자의 손에서는 보석들이 싸늘하게 반짝거린다. 사내들은 엄숙하게 어떤 집에 들른다. 하지만 엉뚱한 집이다. 그러나 아무도 그 여자의 이름을 알지 못하고 아무도 상관하지 않는다.

개츠비가 죽은 뒤 동부는 그런 모습으로 끊임없이 뇌리에 떠올랐고 내 눈의 힘으로는 고칠 수 없을 만큼 뒤틀리기 시작했다. 그래서 바삭바삭한 낙엽을 태운 파란 연기가 공중에 피어오르고, 빨랫줄에 널린 젖은 옷이 바람을 머금어 팽팽해질 무렵 나는 고향에 돌아가기로 결심했다.

떠나기 전에 해야 할 일이 하나 있었다. 내키지도 않고 그냥 내버려두는 게 나을 수도 있는 불쾌한 일이었다. 그러나 나는 일을 정리하고 싶었고 그 친절하고 무심한 바다가 내 쓰레기까지 쓸어가도록 맡겨두기는 싫었다. 나는 조던 베이커를 만나서 우리에게 일어났던 일과 그 뒤 내게 벌어졌던 일을 이야기했고, 그녀는 커다란 의자에 조용히 앉아서 내 말에 귀를 기울였다.

그녀는 골프복을 입고 있었는데, 경쾌하게 살짝 턱을 들어올린 자세와 물든 은행잎 빛깔의 머리카락, 그리고 무릎 위에 올려놓은 벙어리장갑과 같은 갈색으로 그을린 얼굴을 하고 있는 그녀의 모습이 멋

252

진 삽화 같다고 생각했던 기억이 난다. 내가 이야기를 모두 마쳤을 때 그녀는 아무 설명도 없이 다른 남자와 약혼했다고 말했다. 비록 그녀가 고개만 까딱해도 결혼하겠다는 남자가 여럿 있기는 했지만 의심스러운 얘기였다. 그래도 짐짓 놀라는 척했다. 잠시 내가 실수를 저지르는 게 아닌가 싶어 재빨리 다시 생각해 보았지만 결국 작별 인사를 하기 위해 자리에서 일어섰다.

"결국 당신이 나를 버린 거예요." 조던이 갑자기 말을 꺼냈다. "그 전화 통화에서 나를 버린 거예요. 지금 당신을 원망하는 마음은 없지만, 그때는 처음 겪는 일이라 잠시 멍하더군요."

우리는 악수했다.

"아 참, 기억나세요?" 그녀가 덧붙였다. "운전에 대해 우리가 주고받은 얘기 말이에요."

"글쎄…. 정확히는 모르겠군요."

"부주의한 운전자는 또 다른 부주의한 운전자를 만나기 전까지만 안전하다고 당신이 그랬지요? 그럼 나는 또 다른 부주의한 운전자를 만난 셈이네요. 아닌가요? 어리석은 착각을 한 건 다 내가 부주의한 탓이지요. 난 당신이 정직하고 반듯한 사람이라고 생각했어요. 그것이 당신이 가진 은밀한 긍지라고 생각했어요."

"난 서른 살이오. 당신보다 다섯 살이 많은 내가 왜 자신을 속이고 그것을 긍지로 생각하겠소?" 내가 말했다.

그녀는 대답을 하지 않았다. 화도 나고 얼마쯤 그녀에게 사랑을 느끼기도 하고, 몹시 후회하면서 나는 발길을 돌렸다.

10월도 저물어가는 어느 날 오후 나는 톰 뷰캐넌을 만났다. 그는 5번가를 따라 활기차고 공격적인 자세로 내 앞에서 걸어가고 있었다. 그의 두 손은 마치 방해물이 있으면 물리쳐버리려는 듯 몸에서 약간 떨어져 있었고, 머리는 기민하게 이리저리 움직이며 주위를 살펴보고 있었다. 그를 따라잡지 않으려고 내가 걸음을 늦추고 있을 때 그는 걸음을 멈추더니 눈을 찡그리며 보석상 진열장을 들여다보기 시작했다. 그러다가 갑자기 나를 보고 뒤돌아 걸어와 내게 손을 내밀었다.

"왜 그래? 닉. 나와 악수하는 걸 거부하는 거야?"

"그래. 내가 자네를 어떻게 생각하는지 알고 있을 텐데."

"닉, 자네 미쳤군." 톰이 빠르게 말했다. "정말 미쳤어. 자네가 왜 그러는지 모르겠군."

"톰." 내가 따지듯 물었다. "그날 오후 윌슨에게 뭐라고 했나?"

그는 아무 말 없이 나를 응시했고 나는 윌슨이 행방이 묘연했던 시간에 대해 내가 추측했던 것이 옳았음을 깨달았다. 내가 돌아서서 걷기 시작하자 그가 따라와 내 팔을 붙잡았다.

"그에게 사실을 말해줬어." 그가 말했다. "우리가 외출하려고 2층에서 준비하는데 그가 문간에 나타났어. 그래서 사람을 시켜 집에 없다고 전했지만 그는 막무가내로 위층으로 올라오려고 했지. 그는 완전히 제정신이 아니어서 내가 그 자동차 주인을 가르쳐주지 않으면 금방이라도 나를 쏴죽일 기세였어. 집 안에 있는 동안 그의 손은 줄

곧 주머니에 있는 권총을 쥐고 있었다구……."

그는 도전적인 태도로 갑자기 말을 멈췄다.

"내가 말해준 게 어쨌다는 건가? 그 인간은 자업자득이야. 데이지를 속인 것처럼 자네도 속인 거야. 하지만 대단한 친구라는 건 인정하지. 개를 치듯 머틀을 치고도 차를 멈추지 않았으니 말이야."

나는 아무 말도 할 수 없었다. 아니 한 가지 말을 한다면 그것이 진실이 아니라는 말이겠지만, 그 사실을 입에 올릴 수는 없었다.

"나만 마음고생을 하지 않았다고 생각하나본데…… 이봐, 시내의 그 아파트를 처분하러 가서 그 빌어먹을 개 비스킷 상자가 찬장 위에 놓여 있는 걸 보고 주저앉아 어린애처럼 엉엉 울었다구. 맙소사, 그건 정말 끔찍했어."

나는 그를 용서할 수도 좋아할 수도 없었지만, 그에겐 자기가 한 일이 완전히 정당한 것이었던 셈이다. 그들은 모든 것이 부주의하고 엉망이었다. 톰과 데이지, 그들은 경솔한 인간들이었다. 물건이나 사람을 망가뜨려 버리고는, 돈이나 엄청난 무관심 또는 자기들을 묶어주는 것이면 무엇이든 그 뒤에 숨어버렸다. 그리고 자기들이 벌여놓은 쓰레기를 다른 사람들이 치우도록 했다.

나는 그와 악수를 했다. 악수하려고 하지 않는 것이 어리석게 생각됐다. 갑자기 어린애와 얘기하고 있는 것처럼 느껴졌기 때문이다. 그러고 나서 그는 진주목걸이를—아니면 커프스단추를—사기 위해 보석상으로 들어갔고, 나의 촌스러운 고지식함에서 영원히 벗어났다.

———— ∽ ————

내가 떠날 때도 개츠비의 집은 여전히 빈집이었다. 그 집 잔디도 우리 집 잔디만큼 자라 있었다. 마을의 어떤 택시기사는 그 집 앞을 지나는 손님을 태우기만 하면 요금을 받고는 꼭 집 앞에 차를 잠깐 세우고 집 안쪽을 손가락으로 가리키는 버릇이 생겼다. 어쩌면 그는 사건이 일어났던 밤 데이지와 개츠비를 태우고 이스트에그에 갔던 운전사였고, 그래서 사건을 자기 멋대로 꾸며냈을지도 모른다. 여하튼 나는 그 이야기를 듣고 싶지 않아서 기차에서 내렸을 때 그를 피했다.

나는 토요일 밤을 뉴욕에서 보내곤 했다. 왜냐하면 개츠비가 열었던 눈부시고 현란한 파티가 내게는 너무나 생생하여, 음악과 웃음소리, 저택 진입로를 오르내리던 자동차 소리가 그의 정원에서 여전히 희미하지만 끊임없이 들려왔기 때문이다. 어느 날 밤 나는 실제로 자동차 소리를 들었고, 헤드라이트 불빛이 저택 앞쪽 계단을 비추고 있는 것을 보았다. 하지만 나가서 살펴보지는 않았다. 아마도 그는 지구의 끝에 가 있다가 파티가 끝난 줄 모르고 찾아온 마지막 손님이었을 것이다.

마지막 날 밤 트렁크에 짐을 챙기고 자동차는 식료품상에 팔고 나서 나는 저택으로 건너가 다시 한 번 그 집의 모순적인 엄청난 몰락을 바라보았다. 어떤 아이가 하얀 돌계단에 벽돌 조각으로 갈겨 쓴 음탕한 욕설이 달빛에 뚜렷이 드러나 보여, 나는 계단을 따라가며 구두로 문질러 낙서를 지워버렸다. 그리고 해변으로 천천히 걸어 내려가 모래 위에 벌렁 드러누웠다.

이제 해변에 늘어선 큰 집들은 대부분 문을 닫았고, 해협을 건너가는 연락선의 희미하게 움직이는 불빛을 제외하고는 어떤 불빛도 찾아보기 어려웠다. 그리고 달이 점점 높이 떠오르면서 두드러지지 않는 집들이 녹아 없어지자, 나는 서서히 옛날 네덜란드 선원들(뉴욕 지방에 정착한 최초의 백인들)의 눈에 꽃처럼 찬란히 빛나던 이 오래된 섬이 어떤 곳이었는지 깨닫게 되었다. 이 섬이야말로 신세계의 싱그러운 초록빛 젖가슴이었던 것이다. 이 섬에서 사라진 나무들, 개츠비의 저택으로 길을 내느라 사라진 나무들은 한때 인간의 최후이자 최대의 꿈을 속삭이며 부추겼던 것이다. 잠시 동안 그는 마법에 걸린 것처럼 이 대륙을 바라보며 숨을 죽였을 것이다. 역사상 마지막으로 경이로움에 대한 그의 능력과 비례하는 어떤 것을 마주보고 서서, 그가 이해하지도 못하고 바라지도 않는 심미적 명상을 강요받았던 것이다.

나는 몸을 일으키고 그곳에 앉아 오랜 미지의 세계를 곰곰이 생각하다가, 개츠비가 부두 끝에 있는 데이지의 초록색 불빛을 처음 찾아냈을 때 느꼈을 경이감을 상상해 보았다. 그는 이 푸른 잔디까지 머나먼 길을 달려왔고, 그의 꿈은 너무 가까이 있어 곧 붙잡을 수 있을 것 같았으리라. 그러나 그 꿈이 이미 그의 뒤쪽으로 지나쳐버린 것을 알지 못했다. 공화국의 어두운 들판이 밤하늘 아래 펼쳐져 있는 저 도시 너머 광대하고 아득한 곳에 가 있다는 사실을 그는 알지 못했던 것이다.

개츠비는 그 초록색 불빛에서 해마다 우리 앞에서 물러가고 있는 황홀한 미래를 믿었던 것이다. 그때는 그것이 우리를 피해 갔지만 문제될 것은 없다. 내일이 되면 우리는 더 빨리 달릴 것이고 더 멀리 팔을 뻗을 것이다. 그리고 언젠가 해맑게 갠 아침에……

　그렇게 우리는 물결을 거슬러 가는 배처럼 끊임없이 과거 속으로 떠밀려가면서도 앞으로 계속 전진하는 것이다.

작품 해설

■ 제목에 관하여

'위대한 개츠비'를 재미있게 읽은 사람이라면 누구나 한번쯤 의문을 가질 것이다. 1920년대 미국과 현재의 한국 사정이 아무리 다르더라도 어떻게 그를 위대하다고 할 수 있을까? 그런데 여기에는 번역의 맹점이 있어서, 'The Great Gatsby'와 '위대한 개츠비' 사이에는 너무나 큰 차이가 있다. 즉, 1920년대에 'The Great ~'라는 표현은 당시 유명한 마술사(후디니 같은)나 엔터테이너의 공연 광고 포스터에서 볼 수 있는 타이틀이었다. 그래서 'The Great ~'는 '위대한'이라기보다는 개봉되기 전 베일에 싸인 인물이라는 느낌을 주려고 이런 제목을 붙인 것이다.

'위대한'이 반어적인 표현이라는 주장도 있지만 그렇게 보기는 어렵다. 왜냐하면 개츠비는 스스로 창조해낸 인물이다. 심지어 그는 이름도 제임스 개츠에서 제이 개츠비로 바꾼다. 그리고 데이지를 향한 불타는 집념을 가지고 그는 자신의 희망과 꿈을 현실로 바꾸는 특출난 능력을 보여주었다. 그의 자기 연출 능력은 어쩌면 위대하다고 할 수도 있을 것이다.

■ 1920년대 미국의 시대상

'광란의 20년대(Roaring Twenties)'라고 불릴 만큼 1920년대 미국은 광란의 시대였다. 경기는 호황을 누리고 있어서 어디를 가나 파티가 벌어졌다. 그런데 주류의 제조와 판매를 금지하는 금주법이 시행되어, 사회적으로 술을 유통하는 조직적인 범죄가 만연했다. 물론 그렇게 불법으로 술을 만들어 부를 축적한 사람도 많았다. 그리고 화려한 네온사인과 재즈 음악, 남녀간의 자유로운 연애로도 기억되는 시기이다.

경제적인 면을 구체적으로 보면 특히 자동차, 광고, 직물 산업이 최고의 호황이었다. 1929년경 미국의 자동차 대수는 2,300만대로 전 세계 자동차의 70%를 보유하고 있었고 총전력 산출량은 전 세계의 절반이나 되었다. 그 외에도 철강, 기계, 석유 등 대부분의 산업에서 미국은 세계 최강을 달렸다. 반면 이 시기에 빈부 격차도 커졌는데 미국의 상위 1%가 전체 부의 60%를 차지하게 된 것이다. 또 기계화로 많은 이들이 직장을 잃게 되고 농촌 사람들은 도시로 이주하기 시작했다. 대기업가들은 공장과 생산에 재투자할 생각을 하지 않고 주식에 투자하기 시작했다. 증권 중개업자들은 매입자들에게 엄청난 양의 대부를 해주었고 국민들은 빚을 내어 주식을 사기 시작한다. 1922년부터 1929년까지 주식시장의 전체 수익증가율은 2배가 넘었다. 닉이 주식을 배우기 위해 뉴욕에 간 것도 무리가 아니었다. 하지만 지나친 주식 붐은 결국 1929년 10월 증권시장의 붕괴로 이어지고 대공황(Great Depression)이 찾아와 뉴욕의 고층빌딩에서는 매일 자살 소동이 벌어졌다.

■ 등장인물 분석

▷ 닉 캐러웨이

닉은 데이지의 친척이며 개츠비의 이웃이라는 점, 그리고 제1장 첫머리에 나오듯 조용하고 이야기를 잘 들어주는 사람이라 은밀한 얘기를 털어놓으러 친구들이 찾아왔다는 점에서 화자로서 최상의 조건을 갖추고 있다. 특히 개츠비는 닉에게 상당한 신뢰감을 가지고 자신의 과거를 털어놓는다. 하지만 닉은 이야기 전개를 좌우하지는 못하고 계속 보조적인 역할에 머물고 있다. 닉은 물론 피츠제럴드의 의견을 담고 있다.

그는 화자(話者)로서 자기가 말하고 싶은 느낌만 전하기 때문에 성격 파악하기가 가장 어려운 인물이다. 비록 그가 화자이긴 하지만 완전히 신뢰할 수 있는 사람은 아니다. 즉, 정직한 사람이라고는 했으나 몇 번 거짓말하는 장면도 나온다. 또 처음에 판단을 유보하는 성격이라고 했지만 수없이 많이 사람을 평가하기도 한다. 물론 인간적으로 이해할 수 있는 정도이긴 하다. 닉은 대단한 자부심을 가진 사람이다. 그런데 그가 선망의 시선을 보낸 유일한 사람이 개츠비이다. 그는 개츠비를 경멸하기도 했지만 나중에 동지감을 느끼고 결국 정당했다고 말한다.

개츠비가 피츠제럴드의 일부 성격(사랑하는 여자를 차지하기 위해 돈에 집착하고 화려함을 추구하는)을 나타냈다면 닉은 조용하고 사려 깊은 아주 상반된 인물임을 보여준다.

닉은 동부에 대해 복잡한 심경을 가지고 있다. 그는 뉴욕 생활에 어느 정도 매력을 느끼기도 하지만 거기에 동화되지 못하고, 결국 동부가 기괴하고 뒤틀렸다고 실망하며 중서부로 돌아온다.

이 내면적인 갈등은 닉이 도덕적인 중서부의 기준을 잠시 버리고,

조던(화려하지만 부도덕한 여자 = 뉴욕, 화려하지만 고독하고 일그러진 곳)과 친해지는 과정으로 상징적으로 나타난다. 뒤틀린 뉴욕 생활은 닉의 평정심을 무너뜨려 그가 머틀의 아파트에서 술에 취하기도 한다 (2장). 그리고 개츠비의 꿈과 끔찍한 장례식을 겪고 나서 동부의 환락은 도덕성의 결여(재의 계곡이 상징함)라는 내용의 껍데기임을 깨닫는다. 결국 조용한 생활과 전통적인 도덕성을 찾아 고향으로 돌아간다.

▷ 제이 개츠비

개츠비는 재력과 박력이 있는 주인공이다. 확실하게 밝히지는 않았지만 그의 재산 형성과정에는 조직적인 범죄에 관여했다는 암시가 여러 번 보인다.

개츠비의 등장은 극적인 효과를 위해 3장에서 이루어진다. 처음에 그는 영화배우나 저명인사를 끌어 모으는 신화적인 부호로 등장한다. 다음엔 고독하고 베일에 싸인 파티 주인으로, 다음엔 터무니없는 소문의 주인공이 된다. 독자들은 처음엔 그의 막연한 모습만 추측하게 되지만 이야기가 전개되면서 그의 정체가 벗겨진다. 즉 사랑에 빠진, 맹목적인 청년의 모습으로 나타난다. 그는 야심만만하고 자기 꿈에 모든 것을 거는 인물이지만 불행하게도 자기 꿈이 그럴만한 가치가 없다는 것을 몰랐다.

가난한 어린 시절을 보낸 청년이 엄청난 거부가 된다. 하지만 거부가 되겠다는 목표를 위해 불법행위를 마다하지 않았다. 그는 늘 부자가 되기를 원했고 그것은 데이지의 사랑을 얻기 위해서였다. 그는 청년장교 시절 데이지를 만나 사랑에 빠진다. 처음 보는 품위 있는 여자에게 마음을 빼앗긴 그는 자신의 배경을 속이고, 1차대전에 참전하러 떠난다. 데이지는 그를 기다리겠다고 약속했지만 결국 톰과 결혼하게 된다. 그동안 옥스퍼드에서 교양을 쌓은 개츠비는 데이지를 되찾을 결심을 한다. 수백만 불을 모으고 '노르망디 시청(닉은 1차대전 참전으로 프랑스에 다녀왔기 때문에 프랑스 얘기가 여기 저기 나온다)' 같은 엄청난 저택을 구입하고 주말마다 사치스런 파티를 연다. 전부 데이지를 되찾겠다는 일념 때문이었다.

소년기에 그는 자기가 가진 것에 만족하지 못했다. 그는 돈을 원했고, 노력해서 돈을 가졌다. 그는 데이지를 원했지만 그의 수중에서 빠져나가고 만다. 그래서 아무리 거부가 되었어도 만족할 수가 없었다. 데이지가 필요했던 것이다. 물론 거기엔 사랑이 있었다. 데이지는 그의 미래의 희망이 된 것이다. 그리고 개츠비는 친절해 보이지만 자기가 원하는 것을 얻기 위해서라면 수단과 방법을 가리지 않는다. 돈을 위해서라면 밀주업자보다 더한 것이라도 했을 것이다. 결국 그의 추진력이 그의 성공을 만들었고 또 파탄을 가져온 것이다.

개츠비의 성격은 닉과 가장 상반된 모습으로 나타난다. 전자는 열정적, 활동적이고 후자는 신중하고 사려 깊다. 비평가들은 두 사람의 성격이 피츠제럴드의 양면성을 나타낸다고 분석한다. 피츠제럴드는 개츠비의 몰락에서 American Dream의 붕괴를 예언했다. 왜냐하면 미국의 강력한 낙관주의, 활력, 개인주의는 맹목적인 부(富)의 추구에서 나온 도덕성 상실 때문이라고 본 것이다.

▷ 데이지 뷰캐넌

데이지는 개츠비가 차지하려는 여자이면서 닉의 육촌동생이다. 그녀는 7장의 호텔 장면에서 볼 수 있듯이 강한 의지의 소유자가 아니다. 본래 속물근성이 있고 외향적인 성격이다. 톰은 그녀의 마음을 3천달러 짜리 진주목걸이로 산다. 그리고 나중에 개츠비도 호화저택과 멋진 셔츠로 그녀의 마음을 빼앗으려고 한다.

재산가인 톰과의 결혼은 본래 원하는 결혼이 아니었고 또 노골적인 외도와 거친 행동 때문에 그녀는 불행을 안고 산다. 게다가 스스로 독립할 의지도 별로 없어 보인다. 거의 남편의 수중에서 벗어나지 못하지만 상당히 총명한 머리를 갖고 있다. 1장에서 데이지가 닉과 단둘이 있을 때 푸념하는 것을 보면 그녀는 자신에게 주어진 한계를 잘 알고 있고 그 때문에 몹시 진저리를 내고 있다.

데이지의 부주의한 행동은 여러 번 나온다. 특히 머틀을 치여 죽이는 장면이 대표적이다. 그녀는 부유한 집에서 어려움 없이 성장하여 자기만 알고 남을 배려할 줄 모르는 사람이 된 것이다.

하지만 개츠비에게 데이지는 지고지선의 상징이다. 그녀는 외모의 매력과 우아함, 재력, 귀족 등 개츠비가 소년기부터 꿈꾸던 모든 것을 갖추고 있었던 것이다. 하지만 데이지는 개츠비의 이상과는 너무나 거리가 먼 존재다. 그녀는 아름답지만 변덕스럽고 천박하며 냉소적이다. 닉은 그녀를 '사람을 망치고 돈 뒤에 숨는' 경솔한 사람으로 평가한다.

데이지는 7장에서 개츠비 대신 톰을 선택하고 머틀을 살해한 책임을 개츠비에게 전가하는 우유부단함과 부도덕의 극치를 보여준다. 결국 개츠비의 장례식도 외면하고 만다.

그녀의 성격은 피츠제럴드의 부인 젤다를 모델로 하고 있다. 젤다처럼 데이지는 돈, 안락, 물질적 사치를 사랑했다. 그녀는 닉을 좋아하고 개츠비를 사랑한 적도 있지만 지속적이진 못했다. 더구나 자기 딸에게도 그리 깊은 사랑을 보여주지는 못하고 있다. 피츠제럴드는 이 소설을 통해 20년대 동부 귀족 계층의 도덕관념을 비판하고 있는 것이다.

▷ **톰 뷰캐넌**

주인공이 개츠비라면 톰은 그 적수가 된다. 그는 부잣집에서 태어나 힘든 일을 모르고 스포츠와 사치, 방탕에만 젖어 산다. 그의 행동에 영

265

향을 주는 것은 자기를 만족시키는 일 뿐이다. 개츠비가 1차대전에 참전하여 고생하는 동안 톰은 돈으로 데이지의 환심을 사고 있었다.

그의 성격은 거만하고 위선적이며 공격적이다. 사회적으로는 인종차별적이고 남성우월주의에 젖어있다. 그리고 자기 주위 사람에게 도덕성을 요구하면서 자신은 전혀 개의치 않는 모순을 보여준다.

그는 머틀과 내연의 관계이면서도 남들에게 굳이 감추려고 하지도 않는 뻔뻔함을 지니고 있다. 왜냐하면 머틀이 그의 욕망을 채워주었기 때문이다. 그는 데이지에게 3천달러짜리 진주목걸이를 선물했으나 머틀에겐 10달러짜리 강아지를 안겨준다. 즉 톰에게 머틀은 애완용에 불과했다는 점을 시사한다. 그는 자기 행동에 책임을 지지 않는다. 그래서 개츠비의 사망 이후 데이지와 멀리 도피하고, 다른 사람들이 궂은 뒤처리를 하도록 맡긴 것이다. 게다가 마지막으로 닉과 재회한 장면에서 머틀의 아파트를 처분하러 갔다가 개 비스킷 상자를 보고 울었다는 철부지 같은 넋두리를 한다. 20년대 부유층의 문제점은 피츠제럴드 뿐 아니라 다른 작가들도 비판적으로 다룬바 있다.

▷ 조던 베이커

조던은 매우 아름답고 유명한 프로골퍼지만 구제불능일 정도로 남을 속이고, 어려운 상황에서 벗어나기 위해서라면 언제나 불의와 거래한다. 소설에서 조던의 역할은 개츠비와 닉을 연결시켜주는 다리 역할을 한다. 그래서 결국 개츠비와 데이지가 만날 수 있게 된다. 그녀는 프로골퍼인데 20년대임을 고려하면 신세대 여성으로 그녀가 활동적이고 남성적인 성격을 가졌으리라 짐작하게 한다. 하지만 닉과 운전문제로 말다툼할 때 보여지듯 조던은 부주의한 위선자로 나타난다.

그녀는 데이지의 친구이며 닉과 한동안 연인이 되기도 한다. 그녀는 톰과 데이지와 비슷한 인격적인 문제점을 안고 있다. 부유한 집에서 어려움을 모르고 자라 이기적이고, 자기중심적인 사람이 된 것이다. 성장 과정에서 그녀의 이기적인 행동을 나무라는 사람이 없었을 것이다. 그녀의 주변 인물들은 그녀와 부딪치기를 꺼린 것이다. 이런 점은 그녀가 부주의한 운전으로 닉과 말다툼을 할 때 여실히 드러난다. 자신의 부주의는 도외시하고 남들이 조심해줄 것이라는 일방적인 얘기를 하고 있다.

▷ 머틀 윌슨

그녀는 톰과 내연의 관계다. 그녀는 늘 가난한 정비소 주인인 남편과 만난 것을 후회한다. 머틀은 자신의 엄청난 활력과 외모를 이용하여 인생을 역전시킬 기회를 찾고 있었다. 불운하게도 그녀는 톰을 선택했고 톰은 그녀를 욕망의 대상으로 밖에 보지 않았다.

▷ 조지 윌슨

머틀의 남편. 무기력하기 짝이 없지만 충직한 남자다. 조지는 머틀을 사랑하고 이상화하지만 머틀의 배신으로 큰 심적 상처를 입는다. 조지와 개츠비는 몽상가이면서 자기가 사랑하는 여자를 톰에게 빼앗기는 공통점을 가진다.

▷ 마이어 울프샤임

암흑가의 중간보스. 소설에서 중요한 인물은 아니지만 그는 개츠비를 조직적인 범죄에 끌어들인다. 또 막대한 부를 축적할 노하우를 가르쳐 준 셈이다. 그는 유태인으로서 월드시리즈 조작 사건의 배후인물이기도 하다. 유태인에 대한 일반 감정이 어떠했다는 것을 느낄 수 있다.

■ '위대한 개츠비'의 상징적 표현

▷ 녹색 불빛

녹색 불빛은 데이지의 집이 있는 부두의 불빛으로 개츠비의 집에서 간신히 보인다. 이것은 여러 가지를 나타내는 상징물이다. 가장 잘 드러나는 것은 물론 데이지에 대한 개츠비의 열망이지만 녹색 불빛은 사실 훨씬 더 많은 의미를 담고 있다. 녹색 불빛은 개츠비의 미래에 대한 꿈과 희망을 상징한다. 또 마지막 부분에 나오는 닉의 독백(개츠비는 그 초록색 불빛에서 해마다 우리 앞에서 물러가고 있는 황홀한 미래를 믿었던 것이다. 그것은 우리를 피해 갔지만 문제될 것은 없다. 내일이 되면 우리는 더 빨리 달릴 것이고 더 멀리 팔을 뻗을 것이다)에서 녹색 불빛을 모든 사람에게 연결시키고 있다. 모든 사람들은 멀리 떨어져 있는 것을 동경한다. 그것이 바로 녹색 불빛이다. 비평가들은 이것이 '아메리칸드림' 그 자체라고 분석한다.

▷ T. J. 에클버그 의사의 눈

의사의 눈은 도덕적으로 타락한 미국 사회를 노려보는 신의 심판을 상징한다. 이것은 재의 계곡에서 윌슨의 정비소를 내려다보고 있다. 그리고 닉은 여기를 지날 때마다 그 눈을 언급한다. 이것은 상황을 객관적으로 내려다보며 일종의 심판을 하는 역할을 하고 있다. 눈의 위치가 거기 있는 이유는 머틀 살해 사건과 톰의 불륜이 관련되어 있기 때문이다. 그런데 이런 죄들은 징벌이 이루어지지 않는다. 다만 가해자에게 죄책감을 안겨주고 사건을 상기시키는 역할을 한다.

▷ 재의 계곡

2장 처음에 자세히 묘사되는 재의 계곡은 산업쓰레기가 버려지는 황량하고 더러운 곳이다. 이것은 제한 없는 부(富)의 추구가 초래한 사회의 도덕적인 타락을 나타낸다. 부자들은 자신들의 쾌락만을 추구하는 것이다. 그리고 재의 계곡은 윌슨처럼 궁핍한 자의 어려운 처지를 상징하기도 한다.

▷ 이스트에그와 웨스트에그

이 소설에서 중요한 소재는 사회적 계층에 관한 것이다. 톰 부부는 세련되고 부유한 이스트에그에 살고, 닉과 개츠비는 돈은 있어도 집안 배경이 없는 사람들이 사는 웨스트에그에 산다. 이스트에그의 녹색불빛은 개츠비의 마음을 끌어당긴다. 두 지역을 갈라놓은 바다는 상징적으로 두 계층 간의 장벽으로 작용하며 서로가 원하는 것을 방해하고 있다.

▷ 날씨의 상징성

이 소설에서는 상황의 변화를 날씨가 잘 반영하고 있다. 개츠비와 데이지의 재회 장면에서는 비가 억수로 쏟아지며 둘 사이의 어색한 감정을 나타내고 둘의 사랑이 다시 불붙자 맑게 갠다. 또 타는 듯한 가장 더운 날 톰과 개츠비의 충돌이 벌어진다. 끝으로 윌슨이 개츠비를 죽인 것은 여름이 끝나고 서늘함이 찾아오는 날이었다.

■ F. Scott Fitzgerald 연보

1896년 9월 24일 미네소타 주 St. Paul에서 출생(부친 에드워드 피츠제럴드 43세, 모친 몰리 맥퀼란 36세).

1898년 부친의 사업 실패로 뉴욕 주로 이사함.

1901년 여동생 애너벨이 태어남.

1908년 St. Paul로 돌아옴. 세인트폴 아카데미(S. A.)에 입학.

1909년 첫 단편 작품 〈레이먼드 저당의 신비〉가 S. A.의 잡지 〈지금과 그때〉에 발표됨.

1913년 프린스턴 대학 입학.

1914년 16세 소녀 지니브러 킹과 사귐. 나중에 가난하다는 이유로 절교 당함.

1915년 12월 건강이 좋지 않아 고향으로 돌아옴.

1916년 9월 프린스턴 대학 복학.

1917년 프린스턴 대학 중퇴, 육군 소위로 임관. 11월 훈련을 위해 캔자스 주 레번워스에 도착. 이때 장편소설 〈낭만적 에고이스트〉를 집필 시작.

1918년 루이빌의 캠프 테일러 배속. ▶2월 〈낭만적 에고이스트〉를 뉴욕의 찰스 스크리브너 출판사에 보냄. ▶6월 판사의 딸 젤다 세일러와 사귐. ▶8월 출판사가 〈낭만적…〉의 출간을 거절. 10월에 개작하여 다시 보내지만 역시 거절. ▶11월 유럽 파병을 기다리던 중 휴전을 맞음.

1919년 2월 제대. ▶5월 장래성이 없다는 이유로 젤다가 파혼. ▶9월 〈낭만적…〉가 〈낙원의 이쪽〉이라는 제목으로 출판의 허락을 얻어냄. ▶11월 젤다와 다시 약혼.

1920년 3월 〈낙원의 이쪽〉 출판. ▶4월 뉴욕에서 젤다와 결혼.

1921년 5~9월 영국, 프랑스, 이탈리아를 여행. ▶8월 St. Paul로 돌아옴. ▶9월 딸 스코티가 태어남.

1922년 〈아름다운 저주받은 자들〉 출판. ▶9월 단편 〈재즈 시대의 이야기〉 출판. ▶10월 롱아일랜드 그레이트넥으로 이주.

1924년 4월 프랑스에 거주. ▶젤다가 프랑스인과 애정 행각. ▶〈위대한 개츠비〉 집필 시작.

1925년 4월 3번째 장편소설 〈위대한 개츠비〉 출판. ▶5월 프랑스 몽파르나스에서 헤밍웨이를 만남.

1926년 2월 단편집 〈모든 슬픈 젊은이〉 출판.

1927년 할리우드 영화사에서 일함. ▶여배우 로이스 모런과 사귐.

1929년 4번째 유럽(프랑스, 이탈리아) 방문. ▶음주벽 시작.

1930년 2월 북아프리카를 여행. ▶젤다 정신분열중 일으킴. 치료를 위해 스위스에 거주.

1931년 1월 부친 사망으로 귀국.

1934년 4월 〈밤은 부드러워〉 출판.

1936년 9월 어머니 사망.

1937년 1월 헐리웃으로 감. ▶칼럼니스트 셰일러 그레이엄과 사귐. 그녀와의 관계는 끝까지 지속.

1939년 헐리웃 MGM과의 계약 종료. 프리랜서로 전향. 헐리웃을 소재로 한 소설을 집필.

1940년 12월 21일 할리우드의 그레이엄의 아파트에서 심장마비로 타계. 메릴랜드 주 록빌유니언 묘지에 안장됨.

1941년 미완성 소설 〈최후의 거물〉 출판.

1948년 부인 젤다가 정신병원에서 치료를 받던 중 화재로 사망.